LES

MILLE ET UN

ROMANS,

NOUVELLES ET FEUILLETONS.

Imprimerie de Boulé, rue Coq-Héron, 3.

LES

MILLE ET UN

ROMANS,

Nouvelles et Feuilletons.

Tome Treizième.

LE CHATEAU DE WALSTEIN, par Frédéric Soulié.
ADRIENNE, par H. de Latouche.
LA JEUNE RÉGENTE, par Michel Masson et Frédéric Thomas.
LES QUATRE ÉPOQUES, par Frédéric Soulié.
LE CHEMIN LE PLUS COURT, par Alphonse Karr.

PARIS,
BOULÉ, éditeur, rue Coq-Héron, 3,
ET CHEZ TOUS LES LIBRAIRES DE PARIS, DES DÉPARTEMENS
Et de l'étranger.

1846

LE CHATEAU
DE
WALSTEIN

PAR

FRÉDÉRIC SOULIÉ.

I.

Voyez-vous ce rocher sur lequel se dresse cette ruine féodale ?

Il se prolonge très avant dans les terres, d'abord sec et aride, puis couvert de quelques maigres arbustes, enfin nourrissant une riche forêt.

Ce plateau a près de trois lieues d'étendue ; puis tout à coup il s'enfonce soudainement, forme une vallée d'un quart de lieue de large, puis remonte avec la même rapidité, toujours couronné de bois.

Sur cette hauteur est assis un château d'une origine aussi ancienne que cette ruine, mais qui, protégé par son éloignement de toutes les voies de communication, n'a pas eu à souffrir la dévastation que les guerres de tous les siècles ont portée sur les bords du Rhin. Il est encore habité par les descendans du fondateur.

C'est seulement du sommet de ce château qu'on jouit de l'aspect de la vallée qu'on a laissée derrière soi, car partout ailleurs l'épaisseur de la forêt la dérobe entièrement à la vue.

La plus grande partie de cette vallée, qui a la forme d'un entonnoir, est occupée par un lac d'une assez vaste étendue : ses eaux sont retenues à l'issue de la vallée par une chaussée qui la barre dans toute la largeur, et c'est à l'extrémité de cette chaussée que sont construits les immenses ateliers d'une forge de premier ordre.

La maison d'habitation du propriétaire touche aux ateliers par un jar-

din petit, mais admirablement tenu. C'est une construction neuve et qui ne manque pas d'un certain aspect monumental. Un chemin à voitures tourne tout autour du lac; des troncs d'arbres grossièrement équarris le couvrent en totalité, et les interstices laissés par les angles de ces poutres sont remplis par les scories résultant de la forge, de façon qu'à toutes les époques de l'année il est parfaitement praticable.

C'est le long de ce chemin qu'à droite et à gauche du lac s'élève une file de maisonnettes habitées par les ouvriers de l'usine; quelques unes pénètrent au milieu du bois sur le flanc de la colline; mais le plus grand nombre est à la portée des ateliers.

Maintenant, pénétrons dans l'intérieur de la maison et écoutons la conversation de ces deux jeunes gens assis près d'un poêle énorme, négligemment étendus sur leurs siéges, fumant avec réflexion et buvant à petits coups une bouteille de rudesheimer.

C'étaient deux hommes de vingt-cinq à trente ans, d'une belle nature, d'une constitution robuste.

L'un d'eux portait ses longs cheveux blonds flottans sur son cou: l'autre avait une chevelure noire, taillée avec une précision militaire; l'œil bleu du premier laissait voir, au milieu de l'intelligence qu'il révélait, quelque chose de vague et d'enthousiaste, tandis que le regard arrêté du second dénotait une vive perspicacité, une pensée réfléchie et une volonté qui eût été de l'entêtement dans un esprit moins lucide, mais qui, chez lui, devait être la persistance opiniâtre par laquelle les hommes supérieurs font accepter leurs idées.

— Ainsi donc, Guillaume, dit le jeune homme aux cheveux blonds à son ami, ta destinée est accomplie; tu demeures dans cette solitude; à trente ans, tu te dis: — Je n'irai pas plus loin.

— Qu'entends-tu par là, Léopold?

— Pauvreté! sainte pauvreté! s'écria celui-ci sans répondre à son ami, sois la compagne ardente de ma jeunesse; montre-moi toujours du doigt la route pénible où je dois marcher, et que ton aiguillon me fasse avancer sans repos jusqu'à ce que j'aie atteint le but.

— Qui est?

— La gloire! Guillaume, dit Léopold avec enthousiasme, la gloire que tu rêvais comme moi, il y a quelques années, et qui maintenant te semble une ombre vaine que les insensés poursuivent seuls.

— Tu crois?

— Allons, Guillaume, ne prête pas à ton sourire un air mystérieux et profond comme si tu cachais dans ton âme de magnifiques projets. Depuis deux jours que je suis arrivé ici, je t'observe et je t'ai compris.

— En vérité!

— Veux-tu que je te raconte ton histoire?

— J'y consens.

— Ton oncle Kaufmann est vieux, et, las de diriger cette forge, il t'en a confié le soin. La manie que tu as de commander, et que tu as prise en France, à l'école de l'empire, s'exerce ici en toute licence. Première satisfaction.

Tu n'as plus à craindre les misères que tu as souffertes pendant que tu étais prisonnier en Angleterre; tu vis joyeusement et grassement. Seconde satisfaction.

Enfin, M. et madame Kaufmann ont une jolie fille qu'ils te donnent avec la forge. Troisième satisfaction.

Autorité, vie confortable, bonheur tranquille, en voilà assez pour étouffer à jamais dans ton cœur l'ambition qui le dominait autrefois.

Guillaume haussa les épaules et repartit:

— Léopold, si jamais tu fais représenter un drame, j'irai le siffler.

— Je le crois; mais, ce qui me rassure, c'est que lorsque le grand jour viendra, tu seras tellement enterré dans ta félicité, que tu n'auras plus le courage de te remuer, même pour satisfaire ta haine contre la poésie.

— J'irai te siffler, te dis-je, et ce sera justice. Je te jugerai comme tu m'as jugé.

— Ah! tu te révoltes, enfin! s'écria Léopold avec joie. Je t'ai calomnié, n'est-ce pas? Allons donc, frère, profite de ce dernier élan de ton antique ardeur, et abandonne cette forêt et ce misérable métier où tu te perds.

— Je reste dans cette forêt, parce que mon œuvre est ici; je garde mon métier, parce qu'il sera ma gloire.

Léopold regarda Guillaume d'un air ébahi, et celui-ci reprit en s'animant :

— Oui, frère, tu m'as calomnié, et tu as fait comme le vulgaire des hommes, tu as jugé sans savoir. Tu m'as prédit mon histoire à ta manière; je vais te la faire selon la vérité, et, pour que tu sois bien convaincu de ton injustice, je reprendrai chacune de tes propositions et j'y répondrai, comme au temps où nous argumentions en règle à l'université de Bonn.

En 1809, lorsque nous nous séparâmes, toi pour retourner en Prusse, ta patrie, moi pour entrer à l'École polytechnique, car j'étais alors sujet de la France, nous comprenions déjà la vie d'une façon bien différente. Tu voulais acquérir l'empire de l'homme supérieur sur les masses, par la puissance de la pensée émise à leurs oreilles, moi par la puissance d'œuvres matérielles réalisées à leurs yeux.

Tu étais poëte, et j'étais mathématicien.

Tu as dit que j'avais pris à l'école de l'empire la manie de l'autorité. Oui, tu as raison, j'aime l'autorité; mais ce n'est pas comme tu le penses, pour l'exercer seulement, c'est aussi pour y obéir. Sans l'autorité, il n'y a plus, à mon sens, ni famille ni société; il n'y a plus de morale, je dirai même qu'il n'y a plus de science.

Mais je ne veux pas entrer dans une dissertation philosophique, je t'explique seulement ce qui est en moi une croyance de mon esprit plutôt qu'une disposition de mon caractère. Si donc je commande ici, ce n'est point pour satisfaire une manie, mais pour arriver à un but.

— Nous verrons bien, dit le poëte.

— Tu crois, reprit Guillaume, que je n'ai rapporté de mes misères d'Angleterre que le besoin d'une vie confortable.

Lorsque je fus fais prisonnier en Espagne, en 1812, j'obtins, par la protection d'un ancien correspondant de mon père à qui je m'adressai, d'être employé dans son usine, et c'est là que j'ai appris à quel avenir est destinée l'industrie que j'exerce maintenant, lorsqu'elle est dirigée par l'intelligence et la volonté. Ce n'est donc pas pour m'endormir dans la bonne fortune que je demeure ici.

— C'est bien, reprit Léopold, mais il y a.....

— Il y a une phrase que tu as dite et à laquelle je ne répondrais pas, si je ne parlais à un homme qui sait mieux que moi que le plus grand orgueil se cache sous la plus humble modestie. « Ton oncle, las de diriger cette forge, t'en a donné le soin, » as-tu dit.

Lorsque je revins d'Angleterre, mon père était mort; sa fortune et celle de mon oncle, qui consistaient en plusieurs filatures considérables, avaient été anéanties par l'incendie durant les désastres de la campagne de 1814. Mon oncle s'était retiré dans cette propriété qu'il avait achetée au temps de sa prospérité, et qu'il louait à un homme qui s'y était ruiné.

Toi, Léopold, tu es un véritable Allemand; moi, j'ai été Français; et mon pays avait été séparé de celui que je considérais comme ma patrie, de celui pour lequel j'avais combattu. Ce fut donc pour ne pas choisir entre mes devoirs et mes affections que je quittai la carrière militaire.

Ce fut au mois de septembre 1814 que je vins ici. Ecoute-moi bien : j'y trouvai mon oncle désespéré ; ce qu'il avait considéré comme une ressource semblait lui échapper ; des ateliers délabrés, des machines en mauvais état, des ouvriers turbulens, allaient le décider à vendre pour bien peu de chose ce dernier débris de sa fortune ; il ne sortait pas de son bureau, additionnant chaque jour dépenses et recettes, et établissant une balance qui, au bout de dix ans, devait dévorer le capital qu'il avait retiré de ses anciennes affaires. Il ne regardait que dans ce qui se faisait ; je regardai, moi, dans ce qu'il y avait à faire. Il ne voyait que l'usine dans son misérable état ; je mesurai la position dans ce qu'elle avait d'admirable. Il pensait que c'était la matière qui manquait à l'œuvre, je pensai que c'était l'œuvre qui manquait à la matière ; il supprimait des ateliers, je les fis reconstruire à neuf ; il économisait ses vieilles machines, je les détruisis pour en faire de nouvelles ; il n'osait dépenser cent florins pour faire combler les ornières de ses chemins, je les parquetai ; il écoutait sans cesse les réclamations de ses ouvriers, qui trouvaient tout impossible, je leur offris de me passer d'eux, et quand ils virent fonctionner ces vivantes machines dont ils riaient auparavant, ils comprirent que l'intelligence qui faisait ainsi obéir la matière inerte, ne pouvait égarer la main de l'homme, et ils obéirent à leur tour.

Avant mon arrivée, il y avait ici de l'eau, du bois, du fer, de la force et de la matière, et cependant tout y était misère, dépérissement : je suis venu, et dans cinq ans tout a repris vie et prospérité.

Que manquait-il donc à tous ces élémens pour être vivifiés ? une intelligence et une volonté. Je les leur ai apportées. Où il n'y avait rien, j'ai mis quelque chose ; voilà ce que j'appelle mon œuvre, voilà pourquoi je demeure ici.

— Je me confesse coupable, dit Léopold, et je t'enverrai un sifflet à ma première représentation, mais... ; car le mais est la dernière ressource de l'homme à terre, c'est le poignard qu'il tire doucement pour percer son ennemi au défaut de la cuirasse, quand déjà son vainqueur lui tient le genou sur la poitrine pour lui faire crier merci.

— Mais, quand l'œuvre est accomplie, l'homme doit marcher à de nouvelles créations, à moins qu'il n'ait épuisé toute sa force dans un seul enfantement ; car ton œuvre, comme tu dis, étant accomplie, tu ne resterais pas ici, si tu avais encore quelque ambition, ou si cette ambition n'était enchaînée par une passion plus forte.

— C'est que mon œuvre n'est que commencée, reprit Guillaume.

— Ou plutôt, dit Léopold, c'est que ma dernière proposition est vraie, et l'oubli où tu la mets m'en est la meilleure preuve : c'est que ta belle cousine, mademoiselle Thérèse Kaufmann, est l'Armide qui retient mon ami Renaud dans cet affreux enfer ; mais je porte le bouclier de pur diamant, et je suis venu pour te faire voir ta honte et ton esclavage.

— Tu es toujours le même juge, dit Guillaume, tu es comme mon oncle, tu crois qu'il n'y a jamais rien à faire au delà de ce qui est fait. Cet établissement est beau et riche, et c'est assez pour lui, mais pour moi, il n'est qu'un instrument, c'est le levier avec lequel je remuerai le monde à ma façon. Oh ! si tu pouvais me comprendre !

— Très bien ! très bien, dit Léopold, j'accepte encore ceci, mais il me faut mon petit avantage. Je ne puis pas avoir dit quatre sottises en une seule phrase, et jusqu'à ce que la proposition que je nommerai Thérèse Kaufmann soit résolue contre moi, je fais mes réserves pour ne considérer tes autres argumens que comme autant de sophismes adroits pour m'abuser sur le fond de la question.

Guillaume ne répondit pas et continua à se promener dans la salle.

— Eh bien ? dit Léopold en levant les yeux au plafond.

Le silence continua.

— Hein ? reprit Léopold ; plaît-il... tu dis ?... après ?... est-ce tout ?... Oui... Bien... Je sais à quoi m'en tenir.

Guillaume ne répondit que par un profond soupir à ces diverses interpellations faites sur tous les tons de la moquerie. Léopold se leva à son tour, et s'écria alors d'un ton railleur, moitié colère :

— Allons donc, grand homme du fourneau et du laminoir, avoue que tu es heureux ! Soyez donc de bonne foi, vous tous riches ouvriers de la matière.

Oui, Guillaume, tu as été laborieux et fort ; mais déjà tu as ta récompense ; tu as voulu et tu as fait ; tu as fait, et tu as été compris ; et s'il te reste beaucoup à faire, tu ne seras pas du moins seul dans le chemin que tu t'es ouvert. On te confiera sans défiance l'épouse que tu as choisie dans ton cœur, parce qu'il y a ici sur le sol des gages matériels de ta valeur.

Quitte donc tes airs de désespoir sombre ; où sont tes déceptions de gloire, tes amours rebutés, tes travaux inutiles, ta lutte ardente contre les dérisions du monde ?

C'est à nous, pauvres poètes, qui usons plus de force à plier la langue et la pensée en un vers élégant, que toutes tes machines à tordre un tronc de fer, c'est à nous, qui sommes à la fois la matière et l'instrument de notre œuvre, nous qui, lorsqu'elle est faite, ne savons pas même si elle existe, car l'œuvre du poète n'existe que par la gloire ; nous à qui manquent même les affections confiantes de la famille, qui nous considère comme les enfans perdus de la société, nous qui ne pouvons espérer l'amour que comme un vol fait à la prudence des mères ; c'est à nous qu'il appartient de nous plaindre et de crier :

« Gardez votre joie, nous ne vous l'envions pas ; mais n'aspirez pas à
» l'honneur de nos misères : c'est notre orgueil, c'est notre patrimoine,
» c'est notre droit. »

Allons, Guillaume, avoue-le avant que je te condamne, tu es heureux !

— Eh bien ! reprit Guillaume après un effort violent, ce que tu crois l'une de mes belles espérances, ce qui te semble devoir être le complément d'une existence à qui, selon toi, rien n'a manqué, mon mariage avec Thérèse enfin, est ma crainte la plus réelle et sera peut-être l'obstacle qui brisera tout mon avenir.

Léopold examina alors Guillaume avec une curiosité inquiète, en lui disant :

— Je te croyais sûr du succès !

— Et c'est parce que j'en suis sûr, que j'ai peur.

— Tu n'aimes donc pas Thérèse ?

— Je l'aime comme on aime une enfant qu'on a vu grandir près de soi ; je l'aime surtout comme un être faible, bon, inoffensif ; mais non pas comme la femme que je voudrais associer à ma destinée.

A ces paroles, une surprise singulière se montra sur le visage de Léopold ; il parut éprouver une vive joie de ce qu'il venait d'entendre, et presque en même temps il reprit, avec un dépit mal déguisé :

— Ah ! maître forgeron, tu la trouves donc indigne de ta grandeur ! On la dit pourtant bien belle !

— Elle l'est, en effet.

— Toi-même, tu viens de dire qu'elle est bonne ?

— Sans doute.

— Manque-t-elle d'esprit ?

— Elle en a trop.

— Diable ! reprit Léopold d'un air joyeux, que lui faudrait-il donc ; à ton gré ?

— Du caractère et du bon sens.

— Et tu n'en es pas ravi, toi qui aimes à commander et à régenter ?

Tu te plains de ce que ta femme manquera de caractère et de bon sens ? Mais à quoi cela sert-il aux femmes, si ce n'est à avoir une opinion et à la soutenir, et presque toujours à l'imposer à leurs époux ? Et je ne te crois pas de ceux qui acceptent les lois de personne.

— Je puis t'avouer que, lorsque je me consult e froidement, je trouve que j'ai tort d'être mécontent.

D'abord, si j'épouse Thérèse, j'obéirai aux désirs de mon oncle, et je réaliserai surtout le rêve de ma tante, qui m'a cent fois parlé de cette union. Ce mariage me rendra le maître unique et absolu de cet établissement, qui serait la dot de Thérèse ; d'un autre côté, cette nullité de résolution qui fait que Thérèse sera toujours un écho soumis des volontés d'un autre, laissera à ma vie toute sa liberté d'action.

Je vois tout cela, je le trouve raisonnable ; mais je sens malgré moi que si j'épouse Thérèse, il y aura une partie de mon cœur qui n'aura pas vécu. Non, c'est plus haut dans mon cœur que je voudrais placer ma compagne ; c'est à une âme plus forte que je désirerais voir remettre l'avenir de mes enfans.

J'ai trop à faire pour n'avoir pas besoin d'être aidé ; et, crois-moi, Léopold, peut-être que la femme dont le caprice vous fait obstacle aiguillonne davantage votre ambition, que celle qui s'y soumet sans en comprendre la portée.

— C'est que tu ne la lui as pas expliquée, reprit Léopold, car Thérèse je te le jure, a l'intelligence des plus hautes pensées, Thérèse est faite pour...

Le regard de Guillaume arrêta l'élan d'enthousiasme de son ami, qui se troubla et baissa les yeux.

— D'où es-tu donc si bien informé? lui dit-il.

— Au diable la comédie! s'écria Léopold ; oui, je connais Thérèse Kaufmann. Depuis trois mois qu'elle demeure à Francfort chez Mme Senissell, la sœur de Mme Kaufmann, je l'ai vue presque tous les jours.

— Et tu l'aimes?

— Oui.

— Et tu es venu ici...

— Pour savoir si je pourrais l'obtenir de sa famille. Mais avant, Guillaume, je voulais savoir si tu l'aimais, si ma recherche n'eût pas été un obstacle à ton bonheur ; car je suis vivement appuyé par Mme Senissell, et c'est avec son autorisation que je suis venu.

— Hum ! la vieille folle! dit Guillaume avec colère.

— Qu'est-ce que tu entends par là?

— J'entends, Léopold, qu'elle n'a pas fait son devoir en te laissant la liberté de voir Thérèse. Tu l'aimes, et elle t'aime, sans doute?

Léopold ne dit rien ; mais son sourire modeste et glorieux répondit suffisamment.

— Elle t'aime..... tant mieux. Il est heureux, Léopold, que ce soit un homme comme toi qui ait cherché l'amour de Thérèse. Je ne voulais pas qu'on l'envoyât à Francfort dans la maison de Mme Senissell, qui fait état de recevoir quiconque a une apparence de noblesse, de fortune ou de gloire ; et peut-être que si tu ne te fusses pas rencontré là, un autre moins digne,..

Léopold devint sérieux, tandis que Guillaume laissait sa pensée inachevée.

— Mais elle t'aime, n'est-ce pas? reprit Guillaume.

— Parmi tous ceux qui cherchaient à lui plaire, je n'ai jamais craint qu'un seul rival.

— Un rival ?

— Un M. de Kerburn, tout jeune encore ; il a vingt ans à peine, mais beau, charmant, et déjà habile dans l'art de séduire. Si on n'avait fini par découvrir que c'était une espèce de chevalier d'industrie dont personne ne connaissait la famille, peut-être aurait-il fini par plaire ; mais les amis de Mme Senissell l'ont avertie, et elle l'a poliment évincé de sa maison quelques jours avant mon départ.

Guillaume garda quelques momens le silence, puis il finit par dire :

— Mes craintes vont trop loin sans doute. Quant à tes projets, nous en reparlerons demain. Je ne te cache pas que tu trouveras ici de cruelles préventions.

— Je le sais, reprit Léopold d'un air suffisant... Nous autres poètes, on dédaigne de nous comprendre.

— Alors, tâche donc de te mettre à la portée de ceux dont tu as besoin; voici mon oncle et sa femme qui descendent pour le souper : fais en sorte que M. Kaufmann ne demande pas, en sortant de table, comme il l'a fait ce matin, si tu n'es pas un comédien de tragédie, comme il dit.

— Moi? s'écria Léopold.

— Sur cette exclamation, M. et Mme Kaufmann entrèrent dans la salle.

II.

M. Kaufmann était un homme de cinquante ans, qui avait dû être un charmant jeune homme.

Il avait une petite tête pouparde, de petits traits mignards, qui lui donnaient l'air d'une vieille jolie femme; fidèle au costume qui sans doute avait fait ressortir autrefois tous ses charmans avantages, il portait les cheveux à la Titus, crêpés, poudrés et sans queue ; la culotte courte, les bas de soie, l'habit carré et les manchettes finement plissées, accompagnant une main blanche, petite et potelée. Toute sa personne, du reste, exhalait un parfum d'ambre et de suffisance insupportables.

Il avait la parole brève et hautaine au besoin, quoique d'ordinaire il affectât un parler doux et mielleux ; il prétendait à l'esprit, et, contrairement aux habitudes du caractère allemand, c'était par un dédain impertinent qu'il essayait d'en faire preuve.

Du reste, nous n'avons jamais été assez instruit de la généalogie des Kaufmann et des alliances légitimes ou illégitimes qu'on peut y trouver, pour ne pas être porté à croire que leur race germaine avait été modifiée par un mélange abondant de sang gascon ou provençal.

Quant à madame Gertrude Kaufmann, c'était, selon l'expression d'un fameux médecin, une femme qui s'en allait. Cette expression, si peu significative en apparence, prenait un sens triste et mystérieux, quand on voyait la femme à qui elle s'appliquait.

Madame Kaufmann avait quarante ans ; mais la régularité de ses traits était d'un dessin si pur que son excessive maigreur n'en avait pu altérer la beauté. Ses grands yeux bleus, le plus souvent fixés dans le vague, semblaient toujours regarder au delà des personnes et des objets qui l'entouraient ; on eût dit que son espérance n'habitait plus dans cette vie, quoiqu'elle en prît volontiers sa part.

Ainsi, jamais elle ne se refusait à une volonté ou à un désir de son mari, soit qu'il voulût s'occuper de choses sérieuses, soit qu'il prétendît lui procurer ce qu'il appelait des distractions. Elle en était arrivée à ce point d'indifférence où la douleur même ne fait plus vivre et où le plaisir n'est plus possible.

M. Kaufmann disait : Ma femme s'ennuie. Guillaume disait : Ma tante est malade. Le médecin la comprit-il mieux lorsqu'il dit : C'est une femme qui s'en va? En effet, elle quittait la vie sans regret, car elle croyait avoir assuré l'avenir de sa fille en la confiant à Guillaume.

Maintenant elle attendait, trop religieuse sans doute pour hâter l'heure, mais trop fatiguée pour la retarder.

Pourquoi était-elle ainsi?

Elle seule savait sans doute ce qu'elle avait rêvé sans l'obtenir, ce qui est également le désespoir des âmes passionnées.

Le souper, du reste, ne se ressentit point de la tristesse que semblait devoir lui apporter la présence de Mme Kaufmann.

Son mari et son neveu, habitués à sa constante préoccupation, causaient devant elle comme devant une statue; et Léopold, entraîné par ce besoin de parader en paroles qui tient d'ordinaire les poètes, n'avait point pensé que la politesse pût l'obliger à s'occuper d'une femme qui ne s'occupait point de lui.

Cependant, si tous les trois n'avaient pas rayé ainsi Mme Kaufmann de leur attention, ils eussent pu remarquer que ce soir-là elle avait pris part à la conversation en l'écoutant.

— Eh bien! monsieur Kirckwer, que vous semble de mon établissement? dit M. Kaufmann en s'adressant au poète.

— Si, comme me l'a dit Guillaume, il est vrai qu'il y a cinq ans il n'y eût rien dans cette vallée, ce qui a été fait me semble prodigieux.

— Et cela a été fait avec mes seules ressources, monsieur, reprit M. Kaufmann. J'ai eu de la peine, c'est vrai, mais je suis arrivé.

— Comment? lui dit Léopold qui lança un regard moqueur sur Guillaume, vous n'avez été aidé par personne?

— Je ne sais qui aurait consenti à aider un homme que l'on considérait comme ruiné. Et, se fût-il trouvé des gens d'une bonne volonté si extraordinaire, ma fierté se serait refusée à leur demander assistance.

— Mais, reprit Léopold, il y a des cœurs généreux qui s'offrent d'eux-mêmes.

— On voit bien que vous êtes poète, monsieur, car ma femme m'a expliqué que vous étiez poète, c'est-à-dire que vous ne vous doutiez pas le moins du monde du train des choses, et que vous ne connaissiez pas du tout le cœur humain; oui, on voit bien que vous êtes poète, vous qui croyez aux dévoûmens spontanés.

Après la conversation que Léopold venait d'avoir avec Guillaume, l'assurance de M. Kaufmann lui semblait inexplicable, et il commençait à douter des assertions de son ami, lorsque celui-ci reprit, sans paraître avoir remarqué ce qui s'était dit :

— Puisque vous parlez de l'établissement, mon oncle, il faut que je vous donne avis de l'arrivée de M. de Walstein.

— M. de Walstein! s'écria Léopold.

— M. de Walstein, reprit vivement Guillaume, qui est propriétaire de cette partie de la forêt.

— Oui... oui... oui, dit M. Kaufmann en s'emparant encore plus vivement de la parole; M. de Walstein, un grand seigneur qui, heureusement pour moi, n'a aucune idée de l'intérêt que j'attache à l'acquisition de sa propriété.

— En effet, reprit Guillaume, cette partie de la forêt....

Le neveu n'eut pas le temps d'aller plus loin; car l'oncle posa les deux coudes sur la table et dit d'une voix de professeur qui annonce la suite de sa leçon :

— Voici mon plan, monsieur.

La partie de la forêt appartenant à M. le comte de Walstein commence immédiatement au dessous de la chaussée qui retient les eaux, et se prolonge jusqu'à une petite rivière flottante qui se jette dans le Rhin. Ces eaux, dont le comte de Walstein, ignorant comme tous les grands seigneurs, ne sait pas la valeur, suivent dans cette forêt un lit inégal et torrentueux, et vont se perdre dans la rivière dont je vous ai parlé.

Maintenant voici mon plan : je canalise ce torrent, et, au lieu d'être obligé de faire sortir mes produits de cette vallée au moyen de voitures très dispendieuses et tout à fait impossibles pour des pièces d'un gros volume, je les porte par mon canal d'ici à la rivière, de la rivière au Rhin, et du Rhin...

Le regard de M. Kaufmann acheva la phrase; ce regard renfermait le monde.

— Mais il est très beau, votre plan, s'écria Léopold.

—C'est pour moi une énorme économie et en même temps la possibilité d'étendre ma fabrication et de l'appliquer à tous les besoins de l'industrie.

Jusque-là Mme Kaufmann n'avait pas prononcé une parole ; mais à ce moment elle piqua d'une pointe acérée la boursouflure de son mari en disant doucement à Guillaume :

— Vous devriez montrer à votre ami le plan que vous avez fait pour l'exécution de ce projet. Je suis fort ignorante de ces matières; mais je suis sûre qu'il n'en serait pas moins charmé que M. Kaufmann, qui d'abord le trouvait impossible, et qui maintenant ne rêve pas autre chose.

Guillaume, qui commençait à se dépiter du rôle auquel son oncle le réduisait, fut cependant embarrassé de voir si nettement remettre chacun à sa place.

L'oncle Kaufmann se pinça les lèvres et jeta à sa femme un regard de menace ; mais il la trouva impassible, ou plutôt elle semblait s'être déjà retirée de la conversation ; car elle suivait d'un œil attentif le vol d'une phalène qui venait se heurter au cristal de la lampe. Il en fut donc pour sa grimace significative qui semblait dire : Tu me le paieras !

Sans doute Guillaume le comprit, car il s'empressa de rétablir son oncle dans sa bonne humeur en lui disant :

— Maintenant, la seule chose qui vous restera à faire, c'est de déterminer M. de Walstein à vous vendre cette portion de bois, et je crains que ce ne soit pas une chose facile.

— Bah! tout te semble difficile à toi, reprit M. Kaufmann avec une intrépidité de suffisance que rien ne pouvait désarçonner tout à fait. Je saurai bien finir tout seul ce que j'ai commencé tout seul.

Probablement Léopold éprouva dans ce moment ce que nous-même avons quelquefois ressenti en face de ces furieuses vanités.

A voir ces hommes d'une insigne nullité, dont le cerveau aride est incapable de produire une idée, s'emparer avec effronterie du travail des autres, s'en faire gloire, en tirer profit et considérer comme un vol la faible part qu'en revendique le véritable créateur, on se demande si c'est une usurpation audacieusement calculée ou une appropriation de bonne foi qui vient de l'énormité de la sottise.

Si étranges qu'ils soient, ces caractères sont très communs, et pour notre part, et après le long examen que nous en avons fait, nous avons reconnu que le plus grand nombre de ceux qui agissent ainsi, le fait avec la naïve conviction de sa merveilleuse supériorité.

Dans leur bonne opinion d'eux-mêmes, si ces gens émettent par hasard une vague supposition dont un esprit lucide et droit tirera plus tard un projet rationnel et possible, ils se disent les inventeurs du projet; si, au contraire, dans une création qui leur passe par les mains, il se trouve quelque chose d'oublié, ne fût-ce qu'une virgule ou un point sur un i, ils ont complété, selon leur dire, la pensée obscure et informe de cette création, et c'est véritablement à eux qu'elle doit l'existence.

Dans toutes les carrières et à toutes les hauteurs de la société, fourmillent de ces vampires qui s'engraissent de la pure substance de ce qui pense et de ce qui agit, et nous nous sommes arrêté assez long-temps à définir ce caractère, parce que c'était celui de M. Kaufmann, et qu'il servira peut-être d'explication à beaucoup de faits de cette histoire.

Continuons maintenant à rendre compte de la conversation.

A la phrase de M. Kaufmann, qui se disait assez habile pour finir tout seul ce qu'il avait commencé tout seul, Guillaume baissa la tête; mais Léopold, soit qu'il vînt au secours de son ami, soit qu'il voulût prendre dans la conversation une place plus importante que celle d'auditeur bénévole, Léopold, disons-nous, s'empressa de répondre :

— Je suis de l'avis de Guillaume, ce ne sera pas une chose si facile que vous le pensez. M. de Walstein, tout grand seigneur qu'il est, entend fort bien les affaires, et sait surtout admirablement bien défendre ses intérêts.

— Vous connaissez donc M. le comte de Walstein? dit M. Kaufmann, d'un ton où il y avait déjà pour Léopold beaucoup plus de considération qu'il ne lui en avait encore montré.

— Je l'ai vu souvent à Berlin, reprit Léopold, dont la fatuité répondit merveilleusement au ton de déférence de M. Kaufmann; c'est un homme qui aime les arts, qui s'occupe de lettres et qui recherche avec empressement la société des hommes en renom. Je n'ai pu refuser toujours, malgré mon amour pour la retraite, les invitations pressantes qu'il m'a fait faire par ses amis et les miens ; du reste, nos relations n'ont pas été bien loin, attendu qu'il y a deux ans il quitta la capitale pour s'enfermer dans une de ses terres.

— Sans doute pour quelque désastre de fortune?

— Non ; mais son fils, qui alors était étudiant à l'université de Heidelberg, se trouva mêlé à une espèce d'association politique : l'imprudence du fils fut sans doute imputée au père comme un crime, car il quitta Berlin.

— Mais, s'écria M. Kaufmann, si j'avais eu un fils qui m'eût compromis à ce point, je l'aurais chassé !

— C'est ce qu'eût fait M. de Walstein, si son fils eût reparu chez lui.

— Je l'aurais renié.

— C'est ce qu'il a fait; si bien que le jeune homme a quitté, dit-on, l'Allemagne, et qu'on n'a plus entendu parler de lui.

— En ce cas, dit M. Kaufmann, ce sera sa fille qui héritera seule de son immense fortune?

— Probablement, reprit Léopold ; car il est sur le point de la marier au prince Ludescoff, qui, certes, ne l'épouserait pas, si elle ne devait avoir qu'une part mesquine de cette fortune.

— Ah ! M. de Walstein a une fille ? dit Mme Kaufmann.

— Oui, madame, une grande fille, avec un nez crochu, des yeux d'un bleu de faïence, des mains sales, des cheveux jaunes et une taille qui eût charmé Frédéric-Guillaume à l'époque où il cherchait des grenadiers extravagans dans tous les coins du monde.

— Il paraît que c'est un monstre, d'après ce portrait, dit Guillaume.

— Avec tout ça, reprit Léopold, il y a des gens qui la trouvent fort belle; quant à moi, elle m'a toujours souverainement déplu.

Guillaume ne put s'empêcher de penser que Mlle de Walstein devait avoir peu goûté la poésie de Léopold, et sans autre désir que de se confirmer dans son idée, il lui dit :

— Quel âge a-t-elle?

— On lui donne, ou plutôt elle se donne vingt ans, sinon trente.

— Et a-t-elle de l'esprit ?

— C'est une personne fort studieuse, qui se pose en femme forte, qui fait semblant de comprendre les intérêts de la société et de la politique, se plaît à la société des savans et des hommes raisonnables, affecte d'estimer les vertus solides et les travaux utiles, enfin ce n'est pas une femme...

Guillaume attendit la fin de la phrase; mais Léopold s'arrêta, le regarda, se mit à rire en disant :

— Ou plutôt, c'est une femme comme tu les entends.

— Moi ! dit Guillaume entraîné par le mouvement de la conversation, tu me prêtes un singulier goût.

— Pas du tout, reprit Léopold, à qui venait de luire la pensée que c'était une occasion favorable d'apprendre à M. et Mme Kaufmann que Thérèse n'était point faite selon les désirs de Guillaume ; point du tout, et je te jure que Mlle Clémence de Walstein serait, si tu pouvais y prétendre, la réalisation du rêve de ton âme. Une femme qui s'associera aux travaux, aux luttes, aux dangers de son mari, s'il le faut ; qui comprendra son ambition et la servira de tout son pouvoir. Qu'après cela elle soit un peu plus ou un peu moins aimable, un peu plus ou un peu moins belle, qu'importe? ce sont des misères qui ne comptent pas dans une destinée qui suit un vol si élevé.

Pendant qu'ils parlaient ainsi, aucun des deux interlocuteurs n'avait remarqué le regard ardent que Mme Kaufmann avait jeté sur eux. M. Kaufmann seul s'en aperçut, et il allait parler, lorsque sa femme dit d'une voix dont le calme et l'intonation uniforme avaient quelque chose d'étrange :

— Et cette jeune fille est aussi laide que vous le dites?

— A vrai dire, madame, j'ai un peu chargé le portrait ; quant à moi, elle me déplaît souverainement, ce qui n'est pas une raison pour qu'elle ne plaise pas à Guillaume.

Le regard de Mme Kaufmann sembla trembler, et son mari dit aussitôt :

— Ne regarde donc pas Guillaume, comme s'il avait déjà trahi ses devoirs. En vérité, tu es jalouse de lui comme si Thérèse ne pouvait pas avoir d'autre mari au monde, et surtout comme s'il devait s'amouracher de toutes les femmes qu'il est destiné à rencontrer.

— Il faut faire revenir Thérèse, reprit Mme Kaufmann ; il faut...

Il lui prit une sorte d'étouffement, on voulut s'empresser autour d'elle ; mais elle fit un signe de la main, but un verre d'eau froide, et reprit son impassibilité.

Cette petite scène avait fort étonné Léopold ; mais un signe de M. Kaufmann sembla lui dire :

— Ne faites pas attention, c'est tous les jours comme ça.

Cependant l'insinuation de Léopold n'avait pas tourné comme il l'espérait ; il s'attendait à voir Guillaume saisir l'occasion de protester, au moins indirectement, contre son mariage avec Thérèse, tandis que son silence paraissait un nouvel acquiescement aux volontés de son oncle.

Le souper était fini, et M. Kaufman dit en se levant :

— C'est aujourd'hui, n'est-ce pas, que M. Walstein est arrivé? Il faudra que nous le voyions demain. Suis-moi dans mon cabinet pour que je te dise comment j'entends engager cette affaire. Vous permettez, monsieur Kirckwer?

Et, sans attendre la réponse de Léopold, il sortit en emmenant Guillaume, qui n'eut que le temps de faire signe à Léopold d'être discret et prudent.

Une pareille recommandation n'était pas de nature à arrêter Léopold ; et dès qu'il se trouva seul avec Mme Kaufmann, il prit la résolution, non seulement de lui parler du peu de sympathie de Guillaume pour Thérèse, mais encore de lui faire l'aveu de son propre amour. Mais ce sujet, comme tous les autres, était difficile à entamer vis-à-vis d'une femme qui, toujours plongée dans une espèce de contemplation extatique, ne s'en arrachait que pour répondre à des questions qu'elle semblait souvent ne pas comprendre.

Cependant Léopold s'arma de résolution et commença par une attaque de côté, à l'endroit où il avait déjà frappé.

— Probablement, dit-il, Mlle de Walstein a accompagné son père, et je suis sûr que, lorsque vous l'aurez vue, madame, vous serez de mon avis.

— Je le pense.

— Du reste, si j'ai fait une plaisanterie à Guillaume au sujet de Mlle de Walstein, c'est que je le crois fort peu sensible aux véritables charmes de la femme; son esprit sévère et exact ne lui permet pas d'apprécier la délicatesse de leurs sensations et l'idéal de leurs pensées.

Mme Kaufmann attacha de nouveau sur Léopold son regard curieux, et celui-ci, croyant avoir éveillé son attention, ajouta :

— Je ne sais pas s'il a même un véritable sentiment de leur beauté; car il en a eu long-temps le plus parfait modèle sous les yeux et il ne l'a pas compris.

Le regard de Mme Kaufmann luisait d'un éclat plus vif pendant que Léopold parlait ainsi, et par un mouvement machinal elle s'était retirée au fond de son fauteuil comme si cet homme lui eût fait peur.

— Oui, madame, dit Léopold, il a vécu ici auprès de votre charmante fille, et il ne l'aime pas.

On eût dit qu'à ce récit le regard de Mme Kaufmann se brisait comme un arc tendu; un léger tressaillement parcourut tout son corps et elle retomba dans son affaissement ordinaire, les yeux baissés et déjà étrangère à ce qu'elle venait d'entendre.

— Mais, madame, reprit Léopold, qui s'imagina que l'étonnement seul avait produit ce brusque changement, la folie de Guillaume, ou plutôt son aveuglement, ne sont point partagés par tout le monde, et il suffit d'avoir rencontré une fois Mlle Thérèse pour apprécier tout ce qu'elle a de beauté, de grâces, de vertus.

Mme Kaufmann souriait tristement; Léopold crut le moment bien choisi; il aborda un lieu commun qu'il considérait comme nécessaire en pareille circonstance, et il continua :

— Et comment n'eût-elle pas été douée de tous ces avantages, née d'une mère comme vous, élevée sous vos yeux, par vos soins? Ah! Guillaume seul est assez aveugle pour méconnaître cet ange... lui seul, madame; et je vous jure que je ne puis le comprendre, car j'ai eu le bonheur de voir mademoiselle votre fille.

— Ah! dit doucement Mme Kaufmann.

— J'ai eu le bonheur d'être reçu chez Mme Senissell.

— Chez ma sœur!

— Oui, madame, et là j'ai pu juger de la charmante beauté, de l'esprit, de la distinction de Mlle Kaufmann, et je vous avoue, madame, que si son union avec mon ami n'était pas irrévocablement arrêtée, que si un obstacle venant de la volonté de Guillaume ou de Mlle Thérèse mettait obstacle à cette union, j'aurais sollicité le droit d'aspirer à un bonheur dont je ne me crois pas indigne; car ma famille occupe un rang honorable... et quoique moi-même je n'aie pas encore pris une place élevée parmi....

Depuis quelques instans Léopold suspendait ses mots et les articulait avec une certaine impatience; car Mme Kaufmann ne paraissait plus l'écouter ou l'entendre. Il s'arrêta tout à fait pour l'observer. On eût dit qu'elle lisait dans un livre placé devant elle et qui l'absorbait complétement.

Léopold, encore plus mortifié que chagrin de son peu de succès, finit par lui dire d'une voix assez aigre :

— Je vous demande pardon, madame, de vous avoir fait une pareille confidence; mes prétentions cependant sont trop respectueuses pour que je craigne de vous avoir offensée.

— Pardon, à mon tour, monsieur, reprit Mme Kaufmann, de ne pas vous avoir répondu.

— Vous ne m'avez peut-être pas bien compris?

— Parfaitement, monsieur; mais c'est à M. Kaufmann qu'il faut vous adresser; je ne puis rien pour vous.

— Cependant, reprit Léopold, une mère peut mieux veiller qu'un père lui-même au bonheur de sa fille; elle comprend mieux qu'un homme que les convenances de famille ne tiennent pas lieu de sympathie, et ses conseils et son autorité peuvent prévenir un malheur ; car ce serait le malheur de votre fille et le malheur de Guillaume, j'en suis sûr.

— Mon mari en décidera, monsieur, reprit Mme Kaufmann.

Elle se leva, salua Léopold, et sortit sans autre explication.

Le premier mot de la pensée de Léopold fut celui-ci :

— Cette femme est idiote.

Puis il se mit à réfléchir sur le bonheur probable qu'il trouverait dans son mariage avec Thérèse ; il pensa qu'il lui faudrait vivre dans cette famille et au milieu de ce désert, et un commencement de désillusion s'empara de lui. Il en arriva à se consulter pour savoir s'il ne ferait pas mieux de renoncer à une entreprise qui semblait devoir rencontrer de si grands obstacles.

Léopold avait mesuré toute la nullité et toute la sottise de M. Kaufmann, et cependant M. Kaufmann l'épouvantait.

III.

C'est une étrange chose sans doute que cet empire des hommes suffisans; mais il est impossible de le méconnaître, et il s'exerce même sur les esprits qui le jugent le mieux et le méprisent le plus. C'est que ces natures vulgaires et sottes imposent facilement à la multitude, et que ce n'est pas elles qu'on redoute, mais les opinions nombreuses dont elles disposent.

D'ailleurs, il y a si peu de chance de les convaincre, de les arracher à la confiance permanente qu'elles ont en leur infaillibilité, que, pour peu qu'on en ait essayé dans sa vie, on préfère ne point entrer en lice avec de pareils antagonistes. Ils considèrent ce silence comme une victoire ; leur vanité s'en gonfle d'autant, et ils arrivent à un état de demi-dieux où rien ne peut plus les atteindre.

Toutefois, si Léopold eût eu une passion aussi décidée qu'il le prétendait, il n'eût pas hésité à combattre ; mais la poésie de Thérèse s'était un peu perdue dans la prétention de son père et l'espèce d'idiotisme de sa mère ; et lorsque Guillaume rentra et lui annonça qu'il se rendrait le lendemain au château de M. de Walstein, Léopold lui proposa de l'accompagner ; et il se souvint qu'avant que Mlle de Walstein n'eût ri aux éclats pendant qu'il récitait une de ses ballades les plus vaporeuses, il l'avait trouvée belle, et avait rêvé qu'elle représentait assez bien une muse antique.

Guillaume accepta la proposition de Léopold, et le lendemain les deux amis se mirent en route pour le château de Walstein.

Le lendemain, lorsque Guillaume et Léopold arrivèrent au château de Walstein, le comte ne s'y trouvait point. Mais comme il n'était sorti que pour peu de temps, et que Guillaume s'était annoncé comme venant parler d'affaires, on le pria d'attendre, et on le laissa avec Léopold dans un salon qui donnait sur une terrasse autrefois plantée en parterre, mais dont le désordre actuel attestait la longue absence des maîtres de la maison.

Cette terrasse, tournée du côté de la vallée où était située l'usine de M. Kaufmann, la dominait entièrement, et d'assez haut pour qu'on pût suivre les mouvemens de tous les travaux qui s'exécutaient à ciel ouvert. Cette vue, dont Guillaume n'avait jamais joui et dont il ne s'était point rendu compte, attira son attention.

Bien qu'il sût que, puisqu'on apercevait le château de presque toutes les parties de l'usine, on devait y être également vu du château, il fut contrarié de cette disposition, qui mettait la maison de son oncle à la merci de la curiosité des habitans de Walstein.

En effet, il put reconnaître à la blancheur de sa robe sa tante se promenant dans le jardin ; il est vrai qu'elle était la seule femme qui fût ainsi vêtue, et qu'il ne pouvait s'y tromper. Mais il jugea qu'à l'aide d'une lunette on pouvait exercer une sorte d'espionnage sur les mouvemens extérieurs de chacun.

Tandis qu'il cherchait à examiner les endroits qu'il pourrait masquer au moyen de plantations ou par la disposition des nouveaux ateliers qu'il projetait, il entendit Léopold dire d'une voix assez élevée pour attirer l'attention de la personne à qui il s'adressait :

— J'ai l'honneur de présenter mes respects à mademoiselle de Walstein.

A ces mots, une femme, sortant d'une allée qui aboutissait à cette terrasse, s'inclina en marchant pour saluer celui qui lui parlait ainsi.

Mais presque aussitôt elle s'arrêta en disant avec une surprise très significative :

— Monsieur Kirckwer dans ce pays ? Ici !...

Il était difficile de se tromper sur le sens de l'exclamation : elle n'avait rien de bienveillant pour celui à qui elle s'adressait.

Cependant Léopold ne put s'imaginer d'abord qu'on ne fût pas charmé de le voir ; mais le mouvement que Mlle de Walstein fit en arrière au moment où Léopold s'approcha tout à fait d'elle ne put lui laisser aucun doute sur l'importunité de sa visite. Malgré son assurance, il fut si embarrassé de cet accueil, qu'il voulut se disculper autant que possible ; et pendant que Guillaume restait à quelque distance le chapeau à la main, il dit à Mlle de Walstein :

— J'étais chez mon ami, M. Kaufmann, propriétaire de cette forge ; il se trouvait avoir avec monsieur votre père des affaires d'intérêt dont il voudrait lui parler aujourd'hui même ; et, comme il n'a pas l'honneur de le connaître, il m'a prié de l'accompagner, ne fût-ce que pour le présenter.

Le sourire froid par lequel Mlle de Walstein répondit à Léopold voulait dire très clairement : Je ne crois pas un mot de ce que vous dites ; mais je suis forcée d'avoir l'air de le croire ; j'accepte donc votre excuse.

Elle fit une révérence cérémonieuse à Léopold, et c'est à peine si elle s'inclina lorsqu'elle passa devant Guillaume pour entrer dans l'intérieur du château.

— Eh bien ! dit alors Léopold à Guillaume, tu as vu la reine des impertinentes. Je crois que nous ferons tout aussi bien de nous en retourner.

— Quoiqu'elle t'ait accueilli assez mal, répondit Guillaume, je n'ai point à me fâcher de son impolitesse, elle ne pouvait s'adresser à moi, qui ne la connais pas. Et, en tous cas, ce n'est pas elle que je suis venu voir.

Léopold fronça d'abord le sourcil en voyant son ami ne pas prendre sa cause plus chaudement ; mais son front s'éclaircit à la fin de la phrase de Guillaume, et il répliqua vivement :

— Au fait, ce n'est pas pour elle que nous sommes venus. J'ai à te présenter à M. Walstein ; c'est là le but de ma visite, sans cela je me serais bien gardé de mettre les pieds dans ce château. Du reste, tu verras quelle différence il y a entre lui et sa fille ; car ce n'est pas à son école qu'elle a pu apprendre à être si peu polie.

Guillaume ne voulut point augmenter la confusion de Léopold en lui rappelant qu'il n'était point du tout venu comme introducteur, mais pour son propre compte ; il se contenta de hausser les épaules, et quelques instans après, un domestique vint avertir les deux jeunes gens que M. de Walstein était rentré, et qu'il les attendait.

On les introduisit dans la salle à manger, où M. de Walstein et sa fille étaient déjà à table ; ni l'un ni l'autre ne se levèrent pour recevoir ces messieurs; un domestique plaça des siéges à une certaine distance de la table.

Le comte de Walstein les leur montra d'un geste rapide et dit presque aussitôt :

— Ah! monsieur de Kirckwer, charmé de vous voir!

Léopold s'assit, le comte continua :

— Monsieur Kaufmann sans doute? je vous salue, monsieur.

Guillaume resta debout.

— Vous vouliez me parler d'affaires? reprit le comte sans faire attention à la rougeur de Guillaume.

— Celle dont j'ai à vous parler au nom de mon oncle, dit Guillaume d'un ton sec, n'est pas nouvelle pour vous, monsieur le comte, et le régisseur de vos propriétés, M. Cavendish, a dû vous en parler.

— Je ne crois pas, repartit le comte en continuant son déjeûner; Clémence, est-ce que M. Cavendish vous a parlé de M. Kaufmann?

Clémence, qui lisait un journal, ne le quitta pas des yeux, et répondit avec distraction :

— Je ne me souviens pas.....

— Non, non, monsieur, reprit le comte, je n'ai aucune idée de cette affaire.

— A ce compte, reprit Guillaume d'un air sévère, M. Cavendish aurait donc supprimé la lettre que je lui avais remise, et que mon oncle avait eu l'honneur d'écrire à M. le comte pour lui faire des propositions?

Le comte parut embarassé; mais il reprit aussitôt :

— C'est une supposition bien grave que vous faites là; c'est accuser un homme d'honneur d'une action qui...

— Monsieur le comte, dit Guillaume en interrompant nettement M. de Walstein, j'ai remis moi-même la lettre à votre régisseur, et j'ai été d'autant plus autorisé à croire que vous l'aviez reçue, que M. Cavendish m'a répondu en votre nom que vous vous étiez réservé la décision de cette affaire, et que lorsque vous viendriez visiter cette propriété, j'aurais à en traiter directement avec vous.

L'embarras du comte était visible, et Mlle Clémence avait quitté son journal pour regarder celui qui parlait à son père avec cette fermeté.

Cependant M. de Walstein se remit et repartit d'un air dégagé :

— Il est possible que tout cela soit vrai, monsieur; moi-même, sans y faire grande attention, j'ai pu dire quelque chose de semblable à M. Cavendish pour me dispenser d'écouter le rapport qu'il voulait me faire sur l'échange que vous me proposiez.

— En effet, dit Guillaume, c'était un échange.

Le comte ne fit pas semblant d'entendre ces mots, qui montraient qu'il connaissait mieux qu'il ne le disait l'affaire dont il prétendait n'avoir aucune idée, et il continua du même ton :

— Je n'entends rien aux affaires, et j'ai pris un régisseur pour qu'il fasse les miennes et surtout pour n'en entendre plus parler. M. Cavendish sera ici dans une ou deux semaines, arrangez-vous avec lui; ce qu'il fera sera bien fait; je lui ai laissé tout pouvoir dans mes affaires.

M. de Walstein avait accompagné ces dernières paroles d'un geste qui voulait dire : vous pouvez vous retirer; mais Guillaume, outré de cette impertinente réception, ne bougea pas, et reprit froidement :

— Pardon, monsieur le comte, mais je crois devoir vous prévenir que je ne traiterai point avec M. Cavendish.

— Pourquoi cela? dit le comte avec hauteur.

— Parce que je ne puis croire à sa bonne foi. M. Cavendish m'a affirmé que ses pouvoirs n'allaient pas même jusqu'à accorder un sursis de paiement à un de vos fermiers.

— M. Cavendish dit ce qu'il lui plaît, monsieur; mais s'il n'a pas terminé avec vous, c'est sans doute que l'affaire n'était pas acceptable.

— C'est parce qu'elle est très avantageuse pour vous, monsieur, reprit Guillaume, que je suppose à M. Cavendish des raisons intéressées pour avoir refusé mes offres, lorsqu'il avait le pouvoir de les accepter. Il ne faut donc pas vous étonner si je refuse de traiter avec lui.

— En ce cas, dit le comte très sèchement, cette affaire ne se fera pas.

— Soit, monsieur, dit Guillaume en saluant.

— Vous comprenez très bien, reprit le comte, avant que Guillaume eût eu le temps de se retirer, que je n'ai aucune envie de me laisser leurrer par les prétendus avantages que vous m'offrez. Et comme je n'entends rien aux affaires...

Guillaume s'arrêta, et parlant à son tour avec une certaine humeur, il repartit :

— Monsieur le comte, l'affaire n'exige pas une grande intelligence : vous avez dans la vallée trente arpens de bois complètement isolés de votre propriété, je vous en offre soixante touchant votre parc, voilà tout.

— Vrai, dit le comte, et ma rivière pour quoi la comptez-vous?

— Elle vous est inutile.

— Pourquoi m'est-elle inutile, lorsqu'elle vous est si nécessaire?

— Parce que je puis y exécuter des améliorations que vous ne pouvez pas faire.

— Vous croyez que je ne pourrais pas la canaliser aussi bien que vous, et qu'en établissant une chaussée à quelques pas de l'Ells je ne pourrais pas y construire un moulin et une usine, s'il me plaît?

— Pour faire cela, monsieur le comte, il vous faut retenir les eaux et les élever à un niveau qui vous est formellement interdit par vos titres de propriété ; vous ne pouvez sous aucun prétexte diminuer la puissance de notre chute d'eau, et nous ne souffrirons pas la moindre usurpation à cet égard.

— C'est ce que nous verrons, monsieur, dès demain je fais commencer une digue à l'issue du torrent.

— Je la ferai abattre, monsieur le comte.

Monsieur de Walstein se leva, l'œil en feu et tremblant de colère.

— Vous dites, monsieur?

— Je dis, monsieur le comte, que le titre qui m'autorise à mettre le pied sur votre propriété, après une simple dénonciation faite aux magistrats, a été rédigé par le comte de Walstein, votre aïeul, lorsqu'il vendit cette propriété, en prévision de ce qui pourrait arriver et de ce dont vous venez de me menacer.

Dans la position où nous sommes, s'il vous plaisait de barrer par une digue de quarante pieds de hauteur la gorge par où s'échappent les eaux du lac de Walstein, nous serions submergés au bout de trois jours.

Si nous avions toujours affaire à un homme comme vous, monsieur le comte, dont la fortune peut nous répondre des dommages que nous aurions à subir, ce serait un moindre inconvénient, sans doute ; mais vous pouvez vendre cette propriété à un homme qui n'aura que ces trente arpens de bois qui ne valent pas quinze mille francs, et qui cependant pourrait détruire une propriété de plus d'un million.

Monsieur le comte, si vous faites élever, je ferai abattre.

— Monsieur le neveu Kaufmann, reprit le comte avec emportement, j'y serai demain matin avec trente maçons et cinquante de mes fermiers ou de leurs gens ou des miens, et j'y resterai tous les jours.

— En ce cas, monsieur le comte, j'irai demain tout seul avec un huissier, et après demain avec deux cents ouvriers. J'ai bien l'honneur de vous saluer.

Le comte resta stupéfait de tant d'audace.

Mais à peine Guillaume était-il parti, qu'il éclata en s'écriant

— L'insolent! le misérable! il ose me menacer!... Ah! dût-il m'en coûter cent mille francs!...

— Mais que vous a donc dit M. Cavendish, que ce jeune homme était un imbécile?

— Il me semble qu'il en a fait preuve! dit le comte durement.

Clémence se tut: mais le comte, dont l'irritation était au comble, fut ravi de trouver occasion de faire une querelle à quelqu'un, et reprit d'un ton assez amer:

— Mais peut-être n'est-ce pas votre avis; peut-être trouvez-vous que ce jeune homme a défendu dignement ses droits; que c'est un de ces héros à la française qui savent héroïquement braver l'aristocratie?

— Mon père!... dit Clémence d'un ton de soumission.

— Ah! je connais vos idées à cet égard; vous n'êtes pas la seule de ma famille qui rougisse de la noblesse de son nom!

— Ah! mon père!... reprit Clémence avec un accent de prière.

— Tenez, reprit le comte tout à fait exaspéré, je suis sûr que, s'il vous fallait prononcer entre ce forgeron et moi, c'est à lui que vous donneriez raison.

Clémence n'osa point braver son père au point de lui déclarer qu'il avait deviné juste; mais elle ne voulut point mentir à sa pensée en lui disant le contraire, et elle garda le silence.

Soit que le comte la comprît, et qu'il voulût la punir de ce qu'elle n'avait pas dit, soit qu'il reconnût qu'il s'était laissé emporter au delà de toutes les bornes, et qu'il voulût rejeter sur un autre que lui les torts qu'il venait d'avoir, il reprit après un moment de silence:

— Du reste, tout ceci est votre faute, Clémence.

— Ma faute?

— C'est pour vous complaire, pour me prêter à l'antipathie singulière que vous éprouvez pour monsieur Kirckwer que j'ai reçu ces messieurs avec peu d'empressement.

— Mais, je croyais....

— Eh! mon Dieu, vous croyez toujours! Que vous a donc fait ce jeune homme, que vous êtes accourue d'un air si empressé pour me dire: « Monsieur Kirckwer est venu ici, je ne sais sous quel prétexte; recevez-le, je vous prie, de manière à ce qu'il nous dispense de ses visites.» Dans ma faiblesse pour vos moindres désirs, j'ai cédé et je comprends que ce monsieur Kaufmann, que je n'avais aucune raison pour ne pas bien accueillir, se soit trouvé offensé de ma froideur, et qu'alors, emporté par un sentiment que je ne désapprouve pas au fond, il ait été trop loin, beaucoup trop loin sans doute; mais je tâcherai de renouer cette affaire; car j'y tiens beaucoup à cette affaire.

Ce n'est pas pour autre chose que je suis dans ce pays, où je n'aurais pas dû vous amener; car dès le premier jour vous avez été un obstacle à mes projets.

Cette scène peut montrer à nos lecteurs quel était le caractère du comte de Walstein.

Avare et rapace comme un usurier, il se croyait très habile, en ayant l'air de ne point s'occuper de ses affaires qu'il prétendait ignorer, et qu'il dirigeait cependant avec une extrême assiduité.

Peu soucieux, mais très persuadé de son importance aristocratique, le premier moyen qu'il employait d'ordinaire pour arriver à ses fins était la menace, et, lorsqu'il pensait devoir rester impuni, il ne craignait pas d'aller jusqu'à la violence. Mais comme l'avarice dominait toutes ses autres passions, s'il éprouvait une résistance sérieuse, il n'avait pas honte de reculer et d'en arriver jusqu'à des servilités vis-à-vis de ceux dont il avait besoin, et qu'il n'avait pu réussir à effrayer.

Mille fois en sa vie il s'était placé dans la position où il se trouvait en ce moment; mais l'expérience ne l'avait jamais corrigé, et il commençait toujours par gâter ses affaires en voulant les traiter à la manière des barons du quinzième siècle. Aussi détestait-il cordialement les institutions qui protégeaient l'égalité civile.

Mais, pour bien faire comprendre M. de Walstein, il faut dire que ce n'était pas la morgue du sang qui lui inspirait cette haine; ce n'était pas dans l'âme ce que nous appelons un gentilhomme, pour qui son nom est un culte qu'il veut imposer à tout le monde.

M. de Walstein ne regrettait des anciens priviléges de la noblesse que ce qui eût pu lui servir à s'emparer plus aisément des biens qu'il convoitait. Il se servait de sa noblesse et de son rang comme ferait un maître de fleuret d'une épée à deux mains, tant pis pour ceux que cette arme gothique et rouillée épouvantait, il profitait de leur terreur pour obtenir ce qu'il voulait; mais comme nous l'avons dit plus haut, s'il trouvait des gens qui lui remontraient que le temps était passé de ces grands sabres et de ces grandes menaces, il les jetait de côté sans honte et sans vergogne, et revenait à l'usage des armes habituelles, et pour lui c'était l'astuce et la mauvaise foi dans leurs détours les plus cachés.

Une autre face de caractère de M. de Walstein mérite aussi d'être signalée: c'était la tyrannie qu'il exerçait sur sa fille et la crainte qu'il avait d'elle.

L'austérité des principes de Clémence, la hauteur de ses idées, la fermeté de ses opinions, l'embarrassaient, le troublaient; il se sentait jugé dans sa vie par un esprit plus honnête et plus élevé que le sien, et il s'en vengeait par des duretés et des reproches sans raison. Mais en même temps il rendait involontairement hommage à cette vertu qui le gênait, en essayant de justifier sa conduite devant elle; et il croyait avoir remporté un grand avantage lorsque, par une raison quelconque, il pouvait rejeter ses propres torts sur sa fille, comme il venait de le faire dans la scène que nous avons rapportée plus haut.

Il est inutile de dire quelle en fut l'issue, car nos lecteurs verront plus tard à quoi aboutirent les reproches que M. de Walstein avait commencé à adresser à Clémence.

Revenons à Léopold et à Guillaume.

IV.

A peine ces jeunes gens avaient-ils fait quelques pas hors de l'enceinte du château, que Guillaume s'écria:

— Ma foi, le père et la fille sont dignes l'un de l'autre!

— Ah çà! reprit Léopold, est-ce que tu feras ce dont tu as menacé le comte de Walstein.

— Je le ferai comme je l'ai dit.

— Prends garde! reprit Léopold; c'est entrer en lutte avec un homme dont le rang...

— Plaît-il? fit Guillaume; le rang! Et qu'est-ce que le rang a à faire dans ceci?

— Songe qu'il porte un des noms les plus illustres de l'Allemagne.

— Je respecte fort son nom et son illustration; et partout où je me trouverai à côté de lui, je ne rougirai pas de céder le pas à celui qui le porte; mais ici je n'ai point affaire ni au noble, ni au grand seigneur, ni à l'homme qui a servi son pays avec distinction, je le sais; j'ai affaire au propriétaire, et à ce titre nous sommes autant que lui, nous sommes autant que le roi, et je traiterai M. de Walstein comme s'il était marchand de tuiles ou charbonnier.

— C'est une lutte inégale: vous attaquer à un homme si haut placé, c'est de l'imprudence.

— Ah çà! reprit Guillaume, est-ce toi qui me parles ainsi? toi qui as pris pour thème de tes poésies nationales la sainte liberté, la noble égalité, la fière indépendance, tu t'alarmes d'un conflit entre un bourgeois et un noble ?

— Mon cher Guillaume, dit Léopold avec humeur, j'ai émis des idées justes et dont je suis fier. Ce sont des principes que j'ai semés pour les voir germer peu à peu, jusqu'au jour où nous ferons la révolution sociale qui doit donner leur place véritable aux intelligences supérieures et aux hommes de pensée.

— Eh bien ! mon cher Léopold, tu dois être ravi : non seulement tes principes ont germé, mais ils ont si bien fructifié que je les mettrai en pratique.

— Oui, dans une action brutale

— Dans l'exercice d'un droit.

— Sans doute, comme propriétaire, dans ton intérêt, et non comme penseur.

— Et à quoi diable veux-tu que servent les droits, si ce n'est à garantir les intérêts ? et qu'appelles-tu avoir des principes en penseur ? est-ce pour les prêcher dans de beaux discours ou dans des odes sonores, et reculer devant leur application dans l'occasion la plus simple et la plus légitime ? Si c'est ainsi que tu l'entends, je n'en comprends plus l'utilité.

— L'utilité ! voilà ton grand mot et celui de tous les hommes qui, comme toi, vivent dans la matérialité de la vie.

— Laisse-moi donc tranquille avec ton jargon poétique ! s'écria Guillaume avec une véritable impatience ; ceci est plus grave que tu ne penses, car si M. de Walstein soutient ce qu'il a avancé, il peut en résulter une collision sanglante.

— Et que tu auras à te reprocher, car il me semble qu'un homme de son rang méritait des ménagemens... une condescendance...

Guillaume était très irrité, car il répondit durement à Léopold.

— Quand des gens de rien, comme nous, ont la prétention d'être admis dans la société des gens comme M. de Walstein, ils paient cette insigne faveur par des ménagemens et de la condescendance ; c'est tout simple, et je trouve que plus les grands en exigent de ces petites vanités, mieux ils font. Mais moi, je ne demande pas à ce comte de m'admettre à sa table, à son intimité, je reste chez moi, et je jure qu'il restera chez lui.

Léopold, qui se sentit piqué au vif, ne répondit pas à l'allusion très directe de son ami ; seulement, il dit en ricanant :

— Nous verrons si ton oncle sera charmé de la façon dont tu fais ses affaires.

L'humeur de Guillaume devint plus sombre, et il murmura avec colère.

— Ah ! mon oncle... mon oncle...

— Ah ! ah ! reprit Léopold d'un air triomphant et en montrant à Guillaume au fond de la vallée les maisons de ses ouvriers : on obéit là-bas, l'autorité réussit là-bas, la menace épouvante là-bas... mais là-haut, reprit-il en montrant le château, on résiste, et cela irrite, cela désoriente.

— Léopold, reprit Guillaume sérieusement, ne parlons plus de cela ; si tu ne m'as pas compris, c'est que tu ne le peux pas, ou plutôt que tu ne le veux pas. La mauvaise foi de M. de Walstein me fait perdre une de mes plus belles espérances ; j'en ai assez de chagrin, assez de dépit pour que tu ne l'augmentes pas par tes sarcasmes.

— Je n'ai aucune envie de te blesser, reprit Léopold, mais, en vérité, je crois devoir te dire en ami que ton chagrin t'aveugle, et que ton dépit t'emporte. Tu parles de la mauvaise foi de M. de Walstein, parce qu'il te refuse d'accepter l'affaire que tu lui proposes.

— Es-tu toi-même de bonne foi en parlant ainsi ? lui dit Guillaume.

L'exclamation par laquelle Léopold répondit à cette question persuada Guillaume, qui reprit :

— Comment, tu n'as pas vu que M. de Walstein connaissait cette affaire, dont il prétendait n'avoir point d'idée, et que sa prétendue ignorance était une mauvaise ruse pour nous arracher dix fois la valeur de ce que vaut sa propriété, et que sa menace n'a pas d'autre but!

— Il use de ses droits, dit Léopold, et...

— C'est bien, reprit Guillaume en l'interrompant, tu as raison, n'en parlons plus.

En discourant ainsi, ils étaient arrivés à l'usine.

M. Kaufmann attendait Guillaume dans son bureau ; mais il ne se dérangea pas, malgré son impatience, et Léopold suivit son ami, pour être témoin de la scène qui allait avoir lieu. Mme Kaufmann était présente. Son mari, sans lever les yeux de la lettre qu'il écrivait, dit d'un ton indifférent à Guillaume :

— Eh bien! cette petite affaire est-elle finie?

— Cette affaire n'est pas commencée et ne se finira pas, répondit Guillaume, il n'y faut plus penser.

Mme Kaufmann regarda Guillaume, et parut éprouver une joie secrète de son désappointement.

— Comment! s'écria M. Kaufmann, cette affaire ne se finira pas!

— Non, dit Guillaume, et voici pourquoi.

Alors il raconta à son oncle la scène qui s'était passée au château.

M. Kaufmann se promenait, pendant ce temps, les mains dans ses poches, en frappant du pied et murmurant de temps en temps : — Très bien !... très bien...

— Très bien! reprit-il enfin, quand Guillaume eut fini, je ne m'étonne plus de ce qui arrive ; mais c'est ma faute ; lorsqu'on ne fait pas ses affaires soi-même, on n'a que ce qu'on mérite quand elles tournent mal. Mais heureusement que suis là. Qu'on me selle un cheval! Je vais chez monsieur le comte de Walstein.

— Et pourquoi? dit Guillaume.

— Pour réparer tes sottises, dit M. Kaufmann avec hauteur.

Guillaume se tut un moment, et M. Kaufmann le croyant accablé s'empressa d'ajouter :

— Je ne veux pas souffrir plus long-temps de ma complaisance à te laisser faire tout ce qui te plaît. Ce n'est pas la première fois que tu compromets mes intérêts : en voilà assez.

Une révolution violente s'était opérée dans Guillaume, et sans doute le regard sardonique que Léopold attachait sur lui contribua à faire éclater le sentiment qu'il essayait de dominer.

— Vous avez raison, reprit-il avec ce calme de la colère, bien plus menaçant que les cris et les emportemens ; vous avez raison, en voilà assez ; et pour que vous n'ayez plus à voir péricliter vos intérêts entre mes mains, pour que vous n'ayez plus à réparer mes sottises, je quitte la forge demain.

La superbe de M. Kaufmann grandit sous le coup de cette menace, et il s'écria d'un air de dédain :

— Comment! tu quittes la forge! tu me menaces de quitter la forge! eh bien! mon garçon, les routes sont bonnes, tu peux partir ; nous nous passerons de toi, mon neveu, nous nous en passerons très bien.

— Je vous le souhaite, dit Guillaume ; et il sortit aussitôt du bureau et courut s'enfermer chez lui.

Léopold demeura avec M. Kaufmann et sa femme.

Quoi qu'il en eût, l'oncle sentait que c'était lui qui venait de faire une sottise ; mais il n'était pas comme M. de Walstein, il n'avait personne à qui s'en prendre, et il se promenait dans son bureau, où Léopold était demeuré sans le vouloir, et dont il ne savait comment sortir.

Enfin il paraît que M. Kaufman trouva un biais; car, après avoir levé les yeux au ciel d'un air sentimental, il reprit, en s'adressant à Léopold :

— Voilà, monsieur, comment je suis récompensé de ma tendresse, de mes soins. Je l'ai fait ce qu'il est, monsieur, je l'ai associé à mes travaux, je l'ai traité comme mon fils, il me doit tout; et je ne trouve qu'ingratitude : ah ! c'est affreux !

A peine eut-il prononcé ces paroles, que Mme Kaufmann se leva, et sans prononcer une parole, elle se prépara à quitter à son tour le bureau.

— Où allez-vous? s'écria son mari : près de Guillaume, sans doute, lui faire des soumissions, le supplier de rester ?

— Non, monsieur, répondit Mme Kaufmann, je vais l'engager à partir.

— C'est-à-dire que vous allez le soutenir dans sa révolte. Restez.

Mme Kaufmann demeura, et reprit son siége.

— Tenez, dit Kaufmann à Léopold d'un air pénétré, vous êtes son ami; je vous conseille d'aller à lui, de le ramener à la raison. Qu'il me fasse la plus simple excuse, et je le garde. Car je l'aime malgré moi, et j'éprouverais un vrai chagrin à le voir s'éloigner.

— Je ne sais si je réussirai, dit Léopold. Guillaume est très entier dans ses résolutions, et la manière dont il a parlé ce matin à M. Walstein, celle dont il vient de me répondre me font craindre qu'il ne veuille pas écouter les conseils modérés d'un ami.

— Mais cette scène avec le comte a donc été bien violente ?

— Assez, monsieur, dit Léopold, pour que moi, qui ai l'honneur de connaître M. de Walstein depuis long-temps, je n'osasse pas retourner chez lui de peur de ne pas y être accueilli comme je le voulais.

— Cela ne m'empêchera pas d'y aller, reprit Kaufmann, et j'espère qu'à mon retour je trouverai Guillaume plus raisonnable. Voyez-le, monsieur; je veux qu'il soit bien constaté qu'il a résisté à toutes les influences qui ont voulu l'éclairer.

— Au moment où Léopold venait de sortir, Guillaume rentra. Il ouvrit une vaste armoire, et y prit un énorme rouleau de papiers.

— Que faites-vous ? lui dit Kaufmann.

— J'emporte des choses qui m'appartiennent et que j'ai faites pour moi.

— Mais ce sont les plans du canal que je veux faire exécuter!

— C'est mon travail, monsieur, dit Guillaume, il m'appartient; vous le remplacerez facilement; mais comme je pars à l'instant même, je ne veux rien laisser ici qui m'appartienne.

— Vous partez à l'instant même, dit Kaufmann, mais pourquoi ?

— Pourquoi ? je vais vous le dire. Ce n'est pas pour me faire valoir, je vous prie de le croire, mais pour ne pas me laisser humilier.

— Humilier ! dit M. Kaufmann avec embarras; est-ce que j'ai jamais prétendu nier tes travaux, tes connaissances ?

— Vous ne me comprenez pas, lui dit Guillaume en l'interrompant; je ne parle pas de ce qui se passe ici, mais de ce qui se passerait chez M. de Walstein; vous ne pouvez renouer votre affaire, comme vous le dites, qu'en faisant considérer mes paroles comme des menaces sans valeur et sans portée. Je suis fâché d'être forcé de vous le dire, mais j'ai, je crois, assez sacrifié à votre considération dans la maison pour que vous preniez quelque soin de la mienne au dehors.

— Que prétends-tu dire ?

— Vous me comprenez très bien mon oncle...

Madame Kaufmann fit un signe d'assentiment.

— Eh bien ! après ?... reprit son mari.

— Eh bien ! reprit Guillaume, si vous allez chez le comte de Walstein, je pars.

— Mais il faut donc renoncer à cette affaire ? reprit M. Kaufmann, qui cherchait un biais pour ne pas avoir l'air d'accepter trop directement la condition qui lui était si nettement posée.

— Nous y renoncerons s'il le faut, dit Guillaume, et nous trouverons autre chose.

— C'est bien, dit Kaufmann ; je réfléchirai, et nous verrons demain.

— Comme il vous plaira, dit Guillaume.

Kaufmann sortit, et sa femme regarda Guillaume d'un air de pitié.

— Je sais bien ce que vous voulez dire, ma tante, dit Guillaume ; demain il ne me parlera de rien, demain il s'emparera encore de mes idées et je le laisserai faire. Mais que voulez-vous ? je ne puis me décider à lui dire la vérité en face.

— Et tu ne seras rien ! lui dit sa tante.

— Mais c'est le moyen d'avoir le repos.

— Pauvre Guillaume ! reprit Mme Kaufmann en levant les yeux au ciel.

Au même instant Léopold revint.

— Je te cherchais, lui dit-il, mais ton oncle m'a dit que tu étais rentré dans le devoir, et moi je viens t'apprendre que votre affaire peut se renouer.

— Comment cela ?

— Voici le billet que je viens de recevoir de Mlle de Walstein.

— De Mlle de Walstein ? dirent à la fois Guillaume et sa tante.

— Un domestique du château vient de me le remettre à l'instant même. Le voici :

« Monsieur, mon père me charge de vous prier de vouloir bien lui » faire le plaisir de venir dîner aujourd'hui même avec lui. »

— C'est étrange ! dit Guillaume d'un air pensif.

— Je m'étonnais en effet de la froideur du comte à mon égard, reprit Léopold, et j'étais bien sûr qu'il m'en témoignerait son regret d'une façon ou d'autre.

Malgré lui, Guillaume éprouva un violent mouvement de dépit.

Tout le monde prenait ses avantages autour de lui. Léopold continua :

— Et je suis sûr qu'il a forcé sa fille à m'écrire elle-même, parce qu'il aura appris avec quelle impertinence elle m'a reçu.

— C'est donc elle qui vous écrit ? dit Mme Kaufmann.

— Oui, madame, reprit Léopold en lui donnant la lettre ; voyez, c'est de la grande écriture de bas-bleu.

Mme Kaufmann prit la lettre et l'examina avec une attention particulière :

Pendant ce temps Léopold reprit :

— On me parlera probablement de ton affaire, et je tâcherai de rapatrier les choses de mon mieux.

— Mon oncle t'en a chargé ? dit Guillaume.

— Y vois-tu quelque obstacle ?

— Aucun, aucun, dit Guillaume assez amèrement... va...

Léopold sortit sans reprendre sa lettre, que Mme Kaufmann cacha aussitôt.

Guillaume s'écria :

— Je ne sais pas comment font les autres, mais tout tourne en leur faveur.

— Non, Guillaume, ils tournent tout en leur faveur, lui répondit Mme Kaufmann.

— Alors ils sont plus adroits que moi.

— Ils sont plus égoïstes, voilà tout.

— Eh bien ! ils ont raison de l'être ; car tout est profit au métier qu'ils font.

— Et à celui que tu fais, Guillaume, dit Mme Kaufmann, on s'use et on meurt.

Elle sortit :

Guillaume resta seul, mécontent et triste.

V.

D'après ce que nous avons raconté de M. de Walstein, on a dû comprendre quel motif avait dicté l'invitation qui avait appelé Léopold au château. Mais celui-ci n'attribuait qu'à son mérite ce qu'il appelait une réparation, et peu s'en faut qu'il n'accusât la présence de Guillaume de la réception impolie qu'il avait d'abord trouvée à Walstein.

Quant à Guillaume, il réfléchissait aux dernières paroles de sa tante, et pour la première fois il commençait à comprendre qu'il jouait un rôle de dupe.

Depuis long-temps il avait apprécié la valeur de son oncle et celle de Léopold ; mais ni l'un ni l'autre ne lui avaient jamais semblé que ridicules, tandis qu'en ce moment il les trouvait ingrats et malfaisans.

Cent fois il avait vu M. Kaufmann s'emparer de tout ce qu'il faisait et s'en glorifier, et, loin de s'irriter de cette manie, Guillaume l'avait pour ainsi dire encouragée, en s'écartant et lui laissant la place libre. D'où lui venait donc précisément ce jour-là cette colère qui avait si vivement éclaté et cette tristesse qui le dominait malgré lui ?

Rien ne put l'en distraire.

Ce fut à ce point qu'à l'heure du dîner, Kaufmann la remarqua et poussa la condescendance jusqu'à faire des avances à son neveu. Mais tout fut inutile.

Guillaume, d'ordinaire si facile à apaiser, lorsque par hasard il s'emportait, Guillaume demeura froid et pensif, et ne répondit que par quelques mots prononcés d'une voix contrainte et pénible.

Le dîner n'était pas fini, qu'il se retira et alla visiter les ateliers. Il remarqua en entrant que les ouvriers se regardaient entre eux et se faisaient des signes d'intelligence.

Il avait l'esprit mal disposé; il s'imagina qu'on savait la scène qui avait eu lieu entre lui et son oncle, et que les ouvriers, qui trouvaient en lui un maître sévère, se réjouissaient entre eux de ce qu'il eût été humilié par leur chef commun.

Il eût désiré que l'un d'eux eût dit le moindre mot, ou fait le plus petit geste qui pût lui donner occasion de le quereller et de le punir ; car il avait dans le cœur une rage inquiète qui avait besoin de se répandre. Mais à mesure qu'il paraissait, tout se taisait et rentrait dans l'ordre.

Il arriva ainsi jusqu'à l'atelier d'étamage dont les travaux étaient suspendus pour quelques momens, et vit les ouvriers rassemblés en un groupe très attentif, au milieu desquels discourait à voix basse, mais avec énergie, un certain Josaphat, grand colosse de six pieds, dont le caractère sombre l'avait rendu jadis un objet de surveillance particulière pour Guillaume, qui le soupçonnait de fomenter les résistances des ouvriers ; mais rien n'était venu justifier ses soupçons, car Josaphat se montrait laborieux, rangé ; et, quoiqu'il eût une vieille mère, sa femme et six enfans à nourrir, sa maison était la plus propre et la mieux tenue de la vallée ; seulement elle était toujours fermée et était une des plus éloignées de l'établissement.

L'action que cet homme, d'ordinaire impassible, mettait à ses paroles, étonna Guillaume, qui voulut savoir le sujet de la conversation.

Il s'avança rapidement, et demanda d'une voix impérieuse ce dont il s'agissait.

Tout le monde éluda en disant :

— C'est Josaphat qui disait...

— C'est Josaphat qui racontait...

— Oui, c'est Josaphat qui a entendu...

— Eh bien ! dit Guillaume, qu'as-tu entendu et que disais-tu ?

Josaphat baissa la tête d'un air sombre et répondit :

— C'est égal, monsieur Guillaume, si c'est vrai, je demande d'en être...

— De quoi ?

— Ce n'est pas le mur que je veux démolir si j'y vais, c'est le vieux scélérat...

— Et de qui parles-tu, drôle ?

— Est-ce que ce n'est pas vrai que le comte de Walstein vous a menacé ce matin de nous noyer tous ?

— Qui t'a dit ça ?

— Je le sais, c'est bon ; si bien que vous l'avez menacé à votre tour de démolir s'il bâtissait. Qu'il y vienne avec ses gens, comme il dit, et que nous y allions aussi, comme vous le lui avez promis, et gare à lui s'il me tombe sous la main !

— Le comte de Walstein ?

— Le comte de Walstein.

— Quels rapports peut-il avoir eus avec toi ?

— Oh ! je n'ai pas toujours été ouvrier, monsieur Guillaume ; d'ailleurs, je suis du pays, et vous n'en êtes pas, ni les autres non plus ; vous ne savez pas l'histoire, parce que c'est inutile de se vanter d'avoir été quand on n'est plus ; mais il y a dix ans que ça s'est passé, et c'est là comme d'hier, ajouta-t-il en mettant la main sur son cœur.

Ce n'est pas nécessaire à dire, monsieur Guillaume ; d'ailleurs, j'ai juré à mon père, sur son lit de mort, de ne pas me venger pour le passé, et je tiendrai mon serment ; mais je ne lui ai pas juré que cet homme ne voudra pas encore nous faire tort, et alors il paiera pour autrefois et pour aujourd'hui.

Ah ! ajouta-t-il en soulevant une tenaille énorme et en la brandissant en l'air, qu'il bâtisse son mur, le comte de Walstein..... Faites qu'il le bâtisse, mon Dieu ! et ce jour-là...

Il n'acheva pas, mais il jeta sa tenaille avec une telle violence qu'elle ébranla le mur contre lequel elle alla rebondir.

— Josaphat ! que signifie cette violence ? lui dit Guillaume d'un ton sévère.

— Ah ! pardon, pardon ! monsieur Guillaume ; c'est que, voyez-vous, mon père avait soixante ans, il était malade, il avait la fièvre ; nous avions déjà tout vendu pour tâcher de payer les fermages ; mais ça n'a pas suffi. J'avais été au marché pour y porter jusqu'au grain de nos semailles ; car nous étions menacés d'être chassés... J'espérais qu'on attendrait en voyant ce que nous faisions ; mais ce jour-là même, lorsque je revins de la ville, je trouvai mon père sur la route, à dix heures du soir, en hiver, grelottant, mourant ; ma mère pleurant, ma femme et mes trois petits criant et pleurant aussi... et...

Josaphat s'arrêta, une douleur poignante et une colère funeste contractaient son visage ; il fit un effort pour se remettre, mais il ne put chasser le souvenir qui l'obsédait ; seulement la colère sembla fuir ; la douleur resta ; ses traits se détendirent, sa force parut l'abandonner, et il se mit à pleurer en s'écriant.

— Pauvre père !... pauvre père !

Guillaume voulut calmer la douleur de Josaphat, mais il essuya ses larmes avec rage, et répondit d'un ton encore plus sombre qu'avant :

— Pourquoi cet homme est-il revenu ?.... Dieu du ciel ! je ferai un malheur... C'est sûr, je ferai un malheur !

— Je saurai bien t'en empêcher ! reprit Guillaume avec menace.

— Que Dieu vous entende ! dit Josaphat d'un ton soumis ; je ne le voudrais pas... oh ! non certainement, je ne le voudrais pas... Je n'irai pas sur sa route, je vous le jure... mais que la Sainte-Vierge le détourne de la mienne... Et puis, voyez-vous, je m'habituerai à le savoir à une portée de fusil... ça me passera... je prierai Dieu pour que ça me passe.

Josaphat retourna à son travail, et Guillaume se retira plus triste encore et dans une inquiétude qui, cette fois, n'était pas sans raison. Mais il ne voulut pas en faire part à son oncle, et s'enferma chez lui.

Par un sentiment dont il ne se rendait pas un compte bien exact, il voulut éviter d'avoir encore à parler de M. de Walstein. Il se sentait sur ce sujet une irritabilité singulière, et semblait craindre de se laisser emporter s'il lui fallait encore le discuter.

Sans doute il se traça une ligne de conduite durant les quelques heures de solitude où il s'enferma, car il fut impassible durant tout le souper, quoiqu'il lui fallût entendre le somptueux récit de Léopold sur l'accueil qui lui avait été fait par le comte de Walstein.

Au dire du poète, tout avait été arrangé, et le comte, oubliant avec bonté la rustique franchise de Guillaume, ne demandait pas mieux que de traiter avec M. Kaufmann. En effet, il ne pouvait revoir son neveu sans exiger de lui au moins une excuse que celui-ci, sans doute, ne voudrait pas faire; il valait donc mieux que la rencontre du comte et de Guillaume fût comme effacée, et que l'affaire se passât entre le comte et le véritable chef de l'établissement. Guillaume laissa tout dire sans faire une observation.

Mme Kaufmann seule demanda d'un air très indifférent :

— Et Mlle de Walstein, a-t-elle été pour vous plus gracieuse que ce matin ?

— Je n'ai pas eu l'honneur de la voir, elle était indisposée et n'a pas dîné avec nous.

— Bon ! indisposée ? dit Guillaume avec un air de moquerie.

— Elle était indisposée, plus qu'indisposée, elle était malade, très malade, reprit Léopold en appuyant sur les mots.

Le comte m'en a fait même des excuses si marquées, que j'ai bien compris qu'il ne voulait pas me laisser croire que ce fût un prétexte.

— Soit ! dit Guillaume.

— Oh ! toi aussi ? c'est que je t'ai compris, ajouta Léopold, et je veux que tu saches bien une chose : c'est que si je n'avais pas eu satisfaction complète de la réception de ce matin, M. de Walstein ne me reverrait de la vie.

L'air triomphant de Léopold, en parlant ainsi, jeta peut-être une nouvelle colère dans le cœur de Guillaume, mais il se contint.

La grande erreur des gens qui commencent à avoir besoin de dissimuler avec le monde, c'est de croire que l'indifférence est un masque qui cache le secret de nos pensées.

Ainsi, Guillaume croyait n'avoir rien laissé deviner de ce qu'il sentait parce qu'il n'avait paru rien sentir. Ce fut précisément ce silence qui avertit Mme Kaufmann qu'il se passait quelque chose de nouveau dans le cœur de Guillaume. Ce n'est pas qu'elle eût deviné ses projets ; mais elle pénétra, pour ainsi dire, au delà de ses résolutions sans les connaître, et comprit mieux que lui ce qui lui en avait fait prendre de nouvelles.

Ainsi, Guillaume, tout en sachant fort bien ce qu'il voulait faire, ignorait encore ce qui le faisait agir, que déjà Mme Kaufmann en était instruite par cet instinct de femme qui sent venir l'orage long-temps avant qu'un souffle du vent ait remué l'air, long-temps avant qu'un nuage ait obscurci l'horizon.

En effet, pour la première fois de sa vie, Guillaume avait pour ainsi dire comparu devant une femme, car les femmes de la famille ne comptent pas comme *femmes* dans le cœur d'un homme ; et Guillaume, en présence de ce regard observateur, de cet examen silencieux qui parcourt, déchiffre et juge les hommes irrévocablement en une minute, s'était à son insu montré dans tout son avantage.

Peut-être Guillaume pensait-il que sa conduite vis-à-vis M. de Walstein, sa résistance à son oncle, ses menaces, ne lui avaient été dictées que par son bon droit.

Léopold attribuait tout cela à son manque de savoir-vivre, Kaufmann à une boutade d'humeur; Mme Kaufmann seule avait la conviction que Mlle de Walstein était la cause toute-puissante de ce soulèvement instantané de tout le cœur de Guillaume.

Elle n'avait rien vu, rien entendu; le récit de la scène du château n'avait fait que constater la présence de Mlle de Walstein à cette scène; mais Mme Kaufmann l'eût dessinée comme si elle y eût assisté; elle eût mis au premier plan Guillaume se faisant beau, pour ainsi dire, de son caractère et de sa personne, se redressant de toute la hauteur de sa taille et de sa valeur personnelle, et tandis que le comte s'irrite et que Léopold baisse les yeux avec embarras, elle eût jeté dans l'ombre une jeune fille, l'œil levé sur ce jeune homme, et le considérant avec attention; et cette jeune fille, elle l'eût faite belle, et cet œil elle l'eût animé d'une haute intelligence.

Le portrait déplaisant qu'en avait fait Léopold lui avait laissé comprendre sa beauté; le mépris ou l'aversion qu'elle avait pour le poète l'avait avertie que c'était une femme supérieure; si elle l'eût rencontrée, si elle lui eût parlé, elle eût été sûre de la faire rougir en lui parlant de Guillaume.

Du reste, Mme Kaufmann agit en cette circonstance comme si elle avait une assurance positive de tout ce qu'elle supposait, car elle écrivit immédiatement à sa sœur de lui renvoyer sa fille Thérèse, et se réserva de prier Guillaume d'aller la chercher dès qu'elle aurait reçu la réponse de Mme Senissell.

Cependant les quelques jours qui s'écoulèrent avant l'arrivée de cette réponse amenèrent deux ou trois incidens qu'il est nécessaire de raconter.

Deux jours après ces événemens, Kaufmann se rendit au château de Walstein, et en revint quelques heures après, triomphant et radieux.

Il avait trouvé dans le comte de Walstein un homme charmant, tout prêt à faire ce qui pouvait lui être agréable, et qui l'avait interrogé avec un véritable intérêt sur ses travaux, ses projets, sa fortune, sa position; ce à quoi lui, Kaufmann, avait cru devoir répondre avec la franchise, la loyauté et pour ainsi dire l'abandon amical dont on lui avait donné l'exemple.

— Enfin, lui dit Guillaume l'interrompant, votre affaire est faite?

— Non, mais elle se fera.

— Ah! et sans doute aux conditions que vous désirez.

— C'est ce dont nous n'avons pas parlé dans notre première visite, et je crois que c'est assez inutile. J'obtiendrai tout ce que je voudrai; car le comte s'entend fort peu aux affaires. D'ailleurs, nous en parlerons à notre aise dimanche avant le dîner, car nous y dînons, ajouta-t-il en se tournant vers sa femme.

Mme Kaufmann tressaillit à cette nouvelle, et répéta, en montrant Guillaume de l'œil à son mari:

— Nous y dînons, dites-vous?

— Tous deux, reprit Kaufmann, avec M. Kirckwer; mais Guillaume ne peut être blessé de ce qu'on ne l'a pas invité; Thérèse eût été ici qu'on ne l'aurait pas invitée non plus; et quant à M. Léopold, c'est comme plus ancien ami du comte que nous-mêmes qu'il ira au château.

— Mais, dit Guillaume, je ne suis point blessé de cette exclusion; elle me prouve seulement que M. de Walstein s'entend très bien aux affaires.

Le premier mouvement de Mme Kaufman avait été de refuser de suivre son mari, et de ne pas s'associer, en acceptant cette invitation, à l'insulte faite à Guillaume.

Mais un sentiment plus fort que celui de cette justice envers son neveu lui imposa silence. Elle verrait Mlle de Walstein, et à cette pensée une joie amère brilla dans ses yeux.

Malgré son peu d'estime pour Mme Kaufmann, Léopold s'était imaginé qu'elle protesterait au moins contre l'exclusion de Guillaume. Aussi cette apathique obéissance lui donna la certitude que Mme Kaufmann était une buse qui ne comprenait ni ne sentait rien. Il n'en fut pas de même pour Guillaume; cet abandon de sa tante le blessa, et il fut peut-être plus juste envers elle que ne l'avait été Léopold.

Celui-ci avait attribué sa conduite à un manque absolu d'intelligence ou d'affection; Guillaume qui, ainsi que nous l'avons dit, croyait sa tante malade d'ennui, pensa qu'elle n'avait pas voulu perdre pour lui une chance de distraction.

Cette pensée le raffermit sans doute dans la résolution qu'il avait prise tacitement, car son oncle lui ayant dit :

— Guillaume, j'ai à te parler pour une mesure que je tiens à prendre immédiatement.

Il lui répondit :

— Pardon, mon oncle, mais veuillez vous-même donner les ordres nécessaires ; je suis très souffrant, j'ai besoin de repos, je rentre chez moi.

A peine fut-il sorti que Kaufmann s'écria d'un air de pitié superbe :

— Ça lui fait de la peine, je le comprends ; mais c'est sa faute, c'est lui qui l'a voulu.

Léopold ne vit pas dans ce refus autre chose que ce qu'y voyait M. Kaufmann.

Mme Kaufmann elle-même n'y chercha que la préoccupation d'un homme absorbé par une pensée unique, et elle ne jugea pas que c'était le premier point de la ligne de conduite que Guillaume avait résolu de suivre.

Ce ne fut que le surlendemain que Kaufmann l'apprit avec épouvante. Il était dans son bureau avec son neveu, et faisait des factures d'expédition avec le garde-magasin; arrivé à un certain chapitre, il se trouva que la marchandise en magasin ne pouvait suffire à la commande.

— Comment! s'écria Kaufmann, il ne fallait pas quatre heures pour compléter cette commande, qu'a-t-on donc fait à l'atelier d'étamage ?

— Mais personne n'a travaillé, dit le garde-magasin.

— Comment! personne n'a travaillé, dit Kaufmann ?

— Non, monsieur ; vous avez chassé Josaphat, et vous n'avez mis personne à sa place.

— Et tu ne t'es pas occupé de le remplacer? dit Kaufmann à son neveu.

— Je ne savais pas que vous l'aviez chassé, dit tranquillement Guillaume qui continua une addition d'un air impassible.

— Ah! hum! c'est bon..... murmura M. Kaufmann d'un ton grondeur ; puis il reprit :

— Il faudra mettre quelqu'un à la place de ce Josaphat.

— Je ne connais pas dans l'usine d'ouvrier capable de le remplacer, dit Guillaume toujours additionnant.

— Alors il faudra que tu t'en procures un.

— C'est ce que vous ferez mieux que moi, mon oncle, reprit Guillaume sans se déranger.

Le garde-magasin était présent ; M. Kaufmann se tut et continua le travail dont il s'occupait, tandis que Guillaume mettait ses registres en ordre avec un sang-froid désespérant.

Mais à peine le garde-magasin fut-il parti, que Kaufmann s'approcha de son neveu d'un air amical, et lui dit :

— Mais qu'as-tu donc, Guillaume ? tu as l'air souffrant, tu es malade ?

— Moi, point du tout ; je me porte fort bien.

— Si, si, tu es malade, sans cela tu aurais surveillé ce qui s'est passé hier.

— Les ordres étaient donnés, je n'avais pas prévu l'obstacle qui devait en empêcher l'exécution.

— Soit... soit... dit Kaufmann, c'est un petit désagrément ; mais il ne faut pas que cela devienne une perte pour nous ; il faut que l'on travaille demain ; et quoi que tu en dises, tu trouveras quelqu'un pour remplacer ce Josaphat, si tu le veux.

— Je ne pense pas, mon oncle.

— Mais essaie.

— Je suis sûr que je ne réussirai pas.

— Nous ne pouvons cependant demeurer ainsi.

— Vous avez parfaitement raison.

— Je veux en sortir.

— C'est trop juste, mon oncle.

— Jamais on n'a vu une usine s'arrêter pour un ouvrier.

— Ce serait extraordinaire.

— Eh bien ! alors il faut faire reprendre les travaux.

— Qui dois-je mettre à la place de Josaphat ?

— Mais c'est ton affaire de le savoir, reprit Kaufmann.

— Je vous ai dit, mon oncle, que je ne connais personne.

Si la mauvaise volonté de Guillaume s'était montrée d'une façon rude et hautaine, elle eût certes moins embarrassé M. Kaufmann, que cette indolente retraite qui se refusait au moindre effort.

Il s'imagina que l'exclusion de Josaphat, faite sans l'avis de Guillaume, avait seule blessé la vanité de celui-ci, et il crut satisfaire cette vanité en justifiant cette exclusion. Aussi reprit-il tout à coup et sans autre transition :

— Tu ne sais donc pas pourquoi j'ai chassé ce Josaphat ?

— En vérité, non.

— Ce misérable a rencontré M. de Walstein, suivi d'un domestique, dans une des routes de la forêt ; et, sans raison, cet homme l'a montré du poing à son fils qui l'accompagnait, en lui disant :

— « Tiens, voilà le scélérat qui veut nous noyer ! »

M. de Walstein s'est plaint à moi de cette menace. A la description qu'il m'a faite de l'ouvrier qui l'avait insulté, j'ai reconnu Josaphat, et d'ailleurs, quand je l'ai interrogé, il a avoué le propos, et tu comprends que je ne devais pas moins à M. de Walstein ; car enfin, soutenir cet ouvrier contre lui, c'était pour ainsi dire me faire complice de ses paroles.. c'était... Tu es de mon avis... n'est-ce pas ?... je ne pouvais agir autrement... j'ai bien fait...

— Parfaitement, dit Guillaume... parfaitement.

Et il continua son travail sans regarder son oncle qui s'était placé devant lui et qui l'interrogeait à la fois de la voix et du geste.

Kaufmann comprenait très bien Guillaume, et si celui-ci eût voulu pénétrer le premier dans la discussion, c'est-à-dire se plaindre, M. Kaufmann eût été ravi de pouvoir lui faire quelques concessions pour l'apaiser ; mais l'obstination de Guillaume le désorientait, d'autant qu'il ne pouvait mesurer jusqu'où cette obstination pouvait aller.

Si cette scène eût eu lieu avant l'invitation du comte de Walstein, peut-être Kaufmann l'eût-il refusée, mais il n'était plus temps.

Cependant sa vanité ne put se résoudre à faire les premiers pas vis-à-vis de son neveu ; et comme en même temps il sentait qu'il fallait le ramener à tout prix, il pensa à s'adresser à sa femme dont il savait les conseils et surtout les prières tout-puissans sur l'esprit de Guillaume. Mais de ce côté la désertion fut encore plus complète.

Il aborda comme de coutume la question relative à Guillaume, en se plaignant de lui et de son ingratitude.

— En effet, lui dit Mme Kaufmann, je trouve qu'il manque de reconnaissance pour tout ce que vous faites pour lui.

— Je suis bien aise de vous entendre parler ainsi, reprit M. Kaufmann, car voilà ce qui arrive; ce beau monsieur se donne des airs d'Achille retiré dans sa tente.

— Ah ! c'est d'un ridicule complet, reprit Mme Kaufmann.

— N'est-ce pas, dit Kaufmann? et vous comprenez...

— Qu'il faut l'y laisser, reprit Mme Kaufmann, cela le corrigera de l'importance qu'il se donne.

— Certes, dit Kaufmann, ce n'est pas moi qui irai le prier d'en sortir ; mais...

— Ni moi, dit Mme Kaufmann ; car je partage toute votre indignation à son égard.

Kaufmann regarda sa femme d'un air ébahi : il tombait des nues.

Il fut pris d'une espèce de vertige ; tout le monde lui donnait raison, l'approuvait, et jamais il n'avait eu une conviction plus intime qu'il faisait sottise sur sottise ; il s'empêtrait : il était perdu.

Il lui prit bien fantaisie d'ordonner à sa femme, esclave obéissante de toutes ses volontés, d'aller trouver Guillaume et de l'amener à se départir de son inaction ; mais, pour colorer cet ordre, il fallait avouer, au moins un peu, que Guillaume lui était nécessaire, il fallait l'avouer pour un détail infime de l'administration de son usine, il fallait reconnaître que lui, Kaufmann, ne savait même pas l'A B C de son métier, et l'avouer à sa femme dont il devinait le mépris sous la résignation, plutôt tout perdre.

Il la quitta furieux, sans pouvoir lui faire une scène, et s'enferma chez lui pour prendre les mesures nécessaires à rétablir l'ordre dans sa maison.

Ce que résolut M. Kaufmann était une conséquence naturelle de son caractère ; nous verrons ce qui arriva au château de Walstein ; car ce fut par cette voie détournée qu'il essaya d'arriver.

Du reste, et pour ne pas laisser en arrière une circonstance nécessaire à l'intelligence du récit, nous dirons que Guillaume savait parfaitement l'expulsion de Josaphat, et qu'en cette occasion il s'était rendu secrètement chez cet homme, l'avait assuré que justice lui serait rendue, et lui avait remis assez d'argent pour qu'il pût attendre la reprise de ses travaux.

Non seulement Guillaume avait fait cela par intérêt pour cet homme mais encore pour protéger M. Walstein contre l'exaltation que ce nouveau malheur pouvait produire contre lui dans l'âme de Josaphat.

Voilà où en étaient les choses le jour où M. et Mme Kaufmann allèrent dîner au château de Walstein.

VI.

L'obligation de recevoir M. Kaufmann déplaisait à Clémence, qui pensait qu'un tel mari devrait avoir une femme de sa sorte ; ou du moins, si elle n'était pas sotte et prétentieuse comme lui, une bonne grosse ménagère fort occupée de sa lessive, très enthousiaste de ses poulets, et qui lui offrirait des renseignemens sur le prix des légumes et de la viande.

Mais le premier regard que Clémence jeta sur Mme Kaufmann la détrompa complétement, tandis que Mme Kaufmann se dit en voyant Clémence :

— C'est bien ce que j'avais pensé.

Au premier coup d'œil elles s'apprécièrent ; mais en même temps il s'éleva entre elles un sentiment mutuel de répulsion.

Mme Kaufmann se sentit disposée à haïr Clémence, et Mlle de Walstein eut peur de Mme Kaufmann.

Cependant l'accueil qu'elle lui fit fut plein de bonne grâce. Par la raison même que Clémence redouta secrètement le jugement de cette femme, elle ne voulut point lui donner le droit d'en porter un sévère, et mit une sorte de coquetterie dans ses attentions pour Mme Kaufmann. Quant au comte, il ne s'occupa point d'elle, en ce sens qu'il ne prit point la peine de chercher à savoir ce qu'elle valait par elle-même ; il était instruit par Léopold qu'elle ne comptait pour rien dans les résolutions de son mari, et que par conséquent il était inutile de la flatter.

Léopold, qui n'avait pas de partner dans la compagnie, faisait mille efforts pour qu'on s'occupât de lui. Il allait tantôt près de M. Kaufmann et du comte qui causaient ensemble de leur affaire, et à la conversation desquels il ne pouvait se mêler, tantôt près de mademoiselle de Walstein, qui, dès qu'il approchait, se taisait d'une façon si subite, qu'il était impossible de dire plus nettement à un homme qu'il était importun.

Ce manége alla si loin, qu'il parut impoli à madame Kaufmann, et qu'elle supposa qu'il devait y avoir entre mademoiselle de Walstein et Léopold quelque motif particulier qui animait celle-ci contre le poëte.

Cependant on fit une petite promenade sur la terrasse avant le dîner, et c'est là que se passa la petite scène qu'avait préparée Kaufmann.

Mme Kaufmann reconnut dès l'abord que le séjour de M. de Walstein dans son château devait être assez long ; car on remuait le parc, on refaisait les gazons, les plates-bandes; le parterre, qui occupait la terrasse, était déjà dessiné.

Mais M. de Walstein, ennuyé des complimens que Kaufmann faisait à sa fille sur le bon goût de ses dispositions, lui dit alors :

— Tout cela est charmant, sans doute, mais tout cela est bien inutile, car il n'y a pas dans tout le château un arbuste ou une fleur à mettre ici.

— Des arbustes et des fleurs! s'écria Kaufmann; mais ma femme a la plus riche collection de roses, de dahlias, de géraniums, de camélias; elle a toutes les fleurs possibles, et sera ravie d'en offrir un choix à Mlle de Walstein.

Clémence remercia Mme Kaufmann, qui s'était empressée d'appuyer l'offre de son mari; puis elle ajouta en s'adressant à M. Kaufmann :

— Vous avez donc une serre, que vous parlez de camélias?

— Oui, reprit Kaufmann, et une serre unique. C'est une idée de Guillaume : une cage de fer et de verre où le soleil pénètre de toutes parts; un chef-d'œuvre.

— Ah! fit Clémence, tandis que Mme Kaufmann regardait son mari d'un air de surprise.

— C'est que Guillaume est un garçon de talent, monsieur le comte, reprit Kaufmann ; et, s'il n'a pas toute la politesse désirable, cela ne m'empêchera pas de lui rendre justice.

Je lui dois beaucoup... beaucoup plus que je ne puis dire, ajouta-t-il en pesant ses mots et en les adressant à Mme Kaufmann ; et, si ce n'était son fâcheux caractère, je n'aurais qu'à me louer de lui.

M. de Walstein fronça le sourcil; Clémence écoutait avec plus de bienveillance qu'elle n'en avait encore montré; Mme Kaufmann la regardait écouter.

Léopold se mit à rire.

— Ne riez pas ainsi de Guillaume, dit Kaufmann, vous savez aussi bien que moi ce que vaut Guillaume et la justice que je lui rends, et si quelquefois je me montre sévère envers lui, c'est que je veux le maintenir dans la bonne voie.

— Ah! dit Léopold toujours riant, ce n'est pas de lui que je ris, monsieur Kaufmann.

— Eh! de quoi donc? lui dit le comte.

— Oh! c'est un souvenir, un rien. Je vous demande pardon, monsieur Kaufmann, d'avoir interrompu le panégyrique de Guillaume.

— Guillaume a toutes les qualités que lui reconnaît mon mari, reprit Mme Kaufmann avec dignité; puis elle ajouta plus bas, et comme si elle ne parlait que pour Mlle de Walstein et pour elle-même : Et il n'a pas les défauts qu'il lui prête.

Mlle de Walstein regarda Mme Kaufmann, tandis que Léopold avait l'air de s'efforcer de cacher le rire qui s'emparait de lui.

— C'est votre neveu, sans doute, madame, dit Clémence, c'est-à-dire... reprit-elle...

— Je vous comprends : ce n'est pas mon neveu, c'est le fils du frère de M. Kaufmann; mais j'espère qu'il me sera bientôt attaché par un titre plus cher; car j'ai une fille presque aussi grande, pour ne pas dire aussi belle que vous, mademoiselle.

— Je le sais, madame, répartit Clémence en souriant; M. Kaufmann nous l'a dit dans sa première visite, mais il ne nous avait pas appris vos projets.

Mlle de Walstein avait reçu cette confidence comme si on lui eût parlé du mariage du président du Texas; c'était une chose qui ne la regardait point et qui ne l'intéressait nullement.

Mme Kaufmann se remit à observer Clémence avec inquiétude. D'où savait-elle tout cela?... elle s'en était donc informée; ou bien, si Léopold l'avait raconté, elle s'en souvenait d'une façon bien précise.

— Oh! dit Léopold, c'est un savant de premier ordre; et d'ailleurs, si vous voulez voir son chef-d'œuvre, comme dit M. Kaufmann, on l'aperçoit d'ici.

Alors on s'approcha du bord de la terrasse, et Léopold continua :

— Là-bas, au bout du jardin, cette coupole en verre qui brille comme un foyer aux rayons du soleil.

— Ah! dit Clémence, je l'avais bien remarquée, mais je ne pouvais m'expliquer ce que ce pouvait être.

Mme Kaufmann fut, comme Guillaume, assez peu contente de cette disposition qui laissait sa maison en vue du château; d'autant plus que, d'après ce qu'avait dit Mlle Clémence, elle avait sans doute observé, regardé; mais elle se contenta de dire :

— Vous avez d'ici une admirable vue.

— Fort belle, en effet, dit Clémence, et peut-être ne vous êtes-vous jamais douté de l'aspect que votre établissement présente ici pendant la nuit : toutes ces cheminées qui lancent des flammes, ces fourneaux qui font rayonner autour d'eux une clarté étincelante et blanche, ces fenêtres éclairées d'un feu pourpre et qui se reflètent dans l'eau; puis dans le silence de cette solitude, le grincement des machines, tout cela, jeté au fond de cette vallée est un spectacle admirable.

— Voilà une description digne de Burger, dit Léopold.

— Et dont vous pourrez rire à votre aise, monsieur.

Les femmes ramasseraient un soupçon contre la femme qu'elles détestent dans la façon dont celles-ci boivent un verre d'eau.

Mme Kaufmann trouva singulier que Clémence eût tenu note du rire de Léopold à propos de Guillaume, et, poussée par un sentiment que nos lecteurs ont sans doute déjà compris, elle dit à Léopold :

— Mais dites-nous donc, monsieur Kirckwer, ce qui vous faisait rire ainsi tout à l'heure?

Léopold prit un air modeste.

— Je ne puis... je ne dois pas...

— Je vous en prie.

Léopold rit plus fort.

Mademoiselle de Walstein le toisa d'un air qui l'avertissait de son impertinence.

— Vous le voulez, dit Léopold en s'adressant à madame Kaufmann ?

— Mais qu'est-ce donc ?

— Eh bien ! entre nous, je riais de monsieur Kaufmann.

— De mon mari ? dit Mme Kaufmann sérieusement.

— Eh ! voilà que vous vous fâchez ! mais soyez juste, ce bel éloge de Guillaume était-il bien désintéressé ?

— Il est juste, monsieur, et je ne vois pas...

— Tenez, madame Kaufmann, c'est votre mari ; vous l'aimez, vous ne voyez que par ses yeux ; mais, si j'en crois mon expérience de l'homme et l'étude que j'en ai faite, cet éloge s'adressait un peu à vous et à moi ; M. Kaufmann a calculé que nous le reporterions à Guillaume, et que cela calmerait un peu l'humeur de votre Achille retiré dans sa tente, comme il le dit lui-même.

Mme Kaufmann fut blessée de l'inconséquence avec laquelle Léopold mettait ainsi Clémence dans les secrets d'une discussion d'intérieur, et elle lui répondit en s'éloignant pour rejoindre son mari qui lui avait fait un signe :

— C'est une méchante interprétation d'un bon sentiment, monsieur; je ne vous en croyais pas capable.

Mme Kaufmann avait espéré que Mlle de Walstein la suivrait et se séparerait de Léopold ; mais Clémence resta, et ce fut l'anxiété et la colère dans le cœur qu'elle la vit écouter, sinon avec complaisance, du moins avec attention, le récit que Léopold s'était empressé de lui faire. Clémence était donc bien curieuse de ce qui pouvait se passer chez elle ?

Mme Kaufmann ne détesta pas plus Mlle de Walstein, mais elle l'estima moins supérieure qu'elle n'avait pensé. C'était, à son sens, une chose de mauvais goût, et elle avait raison dans sa pensée, mais ce n'était pas la curiosité qui avait arrêté Clémence.

C'était un regard de son père, qui désirait avoir un moment d'entretien avec Mme Kaufmann, s'imaginant qu'il saurait mieux d'elle que de son mari la véritable position de Guillaume ; car Kaufmann, selon son habitude, avait à peine dit quelques mots en faveur de Guillaume, que sa vanité s'en était alarmée, et qu'il les avait ensuite, pour ainsi dire, rétractés un à un.

Le comte avait d'ailleurs jugé que Mme Kaufmann était du parti de son neveu, et il voulait s'assurer cet allié de celui qu'il considérait comme son ennemi.

Mme Kaufmann, en cette occasion, fut loyale pour tout le monde; elle épargna son mari et rendit à Guillaume la justice qui lui était due.

Ainsi, du côté de Clémence, par Léopold, du côté de M. de Walstein, par Mme Kaufmann, Guillaume fut remis à sa place dans l'opinion que tous deux s'en étaient faite d'abord.

Le dîner fut très insignifiant, et, comme le comte et M. Kaufmann avaient arrêté les bases de leur transaction, à peine le dîner fut-il achevé, que M. Kaufmann et sa femme rentrèrent chez eux.

VII.

Et maintenant il nous faut expliquer les réticences, les regards, l'anxiété de Mme Kaufmann.

Mariée fort jeune à M. Kaufman, sans se douter de la nullité que cachait sa sotte vanterie, elle l'avait long-temps aimé pour ainsi dire les yeux fermés ; mais, à la longue, et malgré tous ses efforts, elle n'avait pu s'empêcher de le juger.

Triste de sa découverte, mais portant en soi peut-être autant d'orgueil que de passion, elle avait voulu du moins voiler aux yeux des autres cette sottise incapable qui la blessait à toute heure.

Cent fois elle avait sauvé son mari de ses plus grosses gaucheries ; mais celui-ci s'aperçut de cette protection de sa femme, quoiqu'elle mît tous ses soins à la lui cacher, et il la trouva de la dernière impertinence. Aussi, toutes les fois qu'elle se mettait en avant dans le monde pour l'empêcher d'aller trop loin, il l'écartait rudement de sa route.

Lorsqu'elle faisait tout pour lui sauver les leçons qu'il s'attirait sans cesse, il prenait plaisir à la traiter comme un pauvre esprit qui ne le comprenait pas ; il l'humiliait devant tous, la mettait à sa suite, la réduisait à rien dans sa vie et dans ses intérêts.

Et cependant, animée par un pieux sentiment de ses devoirs, elle n'avait pas déserté sa tâche, et souvent son énergie, ses conseils, son bon sens, avaient triomphé de la présomption de son mari, et l'avaient sauvé de mille affaires mauvaises.

Il l'écoutait alors, mais le lendemain, quand il avait réussi grâce à elle, il se montrait plus insolent et plus dur. Il semblait craindre qu'elle ne prît avantage de ce qu'elle faisait ; et pour que le monde ne pût s'en douter, il en était arrivé à dire que sa femme était une idiote ; et comme on la voyait le plus souvent triste et abattue, on prit son désespoir pour une stupide indifférence.

Mme Kaufmann, si tristement déçue de ce côté, se tourna du côté de sa fille.

Tant que Thérèse fut une enfant, elle espéra ; mais à mesure qu'elle put démêler son caractère, elle reconnut avec un vrai désespoir que c'était la nature de monsieur Kaufmann, avec plus de volonté et d'opiniâtreté peut-être.

Sans doute, si son mari lui eût complétement abandonné sa fille, elle eût corrigé, à force de soins, ces fâcheuses dispositions; mais Kaufmann se plaisait à contrarier sa femme en toutes choses ; il donnait raison à Thérèse contre sa mère, il encourageait ses caprices, sa coquetterie, sa paresse d'esprit, la haine qu'elle avait pour toute occupation sérieuse.

Madame Kaufmann lutta avec le courage que donne la tendresse maternelle ; mais elle fut encore vaincue dans cette lutte, et d'ailleurs, depuis quelque temps, elle en avait une autre à soutenir contre elle-même, à laquelle ses forces pouvaient à peine suffire.

Quand le cœur d'une femme ne rencontre pas celui qu'elle a espéré, elle rêve à cet être absent et qui n'existe peut-être pas, ou qu'elle ne rencontrera jamais. Mais quand le hasard le jette sur son chemin, malheur à son repos et à son honneur !

Cependant beaucoup de femmes, comme Mme Kaufmann, ont trouvé dans leur faute une consolation à côté de leurs remords. Quelqu'un les aimait selon leur cœur ! Il y avait au monde une intelligence qui les avait comprises.

Mais elle, rien ne la consola.

Guillaume la vit, Guillaume vint près d'elle ; Guillaume, cet homme

aux hardis projets, à l'ambition ardente, au cœur généreux, Guillaume ne la comprit pas. Son indifférence épargna, sans doute, à cette femme la lutte que son honneur eût soutenue contre son amour; mais il lui laissa cette affreuse désolation d'avoir été belle, enthousiaste, bonne, passionnée; d'avoir été digne de s'associer à la destinée d'un homme supérieur, et de n'avoir pas eu une heure, un moment où quelqu'un se fût aperçu de ce qu'elle valait.

C'est alors qu'elle prit ce parti de résignation immobile sous lequel elle cachait le désespoir de son âme et les passions qui l'agitaient encore. Ce fut alors que, par un singulier sentiment, elle se résolut à marier Guillaume à sa fille.

Selon son cœur de mère, c'était là confier à l'homme qui pourrait le mieux défendre Thérèse contre elle-même; mais, au fond, elle savait bien que ce mariage ne l'alarmait pas, parce qu'elle comprenait que jamais Guillaume n'aimerait sa fille de l'amour dont elle eût été jalouse, s'il l'eût éprouvé.

C'est pour cela qu'elle haïssait et redoutait toutes les femmes; c'est pour cela que chaque mot de Mlle de Walstein avait été pour elle un sujet d'examen, de doutes, de soupçons; c'est pour cela enfin qu'avant de rentrer chez elle, Mme Kaufmann avait décidé que Guillaume partirait le lendemain pour aller chercher Thérèse.

Elle arriva ainsi résolue, et fut très étonnée de trouver Guillaume dans son appartement, où il ne pénétrait que bien rarement. Kaufmann était resté en bas et avait fait appeler Guillaume.

— Il est chez madame, lui avait-on répondu; et il monta au moment où sa femme disait avec un accent désespéré à Guillaume :

— Mais qu'est-ce donc! parlez!

— Qu'y a-t-il? qu'y a-t-il? dit Kaufmann en entrant.

— Une fâcheuse nouvelle, dit-elle, et il ne veut pas s'expliquer.

— Est-ce que les ateliers sont insurgés? dit Kaufmann.

— Non, dit Guillaume, ce n'est pas cela, c'est Thérèse.

— Eh bien! Thérèse? cria sa mère.

— Elle s'est enfuie avec un jeune homme.

— Ma fille? dit Mme Kaufmann.

— Ce n'est pas possible! s'écria Kaufmann; tu es fou, ça ne se peut pas... Thérèse? allons donc! je te dis que ce n'est pas vrai.

— Voilà la lettre de Mme Senissell, qui me chargeait de vous apprendre cette fatale nouvelle.

Kaufmann prit la lettre et la lut en tremblant.

Quant à Mme Kaufmann, elle restait immobile et comme anéantie; mais tout à coup elle parut s'animer; et Kaufmann jeta la lettre et se prit à maudire Thérèse avec fureur; Mme Kaufmann, dont il semble que tout le ressentiment se déchaînât à ce moment, s'écria :

— Vous la maudissez, monsieur, et c'est vous qui l'avez perdue!

— Moi, madame!

— Vous, qui êtes venu en aide à toutes les mauvaises qualités qu'elle avait héritées de vous.

— Madame!

— Vous, qui vous êtes sans cesse placé entre elle et moi, reprit Mme Kaufmann s'exaltant avec rapidité, vous, qui avez cédé à ce caprice, qu'elle a eu d'aller chez votre sœur; vous, qui avez ridiculisé sa mère à ses yeux; vous, qui avez été mon bourreau pendant vingt ans, et qui serez celui de votre fille.

— Madame! reprit encore Kaufmann avec fureur.

— Et qui sera le vôtre, Guillaume, continua-t-elle sans écouter son mari, si vous voulez bien lui servir de pâture comme moi.

— Vous devenez folie! s'écria Kaufmann.

Sa femme s'approcha de lui, et le regardant en face, les yeux étincelans de colère.

— Je vous défends de m'insulter davantage, monsieur, lui dit-elle. Je ne suis ni folle, comme vous le dites, ni incapable de comprendre ce que vous valez, comme vous l'avez fait croire à tout le monde; je me tais, parce que je n'ai plus la force de me défendre, et que je suis tuée, tuée par vous en attendant que je sois tout à fait morte.

— Ah! ma tante, lui dit Guillaume, calmez-vous!

— Oh! laissez-moi, vous aussi, monsieur; vous ne me comprenez pas, vous ne pouvez pas me comprendre. Lui, tout cruel qu'il est, il sait ce que je veux dire. Mais je lui avais tout pardonné, tout; je mourais sans avoir rien dit, et il faut qu'il m'enlève ma fille!

— Mais est-ce moi, madame? s'écria Kaufmann. En vérité, je vous le répète, vous perdez la raison. Guillaume, Guillaume, tu partiras demain; tu iras à Francfort...

— C'est moi qui partirai, monsieur, lui dit Mme Kaufmann avec hauteur, il n'y a qu'une mère qui sache chercher sa fille.

Cette résolution ébranla le cœur de Kaufmann, et il répondit :

— C'est juste, et je vous accompagnerai.

— Comme il vous plaira, lui dit Mme Kaufmann; mais je pars dans une heure.

— Mais je ne puis ainsi quitter ma maison.

Mme Kaufmann le regarda avec un mépris indigné.

— Laissez-la dans les mains de celui qui l'a créée, monsieur; et une fois dans votre vie ayez du cœur pour quelqu'un.

Elle sortit à ces mots, et une heure après, elle partit avec son mari, qui avait employé la moitié de son temps à persuader à Guillaume que sa femme avait un moment d'aliénation mentale, du reste bien pardonnable dans une mère.

M. et Mme Kaufmann restèrent deux mois absens; mais aucune recherche ne put mettre sur la trace de Thérèse et de son ravisseur.

Ils revinrent alors, Mme Kaufmann plus silencieuse et plus triste que jamais, Kaufmann moins vain peut-être, mais plus chagriné, plus hargneux qu'autrefois.

Cependant il ne put se plaindre de Guillaume : l'établissement était en pleine activité. Guillaume avait terminé avec M. de Walstein, qui s'était amendé, l'affaire du bois et du cours d'eau; les travaux du canal étaient commencés.

Comme il en rendait compte à son oncle devant Mme Kaufmann, elle ne put s'empêcher de pleurer.

— A quoi bon maintenant toute cette richesse! lui dit-elle.

— Oh! ma tante, lui dit Guillaume qui, échappé aussi depuis deux mois à la contrainte que lui imposait la présence de son oncle, s'était enfin reconnu le maître de parler haut, c'est plus que la richesse que je cherche : c'est le pouvoir et la renommée.

Madame Kaufmann se redressa à cette parole, ses larmes de mère se séchèrent à ces mots de pouvoir et de renommée.

Guillaume était amoureux de mademoiselle de Walstein. Elle le comprit, elle en fut sûre, et sa haine contre cette jeune fille, endormie pendant quelque temps sous sa douleur de mère, sa haine se réveilla, et la jalousie s'empara de ce cœur vide maintenant de toute affection. Après avoir vécu pour souffrir, elle se demanda si elle mourrait ainsi sans rendre aux hommes le mal qu'elle en avait reçu.

Du reste, on ignorait dans la forge et au château la cause du voyage de monsieur et madame Kaufmann.

Guillaume, que le comte avait interrogé, avait parlé d'une énorme affaire à soumissionner et qu'il fallait enlever rapidement; mais Clémence avait mieux compris l'embarras de Guillaume, et, sans avoir rien demandé, elle était sûre qu'un malheur avait passé sur cette famille.

Cependant Guillaume avait pris l'habitude d'aller au château la plus grande partie de ses soirées. En effet, M. de Walstein s'était fait homme à projets, et voulait aussi faire de l'industrie, et il avait reconnu que Guillaume lui pourrait être d'une grande utilité.

Il y avait donc entre celui-ci et Mlle Clémence la familiarité de gens qui se voient tous les jours; mais, quoi qu'en pensât Mme Kaufmann, rien ne les avait avertis ni l'un ni l'autre qu'ils pouvaient s'aimer; et ce ne fut qu'à l'occasion du fait suivant que lui-même put se rendre compte du sentiment qu'il éprouvait.

VIII.

On avait caché la fuite de Thérèse au comte de Walstein et à sa fille, mais on n'avait pu en faire mystère à Léopold, qui l'eût, du reste, appris à son retour à Francfort, et qui, n'ayant pas reçu de confidence, se fût sans doute dispensé de toute discrétion.

Guillaume l'en avait donc instruit le jour même du départ de M. et Mme Kaufmann, et Léopold avait quitté la forge le lendemain après une visite d'adieu au château, où, très heureusement pour le secret qui lui avait été recommandé, le poète n'avait trouvé personne.

Mais Léopold n'était pas homme à remuer un doigt sans donner à ce mouvement une signification et un mérite. Ainsi, lorsqu'il partit, ce fut après s'être posé vis-à-vis de Guillaume en amant désespéré et en vengeur futur de l'honneur de la coupable mais infortunée Thérèse.

— Je parcourrai toute l'Allemagne, disait-il, je parcourrai la France, l'Italie, l'Europe, le monde s'il le faut, pour découvrir le lâche ravisseur; je le poursuivrai incessamment, je le découvrirai... et alors...

Arrivé à cet *alors*, Léopold avait levé les yeux et le poing au ciel, ce qui, en bonne pantomime théâtrale, renfermait, selon lui, une foule de résolutions héroïques qui devaient frapper Guillaume d'admiration.

Celui-ci était un homme trop vrai pour ne pas croire aisément aux autres, il s'imagina que Léopold tiendrait une partie de ses promesses; et pendant les deux mois que dura l'absence de M. et Mme Kaufmann, il attacha une certaine espérance à trois ou quatre lettres de Léopold, datées de divers lieux où l'avait conduit, selon son récit, une indication qu'il avait poursuivie avec ardeur, et qui lui avait ensuite échappé.

La vérité de tout cela, c'est que Léopold, très indépendant et très inoccupé, se promenait indifféremment de ville en ville, disant aux anciens amis qu'il y rencontrait, qu'il n'était pas venu pour autre chose que pour leur faire une visite; aux savans que son petit renom littéraire rendait empressés envers lui, qu'il projetait un ouvrage important sur l'histoire de leur ville; et écrivant à Guillaume qu'il ne faisait autre chose que de poursuivre Thérèse pour la rendre à sa famille et punir son ravisseur.

La dernière lettre de Léopold était datée d'Aix-la-Chapelle, et annonçait pompeusement à Guillaume que, lui Léopold, avait cru reconnaître les fugitifs dans une chaise de poste qui traversait la ville, et qui, d'après les informations qu'il avait prises, se rendait en Belgique.

A la suite de cette nouvelle, il y avait la phrase obligée:

« Je pars à l'instant même, je les poursuivrai, je les atteindrai, je tiendrai la promesse que je t'ai faite devant Dieu. »

Guillaume comprenait très bien qu'on ne découvrît pas aisément dans toute l'Allemagne deux jeunes gens qui s'y cachaient avec soin, mais il commençait à s'étonner que Léopold eût tant de fois été sur leur trace sans jamais les avoir pu atteindre, et qu'il les eût toujours aperçus sans les jamais voir positivement.

Cependant les dernières nouvelles du poète étaient assez bien arrangées pour que Guillaume s'y laissât prendre, et il en attendit presque un résultat. Toutefois il crut ne devoir en rien dire à sa tante et à son oncle, pour ne pas leur donner une espérance dont la perte serait sans doute pour eux un nouveau chagrin.

Or, ce fut quinze jours environ après le retour de M. et Mme Kaufmann, qu'un jeune homme se présenta à la forge, et demanda à parler à M. Guillaume Kaufmann.

Il avait l'air souffrant et malheureux, et son abord fut si timide et si tremblant, qu'il commença par toucher Guillaume; mais sa pauvreté avait cet aspect fâcheux qui repousse la confiance. Ses habits, usés et flétris, étaient taillés selon la mode la plus élégante et annonçaient un de ces dandies furieux, tombés rapidement d'un luxe dissipateur dans une extrême misère, plutôt qu'un jeune homme modeste et laborieux à qui le travail avait manqué ou que la maladie avait atteint.

Comme il s'était présenté pour être employé dans l'établissement à titre de commis, Guillaume lui demanda ce qu'il savait faire.

— Peu de chose, monsieur; mais j'ai reçu quelque instruction; j'ai du courage, de la bonne volonté, et je ne demande d'ailleurs de salaire qu'autant que je vous aurai prouvé que je puis vous être utile.

— Mais, reprit Guillaume, de la part de qui vous présentez-vous?

Le jeune homme parut fort embarrassé de la question; il baissa les yeux devant le regard interrogateur de Guillaume, et finit par répondre:

— Je ne puis vous dire, monsieur, qui m'a conseillé de m'adresser à vous.

— Quelqu'un vous l'a donc conseillé?

— Oui, monsieur.

— Mais que vous a-t-on dit?

Le jeune homme parut encore réfléchir pour préparer sa réponse, ce qui fit croire à Guillaume qu'il avait affaire à quelque aventurier; mais sa réponse l'étonna singulièrement. En effet, le jeune homme repartit, après un moment d'hésitation:

— Voici ce qu'on m'a dit, monsieur:

« Allez à la forge, demandez-y M. Guillaume Kaufmann, M. Guillaume le neveu, m'a-t-on répété; n'allez pas vous adresser à son oncle. Dites à M. Guillaume que vous êtes pauvre, et que vous avez besoin de travailler. Ou je l'ai jugé trop avantageusement, ou je puis vous affirmer qu'il vous accueillera favorablement. »

L'espèce d'éloge indirect que renfermait cette phrase eût peu touché Guillaume, car il savait que tous ceux qui demandent l'ont au service de leurs instances; mais la distinction qu'on avait faite entre lui et son oncle lui montrait, d'un autre côté, que la personne dont parlait ce jeune homme connaissait non seulement les habitans de la forge, mais encore les appréciait d'une façon bien différente.

Il est certain, en effet, que si le jeune homme s'était ainsi présenté à M. Kaufmann, il l'eût congédié à la première parole.

Guillaume parut réfléchir à son tour, et reprit bientôt:

— Et vous ne pouvez nommer la personne qui vous a donné ce conseil?

— Tout ce que je puis vous dire, monsieur, c'est que vous la connaissez, et qu'il n'est pas, j'en suis sûr, un homme dont la parole vous parût une recommandation plus respectable que la sienne.

Cette nouvelle phrase surprit encore plus Guillaume; car il avait eu comme un vague soupçon que ce jeune homme venait peut-être de la part de Thérèse ou de Léopold; mais l'expression grave dont s'était servi l'inconnu pour parler de la recommandation qui l'encourageait, ne pouvait s'appliquer à aucun des individus auxquels avait pensé Guillaume.

— Puis je du moins, dit-il alors, savoir votre nom?

— Je m'appelle Charles Leeman, dit le jeune homme en rougissant.

— Soit, monsieur, lui dit Guillaume; Charles Leeman ou autrement, peu m'importe : vous voulez travailler, ce que vous n'avez peut-être pas toujours fait; vous voulez gagner votre vie, ce qui ne vous est peut-être jamais arrivé : je vous y aiderai. Revenez demain, je vous dirai comment et à quelles conditions je puis vous recevoir.

Ce qui avait déterminé Guillaume à remettre au lendemain sa réponse à ce jeune homme, c'est l'espoir où il était de découvrir la mytérieuse recommandation au nom de laquelle il se présentait.

En considérant avec plus d'attention ce qui l'avait d'abord choqué en cet inconnu, c'est-à-dire ces haillons d'élégance qui avaient été pour Guillaume un témoignage de désordre, il supposa qu'ils pouvaient être le résultat d'une grande infortune. La tenue, l'allure, la parole de ce jeune homme, dénotaient un homme de loisir et de bonne compagnie, un homme du monde aristocratique, du monde du comte de Walstein, et peut-être le comte était-il celui dont ce jeune homme avait invoqué la parole comme respectable, et alors il était fort probable que ce jeune homme méritait d'être bien accueilli.

Mais en ce cas, Guillaume se demandait pourquoi le comte n'avait point avoué cette protection; et c'est en présence de cette réflexion qu'un soupçon, qui n'était peut-être pas sans raison, s'était glissé dans l'esprit de Guillaume.

Le comte, comme nous l'avons dit, s'était fait homme à projets : il voulait faire de l'industrie; parlait d'usines et d'établissemens. Ses vastes propriétés dans le pays, les ressources de tous genres qu'elles présentaient en cours d'eau, en forêts, en minerai, le mettaient à même d'élever un établissement rival de celui de M. Kaufmann, et peut-être encore mieux situé que le sien.

Si un tel projet existait dans l'esprit de M. de Walstein, ce jeune homme ne pourrait-il pas être un agent chargé par lui d'étudier l'organisation de l'usine, les secrets de la fabrication, et ce qui était à la fois plus facile et plus nuisible, ses relations commerciales et la nature de produits qui s'écoulaient avec le plus de rapidité et qui donnaient les bénéfices les plus certains?

C'était un danger auquel Guillaume avait pensé plus d'une fois, et que l'arrivée de ce jeune homme semblait rendre plus imminent. Toutefois, il n'admit pas cette supposition comme une réalité, et il voulut essayer de découvrir si ce soupçon était fondé, avant de renvoyer ce jeune homme.

Le jour même de cette entrevue, il se rendit chez M. de Walstein; et comme ils causaient ensemble de quelques améliorations que le comte voulait introduire dans le système de ses moulins à blé, et cela en présence de Mlle de Walstein, Guillaume dit au comte :

— Non seulement je puis faire exécuter les travaux que vous me demandez, mais je puis encore en confier la direction ultérieure à un jeune homme qui m'a l'air fort entendu et qui m'a été envoyé aujourd'hui même.

— Si vous m'en répondez, reprit M. de Walstein, je suis tout prêt à l'accepter.

— Je vous l'enverrez, si vous voulez, dit Guillaume; on aime assez à juger par soi-même des gens à qui l'on confie ses intérêts.

— Quand vous voudrez.

— Il s'appelle M. Charles Leeman.

— Je donnerai l'ordre qu'on l'introduise quand il se présentera.

— Ce sera peut-être demain.

— Demain.

Les réponses de M. de Walstein avaient été si indifférentes, que Guillaume commençait à croire qu'il avait attribué au comte une intention qui était à mille lieues de lui, lorsqu'en portant les yeux sur Clémence, il la vit l'écoutant d'un air troublé et plein d'anxiété. Elle rougit, se détourna vivement, et Guillaume crut deviner qu'elle connaissait mieux que son père ce M. Charles Leeman.

Cette pensée le troubla profondément à son tour. Était-ce Clémence qui lui avait adressé ce jeune homme?

Si c'était elle, combien les paroles que celui-ci lui avait rapportées le rendaient fier et heureux! Il en éprouva une joie qui lui apprit à quelle place il mettait dans son cœur l'estime de Mlle de Walstein; mais si c'était elle, pourquoi ne pas avouer sa protection?

Quel était ce jeune homme dont elle n'avait pu avouer la connaissance et qu'elle paraissait craindre de voir mettre en présence de son père?

Il eut peur de la réponse qui se présenta à lui.

Dans deux ou trois intrigues subalternes, de celles qui le plus souvent inaugurent la jeunesse des hommes, Guillaume avait toujours joué un rôle de dupe.

Trop sérieux, trop grave, trop occupé, pour des femmes qui ne cherchent dans l'amour qu'un amusement plus vif que les autres, il avait été très vite abandonné et trahi pour des hommes qui ne valaient mieux que lui pour ce qu'on leur demandait, que parce qu'ils ne valaient rien pour autre chose.

D'un autre côté, lorsque Mme Kaufmann était retirée, et que M. Kaufmann, un tant soit peu aiguisé par le vin du Rhin, racontait à quelques convives les aventures de sa jeunesse, c'était à tout propos des triomphes si rapides et si complets sur les plus belles dames et les plus nobles, que Guillaume, fort ignorant en matière de passion, croyait qu'un amant était la dernière chose qu'une femme pût se refuser, quand elle avait la possibilité d'en avoir un.

Aussi l'idée que ce M. Charles Leeman pouvait être un amant déguisé se présenta-t-elle tout de suite à son esprit; et il en éprouva un dépit, une indignation, une douleur qui l'avertirent que, s'il tenait beaucoup à l'estime que Clémence faisait de lui, il tenait encore plus à l'estime qu'il lui avait vouée. Car la première condition de l'amour, ce n'est pas d'être sans crainte devant celle qu'on aime, mais de la voir sans reproche.

On a prétendu que l'esprit mathématique dessèche l'imagination; si nous pouvions avoir une opinion à ce sujet, nous oserions affirmer que la science des chiffres appliquée à la réalisation d'inventions nouvelles et de combinaisons ingénieuses des puissances matérielles, est le résultat de la même prédisposition que celle qui fait le poète.

Du reste, qu'il en soit ainsi, ou que la passion eût soudainement développé dans Guillaume une singulière faculté d'invention, en moins de quelques minutes il avait bâti le roman complet des amours de M. Leeman et de Clémence.

D'abord Leeman n'était pas le nom de ce jeune homme; son trouble le lui avait dit; ensuite il était fait comme ne sont pas faits les gens qui vivent de leur travail.

D'une autre part, il était sûr que c'était Clémence qui le lui avait adressé; et maintenant elle tremblait qu'il ne parût devant M. de Walstein: tout cela était clair, lucide, et tout cela se résolvait comme une proposition mathématique. L'inconnu, le Charles Leeman, était un amant qui se rapprochait, par une ruse, de la retraite de sa belle.

Et qui sait si la sévère dureté du comte vis-à-vis de sa fille ne venait point de ce qu'elle s'était engagée légèrement dans une passion indigne d'elle? D'un autre côté, la fuite de Thérèse était un argument qui démontrait à Guillaume que le respect d'un nom honorable n'arrêtait pas toujours une jeune fille.

Il y eut donc un moment de certitude à ce sujet dans l'esprit de Guillaume, et ce moment lui fut si douloureux, si pénible, qu'il en demeura accablé comme si quelqu'un était venu lui apprendre la perte de toutes ses espérances; comme si une voix souveraine lui avait crié :

— Tu n'iras pas plus loin.

IX.

Guillaume quitta le château sous cette terrible impression; mais, au lieu de rentrer directement à la forge, il s'enfonça dans la forêt.

C'est là qu'il s'interrogea, avec une émotion étrange pour un homme de cet âge, sur la violence du sentiment qu'il avait éprouvé. Sans doute il comprit qu'il était amoureux de Mlle de Walstein; mais, comme tous les hommes, il mit sa passion au rang d'un droit acquis, pour avoir le droit d'être injuste envers Clémence.

Dans la croyance où il était qu'elle faisait une action blâmable, il pouvait la trouver légère ou même coupable; mais pourquoi l'accusait-il de fausseté envers lui? Pourquoi se considérait-il comme un homme trompé et presque trahi? Pourquoi la ruse dont, selon sa pensée, ces deux amans se servaient pour se rapprocher, lui semblait-elle une injure personnelle?

C'est que, dans ses désirs les plus cachés, l'homme crée des obligations à ceux envers qui il s'en impose, sans s'apercevoir qu'il n'y a que son consentement dans cette espèce de contrat idéal.

Ainsi Guillaume eût sans doute repoussé avec horreur l'idée de mentir à Mlle de Walstein, surtout dans une question d'amour; mais parce qu'il lui avait voué un respect plus tendre qu'il ne croyait, il ne s'ensuivait pas logiquement qu'elle dût avoir les mêmes procédés envers lui.

Cependant il garda son irritation, et il ne pensa plus qu'au parti qu'il devait prendre en cette occurrence.

L'incertitude fut longue : tantôt il croyait de son devoir d'avertir M. de Walstein, mais il reculait devant la gravité de l'offense qu'il ferait à l'un et à l'autre, si par hasard il se trompait; un moment après, il voulait renvoyer ce Charles Leeman, pour ne pas se mêler à cette misérable intrigue; mais il perdait ainsi tout espoir de connaître la vérité.

Il eut aussi de ces momens de doute où il se demanda s'il ne bâtissait pas un monde sur un grain de sable et si tout ce qu'il imaginait n'était pas complétement dénué de fondement; mais enfin, pressé par ce désir jaloux de connaître son malheur jusqu'au bout, il se décida à accueillir l'amant prétendu et à l'observer.

Donc, le lendemain, quand M. Charles Leeman vint chez Guillaume pour avoir sa réponse, il fut accepté par celui-ci, mais avec des précautions qui prouvaient que Guillaume voulait mettre l'avenir en réserve entre lui et ce jeune homme; il lui dit en conséquence :

— Je ne vous connais pas, monsieur, je ne vous en demande pas plus que vous ne m'en avez dit; cependant je ferai pour vous ce que vous désirez. Seulement vous devez comprendre que si vous aviez abusé, *d'une façon quelconque* (l'intonation de Guillaume souligna ces mots comme nous venons de le faire) de ma confiance, j'aurais à vous en demander un compte sévère.

M. Charles se troubla légèrement à cette admonestation; mais il fut tout à fait hors des gonds lorsque Guillaume ajouta en le regardant attentivement :

— J'avais d'abord eu l'intention de vous mettre à la tête de quelques travaux que je vais faire exécuter pour monsieur de Walstein.... (M. Charles avait pâli); mais, reprit Guillaume amèrement, rassurez-vous, j'ai pensé que vous n'aviez aucune expérience de *notre métier*, et je vous trouverai une autre occupation qui ne vous mettra nullement en rapport avec M. de Walstein.

Ce qui n'avait d'abord été qu'une supposition gratuite de Guillaume devait devenir une véritable certitude pour lui, lorsqu'il vit d'abord l'effroi et ensuite la satisfaction de M. Charles Leeman : celui-ci même le regarda un moment, comme pour lui dire : « Est-ce que vous savez la vérité ? »

Guillaume vit ce mouvement, et il fut sur le point d'en profiter ; mais c'était s'engager à prendre un parti décisif, à se faire complice de M. Leeman ou à le repousser complétement, et il n'en eut pas le courage. Il avait besoin de douter et il ferma les yeux.

Du reste, la conduite de M. Charles Leeman ne pouvait que confirmer Guillaume dans ses opinions.

En effet, il proposa à ce jeune homme de le loger dans une partie de la forge, et celui-ci refusa. C'était sans doute pour avoir plus de liberté, et le but de cette liberté n'était pas douteux, car il loua une maisonnette assez éloignée de l'usine, et très rapprochée du château.

D'un autre côté, monsieur Leeman avait demandé quarante-huit heures pour aller jusqu'à la ville voisine et en faire venir divers objets ; et lorsque M. Leeman en revint, il portait des lunettes ; il avait remplacé ses habits usés, mais à la mode, par des vêtemens neufs, mais d'une forme assez rustique pour qu'il ressemblât davantage à un ouvrier qu'à un commis.

Le changement était si complet qu'il devait y avoir dessein formel de se déguiser ; donc il pouvait être reconnu ; Guillaume n'avait donc plus d'incertitude sur ce que pouvait être ce jeune homme.

Cependant son admission dans la maison de M. Kaufmann n'avait pas eu lieu sans beaucoup de commentaires de la part du chef de la maison.

Depuis son retour, l'usine suivait le cours des opérations commencées; par conséquent rien ne s'y était passé en dehors du mouvement journalier ; mais l'engagement de ce commis, fait sans son approbation, réveilla en lui le sentiment de son autorité ; il sembla s'apercevoir de l'usurpation de Guillaume, et reprit sa résistance hautaine et dédaigneuse.

Mais cette fois, il n'y eut de la part de Guillaume ni crainte, ni tergiversation ; il n'y eut ni colère, ni reproche. La proposition fut froidement posée :

« Vous céderez ou je partirai. Je fais tout ici, et je veux être le maître ; j'ai droit à la moitié de cette usine, payez-moi cette moitié et je pars, ou donnez-moi l'autre moitié et vous serez libre. »

Dans cette circonstance, Guillaume se montra vis-à-vis de son oncle d'une dureté qui étonna madame Kaufmann; bien que très souvent elle lui eût conseillé ce langage.

Kaufmann céda, mais en gardant à Guillaume une rancune sérieuse, et en vouant à M. Leeman une haine profonde.

Quant à Mme Kaufmann, elle avait paru fort indifférente à cette discussion ; mais l'inflexibilité de la résolution de Guillaume l'avait aussi confirmée dans ses soupçons : Il aimait Clémence ; seulement elle crut deviner, à la tristesse qui s'était emparée de lui, qu'il n'était pas aimé.

Cependant, depuis huit jours que M. Charles Leeman était installé à la forge, les choses avaient repris une allure fort singulière : le jeune commis venait de bonne heure à son bureau, retournait prendre ses repas chez lui, et disparaissait, dès le soir venu, sans que personne sût à quoi il employait ses longues soirées.

Ce fut pendant ce temps qu'eut lieu la visite que M. et Mme Kaufmann devaient au comte de Walstein. Ce soir-là aussi ils l'invitèrent, ainsi que sa fille, à venir dîner à la forge.

Le comte accepta avec empressement ; Clémence parut fort embarrassée; et le lendemain matin, par une étrange coïncidence, un billet de M. Charles Leeman arriva à Guillaume pour lui apprendre qu'une subite indisposition l'empêcherait de venir ce jour-là à son bureau, mais que le lendemain il remplacerait par son travail de la nuit les heures qu'il aurait perdues. L'humeur qu'en éprouva Guillaume fut si vive qu'il ne put la cacher, et qu'il fut d'une froideur pour Mlle de Walstein, tandis que Clémence montrait vis-à-vis de M. et Mme Kaufmann un désir de leur plaire, qui étonna beaucoup celle-ci. Guillaume eut aussi sa part de bonne grâce, mais il lui fit si peu d'accueil que Mme Kaufmann le remarqua.

La tristesse de Guillaume avait paru à Mme Kaufmann provenir d'un amour repoussé ou tout au moins déçu. La conduite de Clémence démentait cette supposition.

Aucune femme n'est si à l'aise vis-à-vis d'un homme dont elle sait l'amour, surtout si cet amour lui plaît; mais aussi nulle femme n'est si bienveillante pour un homme dont l'amour lui est désagréable. Elle ignorait donc cet amour, Guillaume n'avait donc pas été repoussé, il y avait une autre cause à sa tristesse. Mme Kaufmann la chercha.

Un mot la mit sur la trace.

A un moment où Clémence avait adressé à Guillaume une question fort insignifiante à laquelle celui-ci avait répondu d'une façon peu aimable, Clémence avait pris un air de dignité blessée que Mme Kaufmann avait trouvé fort naturel.

Mais ce qui avait éclairé tout à coup Mme Kaufmann, c'est que Guillaume ayant vu l'effet produit par sa réponse, avait eu l'air de la justifier en jetant un regard amer sur Mlle de Walstein et en disant au comte :

— J'aurais voulu vous présenter aujourd'hui le jeune homme dont je vous avais parlé, ce M. Charles Leeman, mais il s'est trouvé précisément indisposé ce matin.

Qu'avait à faire M. Leeman avec l'humeur de Mlle de Walstein, c'est ce que se demandait Mme Kaufmann; lorsqu'en portant les yeux sur Clémence, elle vit son trouble et son embarras. La conclusion était facile à tirer : Guillaume était jaloux.

Mme Kaufmann, qui eût pu douter une heure avant de l'amour de Guillaume, eut alors la certitude irréfragable de cet amour et de sa violence, et par une précision de vengeance qu'elle pouvait y puiser; elle voulut savoir jusqu'à quel point la jalousie de Guillaume était fondée. Elle se plut à faire à Mlle Walstein un éloge exagéré de M. Leeman, et se vit écouter avec complaisance et presque avec joie.

Elle en arriva donc aux mêmes conclusions que Guillaume à l'égard de M. Leeman et Mlle de Walstein; mais elle ne recula pas, comme lui, devant la pensée d'obtenir des preuves de ces relations mystérieuses, et elle se constitua l'espion de M. Leeman.

Quand les hommes prennent de pareilles résolutions, ils les exécutent en général assez maladroitement; ils suivent ou font suivre les gens, ils questionnent des étrangers, ils mettent des indifférens ou des subalternes dans leurs confidences, ils s'agitent, se montrent impatiens et se décèlent presque toujours à ceux vis-à-vis desquels ils auraient le plus d'intérêt à se cacher. Mais les femmes, celles surtout du caractère de Mme Kaufmann, attendent avec patience, elles voient du fond de leur immobilité, et arrivent d'autant plus vite que nul n'a leur secret.

Mme Kaufmann, dont l'existence passive semblait n'importer à personne, changeait d'habitudes sans qu'on y fît attention; ainsi, elle demeurait des jours entiers enfermée chez elle, d'autres jours à parcourir son jardin, d'autres jours à lire, d'autres à travailler, sans que son mari dît autre chose, si ce n'est :

« Elle a aujourd'hui la lubie de la solitude ou de la promenade. »

On ne s'étonna donc pas lorsqu'elle s'établit en permanence dans le bureau où travaillaient son mari et M. Leeman.

Elle n'y était pas depuis un jour qu'elle s'aperçut d'un petit manége qui avait échappé à Guillaume.

Dix fois par heure, et malgré son assiduité au travail, M. Charles Leeman s'approchait d'une croisée, regardait un moment en l'air, puis revenait prendre sa place; à l'heure où le bureau fut désert, Mme Kaufmann s'approcha de cette croisée, et, se posant comme M. Leeman, suivant la direction de son regard, elle vit que de cette place on apercevait un angle du château.

Le lendemain Mme Kaufmann était assise près de cette fenêtre, et M. Charles, très inquiet et très embarrassé, sortit vingt fois du bureau, sans doute pour regarder à ce coin du château. Il devait y avoir là un moyen de correspondance.

Le surlendemain Mme Kaufmann avait déserté la fenêtre et le bureau, et avait été se placer dans un petit pavillon du jardin, d'où elle voyait à la fois les deux fenêtres.

Ce ne fut cependant que le troisième jour qu'elle vit tout à coup la fenêtre du château s'ouvrir, et une des persiennes se fermer à moitié. Son œil perçant vit quelqu'un s'agiter derrière cette persienne, puis un moment après la croisée du bureau s'ouvrit et se referma; c'était Charles qui s'y était présenté un moment. Elle rentra dans le bureau, et trouva le jeune commis se plaignant d'un étouffement subit, d'un malaise cruel, et demandant la permission de se retirer.

C'était un rendez-vous donné sans doute; Mme Kaufmann le crut.

Mais M. de Walstein et Clémence arrivèrent une demi-heure après à la forge, le jeu du télégraphe fut complétement expliqué; c'était un avis donné à Charles d'éviter la présence de M. de Walstein. Guillaume remarqua aussi cette étrange coïncidence, et il supposa d'abord que Charles avait été prévenu la veille par Clémence; mais le comte ayant dit dans la conversation que l'idée de faire une visite à M. Kaufmann lui était venue dans la matinée, Guillaume ne put comprendre que Charles en eût été averti, et il rejeta cette rencontre sur le hasard, et au moment où Mme Kaufmann avait la certitude de l'intelligence secrète de Charles et de Clémence, Guillaume commença à en douter.

Il fut donc bien différent pour Clémence de ce qu'il avait été à la précédente visite, et Mme Kaufmann eut à supporter le supplice des empressemens de Guillaume pour Mlle de Walstein, et de la joie sincère avec laquelle elle les accueillit.

C'en était assez pour ce cœur désespéré, et qui n'avait plus à ménager aucune espérance en ce monde pour se résoudre à ne pas souffrir seul; rien ne lui était plus facile que de faire souffrir Guillaume; il lui suffisait de lui apprendre ce qu'elle avait découvert. Mais ce n'était pas à lui surtout qu'elle en voulait; c'était à Clémence; et pour lui rendre tout le mal que cette femme lui avait fait à elle-même, en étant aimée de Guillaume, il fallait des preuves accablantes, et Mme Kaufmann ne les possédait pas.

Elle attendit donc, bien sûre que l'imprudence des deux amans finirait par les lui livrer.

Pendant que ceci se passait parmi les principaux personnages de la forge et du château, un de ses moindres habitans s'occupait aussi de M. de Leeman et conspirait contre son repos.

La petite maison qu'avait louée Charles était assez peu distante de celle de Josaphat, et les enfans de celui-ci avaient affirmé avoir vu plusieurs fois une figure de femme se montrer à l'une des fenêtres; ils prétendaient avoir entendu aussi une voix de femme dans l'intérieur de cette maison.

Josaphat n'y fit point d'attention; car Leeman avait pris une servante qui avait été au service de M. Kaufmann, et ce pouvait être sa voix qu'on avait entendue.

Mais les enfans soutinrent que c'était un visage de demoiselle et une petite voix douce; or, un certain soir que Josaphat passait dans le bois, il vit une femme enveloppée d'une pelisse arriver furtivement, se glisser dans la maison de Leeman et en ressortir bientôt après.

Josaphat suivit cette femme, et la vit rentrer au château.

Il ne connaissait pas Mlle de Walstein, et l'idée que ce fût elle ne se présenta pas à lui; mais il comprit qu'il y avait des relations cachées entre le château et M. Leeman; et, sans avoir encore de plan arrêté, il espéra que cette circonstance pourrait servir sa haine contre le comte de Walstein. Voilà où en étaient les choses, lorsque arriva un nouveau personnage.

X

Le personnage qui arriva était le prince Ludescoff, celui qui devait épouser Mlle de Walstein.

Le noble russe est certainement l'être le plus singulier qui existe. A le juger sans passion, il vous étonne comme l'assemblage le plus extraordinaire des choses les plus incohérentes.

Placé entre le czar qui le gouverne et le paysan qui lui appartient, entre l'autorité qu'il subit et celle qu'il impose, entre son maître et son esclave, il vit à l'aise dans cette position intermédiaire, sans éprouver ni regrets de sa dépendance, ni remords de son pouvoir. Si un homme pouvait exister ainsi dans notre civilisation française, nous n'aurions ni assez de dédain pour son obéissance de sujet, ni assez de haine pour son droit de maître; un pareil homme chez nous serait, selon nos idées, un être anormal et inutile.

Cependant, en considérant que le noble russe est né sous cette loi, qu'il a été élevé dans son esprit, qu'il a vécu dans son exercice perpétuel, on comprendrait très aisément que ce qui nous paraît révoltant lui semblât tout naturel, surtout si cet homme ne vivait point hors de son pays et ne recevait les impressions de nul autre.

Mais le noble russe est de sa nature très curieux de tout ce qui est étranger, et parmi ce qu'il aime surtout à étudier, on peut mettre en première ligne l'histoire des peuples libres.

Il se nourrit de leurs idées, il les apprécie et les estime; il comprend parfaitement les mots de liberté, de dignité humaines; il a même à ce sujet, et lorsqu'on le traite avec lui, des théories très larges et très libérales; mais cette science de son esprit n'est pour lui qu'une lettre morte, et avec les idées les plus complètes sur les droits et les devoirs de l'homme, il accepte sans honte pour lui-même d'être à la merci d'un maître, et ne comprend pas que l'esclave qu'il possède soit autre chose qu'une bête mangeante et travaillante.

Sans doute il y a en Russie des hommes pour qui l'application des principes de liberté pour tous est un but vers lequel doit tendre l'humanité; mais ces hommes sont de très rares exceptions, et le grand nombre est tel que nous l'avons représenté : et ce qu'il faut bien comprendre, c'est qu'il l'est de bonne foi; c'est qu'il ne trahit point pour cela ses opinions; qu'il ne croit ni abandonner ni usurper des droits légitimes, et que ce qui nous semble un mal chez lui, est une nature et non un calcul, et que c'est avec sincérité qu'il sert en esclave et commande à des esclaves.

Il résulte de ce singulier amalgame d'idées et d'habitudes opposées, qu'on se trompe presque toujours dans les relations qu'on a avec des gens dont on peut dire par exemple qu'ils parlent français et agissent russe.

Le prince Ludescoff était un de ces hommes; jusqu'au moment où il arriva chez M. de Walstein, et quoiqu'il y eût des projets d'alliance formés entre lui et le comte, on peut dire que tous deux ne s'étaient encore touchés que par l'écorce.

Quant à Clémence, l'idée de devenir la femme d'un Russe l'avait épouvantée dès l'abord, et elle était résolue à ne point accepter ce mariage, quoiqu'à vrai dire elle n'eût aucune prévention personnelle contre M. de Ludescoff.

Le prince n'avait eu vis-à-vis d'elle que des relations de salon. Là, M. de Ludescoff était un homme d'une brillante éducation, très instruit de toutes choses, d'une politesse bienveillante et de sentimens très libéraux; il parlait même d'amour avec une certaine courtoisie chevaleresque qui plaisait à Mlle de Walstein; mais il avait contre lui la tache indélébile d'être d'une nation que Clémence détestait et méprisait.

Aussi n'était-ce pas lui précisément qu'elle refusait, mais l'habitation dans ce pays de glace, le contact avec cette cour enrégimentée, la soumission à cette autocratie tartare, qui étaient pour ses idées d'indépendance personnelle, pour la liberté de ses opinions et de ses jugemens un joug qu'elle n'eût pas voulu accepter au prix de la fortune la plus immense et du mari le plus aimé.

Il est aussi fort probable que cette répugnance de Mlle de Walstein s'était accrue depuis qu'elle connaissait Guillaume, non point tant parce qu'elle se sentait une inclination de cœur pour lui, mais parce qu'il justifiait complétement la phrase qu'elle avait répondue à son père lorsqu'il lui avait parlé d'épouser le prince de Ludescoff, cette phrase était celle-ci :

« Je préférerais être la femme d'un petit bourgeois allemand que celle d'un prince russe. »

On peut donc dire que jusqu'à un certain point le prince Alexis Ludescoff et le forgeron Guillaume Kauffman étaient étrangers de leur personne à la haine que Clémence éprouvait pour l'un et à la préférence qu'elle accordait à l'autre. Ils étaient à ses yeux les représentans de deux destinées dont l'une l'épouvantait et dont l'autre charmait ses idées.

Voilà ce que Mme Kaufmann, dont la passion était au cœur, tandis que celle de Mlle de Walstein était dans la tête, n'avait pas du tout compris lorsqu'elle la supposait amoureuse de Guillaume, et voilà ce qu'elle était à mille lieues de soupçonner, lorsqu'elle crut découvrir que Clémence était en intrigue coupable avec monsieur Charles Leeman.

Quoique Guillaume ne recherchât plus avec la même assiduité qu'autrefois la compagnie de Clémence, et que par conséquent ses visites au château fussent moins régulières, il avait pris une part assez active dans les projets de M. de Walstein pour ne pouvoir passer plusieurs jours sans le voir. Il alla donc au château le lendemain de l'arrivé du prince, et fut accueilli par le comte et sa fille avec l'empressement et la cordialité ordinaires.

Le comte, comme nous l'avons dit, tenait fort peu aux grands airs, aux manières supérieures d'un grand seigneur, du moment que cela ne pouvait rien lui rapporter. Il avait donc l'habitude de recevoir Guillaume, du moins extérieurement, comme un égal, attendu qu'il espérait en tirer profit.

Le premier moment de la visite de Guillaume fut ce qu'il était d'ordinaire; mas le prince de Ludescoff ayant attiré M. de Walstein dans un coin du salon, demanda ce qu'était ce monsieur. Le comte le lui expliqua.

M. de Ludescoff ne fit aucune observation; mais dans le cours de la conversation, il fut assez habile pour montrer à M. de Walstein qu'il n'approuvait ni ne partageait sa facilité à se mettre au niveau de gens comme Guillaume.

Il serait impossible de préciser un fait par lequel M. de Ludescoff donna cette leçon à M. et à Mlle de Walstein : il n'y eut de sa part ni impolitesse, ni manque de procédés; mais la façon d'écouter ou de répondre, une certaine negligence dans la discussion, qui dit aux gens :

« Nous n'avons rien de commun, nous ne parlons pas la même langue ; je comprends qu'à votre place on ait de ces opinions qui ne conviennent pas à la mienne. »

Tout, jusqu'à cet assentiment tacite, accompagné d'un léger sourire, et qui semble dédaigner de combattre des niaiseries, tout cela, disons-nous, blessa profondément Guillaume, et agit si bien sur le comte lui-même, que le « mon cher monsieur Kaufmann » qu'il adressait autrefois à Guillaume d'un ton amical, prit dans sa bouche un ton protecteur, comme s'il eût voulu faire devant M. de Ludescoff amende honorable de sa familiarité envers ce petit bourgeois.

Ceci n'est point chose rare et se retrouve dans tous les rangs de la société; il y a peu de personnes qui aient le courage de leurs inclinations, et, si j'ose m'exprimer ainsi, le courage de leurs manières avec les gens qui leur plaisent, lorsqu'ils sont en présence de ces natures impertinentes à qui ces manières peuvent paraître de mauvais goût.

Il faut avoir une grande force de caractère pour braver ce blâme aristocratique qui dit : qu'un homme se commet avec un autre. M. de Walstein n'avait pas ce courage, il se retira assez gauchement de la familiarité qui s'était établie entre lui et Guillaume, et, lorsque celui-ci partit, il fut assez maladroit pour lui dire :

— N'oubliez pas les plans que je vous ai demandés ; je les examinerai, et s'ils me conviennent, je vous donnerai mes derniers ordres pour leur exécution.

Heureusement pour M. de Walstein, à qui cette impertinence eût sans doute valu une réponse méritée, Clémence avait protesté toute la soirée contre la prétention de M. de Ludescoff et contre la désertion de son père.

Jamais elle n'avait montré à Guillaume plus de déférence, plus d'approbation pour ce qu'il disait, et en même temps plus de cette amabilité cordiale qui le maintenait au rang d'un homme qui était son égal. Guillaume lui avait su si bon gré de cette gracieuse et intime protection, qu'il s'était contenu tant qu'il avait été en sa présence, et n'avait point paru blessé de l'accueil qu'il avait reçu.

Ce résultat fit penser à M. de Ludescoff que Guillaume s'était laissé remettre bénévolement à la place qu'il semblait mériter; et le comte de Walstein fut presque honteux d'avoir eu peur de l'énergie que ce jeune homme avait montrée lors de leur première entrevue, et de l'avoir ménagé comme quelqu'un de considérable.

Clémence l'avait mieux compris; car elle l'étudiait depuis le jour où il avait été si différent envers elle, et déjà elle ne doutait plus de son amour.

Il faut dire, pour sa justification, que si elle avait été charmante, ce n'avait pas été dans une intention de coquetterie envers Guillaume, mais de résistance contre le prince de Ludescoff, et pour lui montrer que ses leçons n'étaient pas de son goût.

Cependant Guillaume avait à peine quitté le château ; il avait à peine échappé au charme qu'exerçait sur lui la présence de Clémence, qu'il se reprochait sa lâcheté, sa lâcheté non seulement vis-à-vis de M. de Ludescoff et du comte, mais encore vis-à-vis d'elle.

En effet, en prenant au hasard un des nombreux sentiers qui menaient du château à la forge, il s'était trouvé devant la maison de M. Charles Leeman, et cet aspect lui avait rendu tous ses soupçons

Tout à coup la bonne grâce de Mlle de Walstein lui parut sous son véritable jour ; ce n'était pas par bienveillance pour lui, mais par antipathie pour M. de Ludescoff, qu'elle avait été si gracieuse ; et cette antipathie venait de l'amour qu'elle éprouvait pour M. Charles Leeman : c'était donc lui qui l'emportait sur le prince russe ; c'était donc à l'intention de M. Charles qu'on avait été si aimable pour lui, Guillaume !

Rien ne pouvait l'humilier davantage, rien ne blesse plus profondément un homme, quel qu'il soit, que d'être l'instrument passif avec lequel on en protége un autre ; mais s'il arrive que, lorsqu'à défaut d'un meuble pour cacher son amant, une femme pousse un autre homme devant lui ; s'il arrive que cet homme soit amoureux aussi, alors il n'est pas seulement humilié, il se trouve insulté et se croit le droit de se venger cruellement.

Une idée folle, une idée furieuse traversa donc la tête de Guillaume, ce fut de frapper à la porte de cette maison, d'y entrer et d'avoir avec ce M. Charles Leeman une explication au bout de laquelle il entrevoyait avec joie une issue fatale pour lui-même ou pour l'amant préféré.

Il s'arrêta un moment incertain devant cette maison ; mais un moment de discussion avec lui-même le fit renoncer à ce projet. Non seulement il n'avait aucun droit à cette explication, mais encore, pensa-t-il, ce serait être bien niais que de se donner la peine de la vengeance, lorsque les circonstances devaient l'amener si naturellement.

Ne valait-il pas mieux pour lui rester le spectateur des événemens qu'allaient amener la lutte entre M. Leeman et le prince de Ludescoff ; et n'avait-il pas mieux à espérer de ce que la force des choses amènerait naturellement, que de ce qu'il pourrait faire lui-même.

Pendant qu'il discutait ainsi, immobile devant cette maison, il crut entendre un léger bruit près de lui, et presque au même instant, il vit deux ou trois hommes sortir d'un bouquet de bois et s'éloigner rapidement.

Guillaume, arraché à sa rêverie par l'apparition de ces hommes, marcha vivement de leur côté et les atteignit bientôt. Il reconnut Josaphat avec deux ouvriers de son atelier, et supposant à leur présence en ce lieu quelque motif peu honorable, il leur demanda avec sévérité ce qu'ils y faisaient.

L'embarras qu'ils témoignèrent à cette question persuada Guillaume de leurs mauvaises intentions, et comme il leur adressait à ce sujet des reproches sur leurs desseins et des menaces de punition, Josaphat prit la parole et répondit avec assez d'humeur :

— Après tout, monsieur Guillaume, il nous est bien permis de nous promener la nuit dans le bois ; ça ne fait de mal à personne, et nous sommes peut-être d'assez honnêtes gens pour que l'on ne nous soupçonne pas d'une mauvaise action à propos de rien.

— Vous oubliez, dit Guillaume, ce que vous m'avez dit contre le comte de Walstein, et ce dont j'ai le droit de vous croire capable d'après vos menaces.

— Monsieur Guillaume, reprit Josaphat, vous avez reçu mon serment au sujet du comte de Walstein, le jour où vous m'avez fait rentrer à la forge pendant l'absence de votre oncle. Pourtant je n'ai pas oublié le mal qu'il m'a fait ; et, quoique je vous aie promis de ne pas m'en venger, je ne serais pas fâché qu'il fît aussi du mal à quelqu'un qui pourrait le lui faire payer mieux que moi. Et, si je ne me trompe, il est en train de me faire ce plaisir...

— Et c'est pour cela que vous étiez trois près de cette maison.

— Tenez, monsieur Guillaume, reprit un des ouvriers, je vais tout vous dire, moi. Ce vieux Josaphat n'a qu'une idée en tête ; c'est que M. de Walstein veut faire quelque méchant tour à la forge et aux forgerons.

— Ah ! fit Guillaume, étonné de retrouver dans l'esprit d'un de ses ouvriers un soupçon qui l'avait lui-même frappé.

— Oui, oui, reprit l'ouvrier , et il s'imagine que M. Leeman n'est pas pour autre chose dans le pays; et pour preuve qu'il s'entend avec M. le comte, il prétend que presque toutes les nuits il y a quelqu'un qui vient du château dans la maison de M. Leeman.

— En êtes-vous sûr ? s'écria vivement Guillaume , en s'adressant à Josaphat.

— Tellement sûr, répartit celui-ci , que je l'ai vu entrer dans la maison, en sortir, et que je l'ai suivi jusqu'au château.

— Et voilà deux jours que nous venons ici faire le guet, reprit l'ouvrier, pour voir passer ladite demoiselle, et nous n'avons rien vu.

— La demoiselle ! reprit Guillaume , c'est une femme que vous avez vue venir chez M. Leeman ?

— Oui, monsieur Guillaume, reprit Josaphat , une femme; et comme il n'y en a aucune au château d'un âge à avoir des amourettes avec M. Charles, je suppose que c'est quelque servante qui apporte les lettres du comte à M. Leeman et de M. Leeman au château.

Guillaume était tellement anéanti de ce nouveau témoignage, qu'il ne prit pas garde aux plaisanteries que les autres ouvriers adressaient à Josaphat sur ces prétendues visions.

A vrai dire, l'accusation d'intrigue que Guillaume avait portée contre Clémence, quelque insultante qu'elle fût, n'avait pas osé marquer le degré jusqu'où cette intrigue avait pu être poussée. Mais des entrevues nocturnes, des entrevues où se trouvait une jeune fille quittant le toit paternel, cela était précis, cela ne laissait pas le moindre doute à Guillaume sur l'étendue de la faute de Clémence.

Cette fois l'indignation de Guillaume dépassa la haine et arriva jusqu'au mépris.

Mlle de Walstein lui parut une fille perdue, d'autant plus perdue qu'il l'avait plus estimée.

Cependant il marchait avec les ouvriers qui continuaient à causer et qui disaient à Josaphat :

— Eh bien ! soit, demain nous voulons bien encore revenir, mais pour la dernière fois, et si nous ne voyons personne.....

— Vous ne reviendrez plus, dit Josaphat ; comme il vous plaira ! mais, moi, je vous jure que je n'y manquerai pas un soir, jusqu'à ce que j'aie attrapé la faiseuse de visites, et que je l'aie forcée à me dire ce qu'elle vient faire chez M. Charles Leeman à de pareilles heures.

— Et de quel droit, s'écria Guillaume, aucun de vous oserait-il attaquer une femme qu'il ne connaît pas, et lui demander compte de ses actions? Souvenez-vous que je chasserai sans miséricorde, non seulement le premier qui se permettrait de faire une telle action, mais encore le premier qui oserait recommencer l'espionnage que vous avez fait ce soir.

— Eh bien ! s'écria Josaphat, vous me chasserez si vous le voulez, mais je le ferai et pas plus tard que demain.

L'idée que Clémence pourrait se trouver en présence de cet homme avait tellement épouvanté Guillaume que, malgré son ressentiment contre elle, il n'avait pensé qu'à la protéger contre un pareil malheur ; mais la résistance de Josaphat à ses ordres l'avertit qu'il n'avait sur cet homme qu'une autorité qui cessait dès qu'était rompu le lien qui existait entre le maître et l'ouvrier et il lui dit plus doucement.

— Josaphat, lorsque je vous ai fait revenir à la forge, je ne pensais pas que j'en serais récompensé par une pareille désobéissance.

— Monsieur Guillaume, repartit Josaphat d'un air sombre, j'ai toujours fait mon ouvrage en conscience, et je crois que j'ai bien gagné mes journées. Jamais, à la forge, je n'ai reculé devant un ordre; mais ici je n'en ai à recevoir de personne ; et pourtant je veux vous prouver que je ne suis pas un ingrat.

Ça vous déplaît que je surveille la maison de M. Leeman ; je ne le ferai pas ; mais ça n'est pas parce que vous m'avez menacé de me chasser, c'est parce que vous m'avez fait souvenir que vous aviez été bon pour moi.

Mais tenez, croyez-moi, ajouta-t-il d'un ton menaçant et comme inspiré, j'ai quelque chose dans le cœur qui me dit que ces Walstein amèneront ici quelque malheur. Si ce n'est pas le père, ce sera la fille, ou quelqu'un des leurs.

Vrai comme je vous le dis, il arrivera une catastrophe. Je sens ça, voyez-vous ; j'en ai le pressentiment... Il y aura du sang répandu, je le vois... Tenez... c'est sûr, il y aura du sang... je vous dis qu'il y en aura..

— Allons ! le voilà qui tombe dans ses humeurs sombres, dit un ouvrier ; ne lui parlez pas, monsieur Guillaume... il vous répondrait peut-être mal... Nous allons le reconduire chez lui, et nous l'empêcherons bien de retourner là-haut...

— C'est bien, dit Guillaume, je compte sur vous.

Et il s'éloigna.

Cet incident ne laissa pas Guillaume sans inquiétude.

Cet homme pouvait ne pas tenir sa promesse ; il pouvait attendre encore Clémence, l'arrêter, l'insulter peut-être, ou tout au moins apprendre qui elle était ; et certes ce serait une trop belle vengeance pour qu'il ne s'empressât pas de le dire à tout le monde.

Cependant il ne savait par quel moyen prévenir un pareil éclat, si ce n'est en ayant une explication avec M. Leeman ; et il était à peu près décidé à ne pas laisser passer le lendemain sans la provoquer, lorsqu'il arriva à la forge.

Selon son habitude, il rentra par une porte du jardin, et fut assez surpris d'y trouver sa tante assise sur un banc de pierre, et regardant attentivement du côté du château.

— Que faites-vous donc là, ma tante ? lui dit-il.

Mme Kauffmann éprouva un vif mouvement d'effroi ; tandis que son neveu s'excusait de l'avoir ainsi surprise, elle se remit ; et quand il lui dit avec affection qu'elle avait tort de rester si tard au jardin, que cela la rendrait malade :

— Malade ? reprit Mme Kaufmann d'une voix altérée ; non, Guillaume, cela m'a fait du bien. J'ai été témoin d'un spectacle qui m'a vivement intéressée.

— Quel spectacle ? celui du ciel tout au plus !

Soit que Mme Kaufmann eût été pénétrée par le froid de la nuit, soit que le saisissement que lui avait causé la brusque arrivée de Guillaume ne fût pas encore calmé, ses dents claquaient et elle parlait à mots entrecoupés ; ce fut donc avec un accent singulier qu'elle répondit :

— Le spectacle du ciel est beau à voir..., et c'est peut-être là que j'aurais dû regarder... Mais... mais... (et sa voix s'altéra davantage) toutes les étoiles ne sont pas au ciel, toutes les clartés qui nous éclairent ne viennent ni de si haut, ni de si loin.

Guillaume douta de la raison de Mme Kaufmann, et lui dit doucement :

— Allons, ma tante, rentrez chez vous ; si mon oncle vous savait dehors à pareille heure, il serait tout alarmé.

— Votre oncle dort, Guillaume, répondit amèrement Mme Kaufmann, il ne connaît pas l'insomnie, cette vie de la nuit qui double la durée du chagrin et en décuple l'intensité. Il ne saura pas que je suis ici ; d'ailleurs il le saurait, qu'il n'y verrait, comme vous peut-être, que le danger de prendre un rhume, et vis-à-vis d'un rhume on est quitte pour conseiller de la tisane.

4

— Mon oncle et moi, répondit Guillaume, nous comprenons votre chagrin. Nous savons quel désespoir a jeté dans votre âme la faute de Thérèse.

Mme Kaufmann, qui écoutait Guillaume avec étonnement, tressaillit au nom de Thérèse, comme si on lui rappelait un souvenir oublié, et elle reprit en baissant la tête :

— Oui, c'est vrai, Thérèse ; c'était mon dernier espoir... Mais je devais subir ce malheur comme tant d'autres... Je ne devais ignorer aucune douleur. Je suis née malheureuse. Il y a des gens privilégiés pour souffrir. Après le désespoir, la honte ! cela devait être.

— Chacun a ses chagrins, ma tante, reprit Guillaume que la tristesse de sa tante avait ému ; car, depuis qu'il souffrait, il commençait à comprendre vaguement que cette résignation de sa tante et cette colère qu'elle avait montrée lors de la nouvelle fuite de sa fille étaient le résultat d'une grande déception. Oui, reprit-il, chacun a ses chagrins qu'il ne dit pas.

— Sans doute, Guillaume, dit Mme Kaufmann, mais il y a des gens qui, à leur première douleur, s'imaginent avoir épuisé toutes les souffrances, et qui se posent en gens désespérés pour une espérance perdue, ou même pour un rêve qui ne se réalise pas.

— C'est possible, dit Guillaume, mais que de fois on envie le bonheur des autres sans savoir que sous cette apparence il y a les mêmes causes de se plaindre du sort.

— C'est très facile à dire ; mais voyez-vous, Guillaume, il faudrait pouvoir peser chaque minute de la vie de deux êtres pour savoir de quel côté est le véritable malheur ; il faudrait y mettre leur âme pour juger si le même événement y fait d'aussi profondes blessures. Votre oncle a perdu sa fille et votre oncle dort : l'événement est le même pour lui que pour un autre, mais il en souffre moins.

Et cependant, si quelque chose peut être compté pour un malheur irréparable, c'est celui-là ; celui-là qui semblait m'être réservé pour une dernière épreuve, et qui n'est pas de ceux que l'on compte d'ordinaire dans sa famille.

— Oui, c'est affreux, dit Guillaume; mais peut-être de plus puissans, de plus riches que nous, peut-être des gens dont nous regardons l'existence avec envie, le subissent-ils comme nous.

Mme Kaufmann regarda Guillaume, et laissa s'échapper une lente et sourde exclamation.

— Ah ! vous croyez ? dit-elle.

— Oui, je le crois.

Une espèce de tremblement nerveux s'empara de Mme Kaufmann, et son neveu lui dit d'un ton affectueux :

— Mais vous êtes malade ; vous souffrez...

— Non, reprit-elle d'une voix saccadée ; mais je veux savoir... dites-le moi... Quelquefois, vous le savez, le malheur des autres, s'il ne console pas, vous donne plus de force pour souffrir... D'ailleurs, je me doute... je sais à peu près... dites-moi cela...

Guillaume réfléchit. Il ne vit aucun inconvénient à raconter à sa tante tout ce qu'il savait, et peut-être, en sa qualité de femme et de mère, lui donnerait-elle un bon avis sur ce qu'il devait faire.

— Soit, lui dit-il, je vais tout vous apprendre. Mais ici, à cette heure... malade comme vous l'êtes, car vous souffrez, je le vois, je le sens.

— Eh bien ! lui dit Mme Kaufmann, entrons chez-moi, dites-moi vos chagrins, Guillaume... venez vers moi.

Elle entra dans la maison par une porte-fenêtre qui ouvrait sur le salon qui précédait sa chambre, et Guillaume la suivit, et pour la première fois de sa vie il se trouva au milieu de la nuit et secrètement dans l'appartement de sa tante.

Celle-ci en ferma la porte avec vivacité et lui dit en s'asseyant et en lui montrant un siége :

— Eh bien ! Guillaume qu'y a-t-il, que se passe-t-il ?

Guillaume lui raconta rapidement ce qu'il avait d'abord pensé de M. Leeman, ensuite ce qu'il en avait soupçonné, et enfin ce dont il ne pouvait plus douter d'après le témoignage de Josaphat.

En est-elle donc là ? dit Mme Kaufmann à cette dernière confidence et avec une expression de colère.

— Oui, reprit Guillaume, et je crains que la haine de Josaphat ou la curiosité de quelque autre ouvrier n'amène un éclat qui perde tout à fait Mlle de Walstein.

— Vous le craignez, dit Mme Kaufmann amèrement.

— Oui, ma tante, et je m'adresse à vous pour m'inspirer un moyen convenable de prévenir un tel malheur.

— Un malheur ! répéta Mme Kaufmann qui se pressait les mains avec désespoir.

— Mais qu'avez-vous donc ? dit Guillaume

Mme Kaufmann se leva vivement et s'écria d'une voix sourde :

— Heureuse, et bien heureuse celle-là ! elle aime, elle est aimée, elle se donne à son amour ; elle le fait avec une audace qui épouvanterait la femme la moins retenue, et elle trouve à côté d'elle, à son insu, quelqu'un qui se passionne pour son honneur, sa réputation, qui cherche avec anxiété, avec douleur, peut-être, le moyen de lui sauver une honte, un chagrin... Heureuse, je le dis, elle est heureuse.

— Croyez, ma tante, reprit Guillaume, qui se trompait sur la cause de cette colère, croyez que j'en eusse fait autant pour votre fille si j'avais été près d'elle.

Ce mot sembla accabler Mme Kaufmann qui retomba sur son siége en disant :

— Oui, pour, Thérèse ! pour Thérèse !

Quelques larmes lui vinrent aux yeux ; mais elle les essuya avec colère, et, se rejetant au fond du fauteuil où elle était assise, elle se mit à considérer Guillaume qui se trouvait fort embarrassé de l'irritation de Mme Kaufmann ; irritation que du reste il attribuait à son cœur de mère ; pour lui c'était toujours la cause de Thérèse qui se montrait dans le dépit ou la douleur de sa tante.

Ce fut aussi dans ce sens qu'il comprit cette parole que lui lança tout d'un coup Mme Kaufmann.

— Mais vous l'aimez donc bien cette Mlle de Walstein.

— Ma tante...

— Vous l'aimez... vous l'aimez avec passion ; pensez-vous que je ne l'aie pas deviné, pensez-vous que tout ne me l'ait pas dit ? Vous l'aimez depuis le jour où vous l'avez vue pour la première fois. C'est pour elle, parce qu'elle vous regardait que vous avez été si hautain pour son père, c'est pour elle que depuis vous vous êtes fait son ami et son complaisant.

— Ma tante...

— C'est pour elle enfin que vous êtes devenu si dur pour votre oncle, si dédaigneux pour notre compagnie, si indifférent à nos douleurs. C'est elle qui occupe toutes vos pensées, tous vos instans...

Guillaume était à la fois irrité et confus de se voir ainsi deviné et jugé ; mais il se contint et répondit assez sèchement :

— Ma tante, Mlle de Walstein est d'un rang et d'une fortune trop élevés pour que je sois assez fou pour l'aimer. J'avais cru reconnaître en elle un caractère sérieux, un cœur noble, un esprit distingué, et je me plaisais à lui rendre l'hommage que méritent ces qualités, que ce soit une femme ou un homme qui les possède ; mais depuis que j'ai découvert quelle est sa conduite, je lui ai retiré cette estime.

— Mais, dit Mme Kaufmann en répétant d'un air de moquerie la phrase de Guillaume; mais un caractère sérieux, un cœur noble, un esprit distingué, que ce soit un homme ou une femme qui les possède, peuvent très bien survivre à une intrigue amoureuse; et quand on n'estime que cela, qu'importe le reste?

— Ah! ma tante, pouvez-vous dire cela!

— Mais alors, reprit Mme Kaufmann en haussant les épaules et du ton qu'on prend avec un enfant qui parle de choses qu'il ne comprend pas, si vous ne l'estimez plus, quel est donc le sentiment qui vous pousse à la protéger.

Guillaume se tut et Mme Kaufmann reprit :

— C'est que vous l'aimez, Guillaume; n'est-ce pas que vous l'aimez?

Guillaume sentait toujours une sorte d'accusation dans les paroles de Mme Kaufmann, et toujours il donnait la même cause à cette accusation; c'est pour cela qu'il répondit dans l'intention de se défendre :

— Eh bien! ma tante, à supposer que j'aime Mlle de Walstein, souvenez-vous que ce n'a pu être de ma part un oubli de mes promesses; car lorsque j'ai connu Mlle de Walstein, déjà je ne pouvais plus répondre aux espérances que vous aviez fondées sur mon amour avec Thérèse.

— Thérèse, répéta Mme Kaufmann, toujours Thérèse!

Le supplice qu'elle éprouvait était affreux; elle qui aimait avec passion, elle entendait l'aveu de l'amour ressenti pour une autre, et, dans ce moment, elle n'était pas même comptée comme victime, elle n'était rien, elle n'existait pas comme femme pour cet homme qu'elle aimait, et qui parlait d'amour.

A ce moment, prise d'un nouveau désespoir, elle s'écria en pleurant :

— Aimez-la, monsieur, aimez-la, soyez heureux; allez!

— Oubliez-vous, ma tante, ce qu'elle a fait?

— Ah! oui, elle vous a trompé, elle en aime un autre. Vous souffrez bien, n'est-ce pas, Guillaume?

— Non, ma tante, j'ai appelé la raison à mon aide et je suis calme.

— Je le crois, dit Mme Kaufmann avec un rire sardonique, votre raison vous avait sans doute dit depuis long-temps que votre amour était une folie, alors même que Mlle de Walstein l'eût mérité. Il est donc fort heureux pour vous que son indignité soit venue en aide à votre raison pour vous faire échapper à une folle passion. Soyez donc tout à fait calme, comme vous le dites, et ne vous occupez pas d'une personne qui n'en vaut pas la peine.

Guillaume fronça le sourcil à cette parole prononcée avec mépris, Mme Kaufmann le vit et continua :

— Une femme à qui on ne peut supposer ni l'entraînement de la passion, ni la faiblesse de l'ignorance (car elle juge trop bien des choses et en parle trop froidement pour qu'elle ait une pareille excuse) c'est donc de sa part, comme de la part de toutes ces femmes qui s'appuient sur l'impunité de leur rang, une occupation de mauvaises mœurs, dont M. Leeman a été l'objet parce qu'il s'est trouvé là le premier, et qui vous fût échu peut-être, s'il avait tardé à revenir. Tout cela ne peut vous inspirer que du dégoût; et si vous êtes sage, vous laisserez tous ces gens-là démêler entre eux ces ignobles intrigues.

— Non, ma tante, non, dit Guillaume révolté de ce mépris, Mlle de Walstein n'est pas ce que vous dites... Mais vous qui n'avez jamais aimé, vous ne pouvez me comprendre; et si coupable qu'elle puisse être, je ne commettrai pas la lâcheté de la laisser en butte à des outrages qui peuvent partir de si bas.

— C'est vrai, reprit Mme Kaufmann, je ne puis vous comprendre, car vous l'aimez encore.

— Je ne sais si je l'aime, dit Guillaume avec exaltation, mais c'est une femme, et je la protégerai.

— Faites donc, lui dit Mme Kaufmann.

— Et je vous l'avoue, j'avais compté sur vous pour m'y aider.

Mme Kaufmann éprouva à ce moment qu'elle pouvait faire à Clémence tout le mal dont elle était capable, et alors, par une pensée soudaine, elle voulut s'assurer dans cette pensée, et se contenant de tout son pouvoir, elle dit avec douceur :

— Eh bien ! Guillaume, ce qu'elle ne mérite pas, je le ferai pour vous, pour vous qui êtes bien malheureux, n'est-ce pas ?

La fausse douceur de ces paroles pénétra Guillaume, qui répondit alors :

— Oh ! oui, bien malheureux ! car vous avez raison, je l'aimais, je l'aimais comme un fou : elle avait donné un but à ma vie ; elle m'avait semblé pouvoir comprendre l'effort par lequel un homme comme moi peut sortir de son obscurité et s'élever jusqu'à elle. Je l'aimais si bien, que son approbation m'eût récompensé de tous mes efforts... Et puis, ma tante, elle est si belle ! il y a en elle un si puissant empire... Oh ! je ne sais ce que je dis, mais je l'aimais..... je l'aimais..... et tout indigne qu'elle est... je sens que je l'aime encore !

Pendant que Guillaume parlait ainsi, Mme Kaufmann jetait autour d'elle un regard égaré ; ces mots : J'aime, retentissant dans cette chambre au milieu de la nuit, l'épouvantaient et la déchiraient à la fois. Lui, Guillaume, il était là, près d'elle, dans cet asile où tant de fois elle avait pleuré de sa solitude, où bien souvent elle l'avait furtivement introduit en pensée, et la première fois qu'il y venait, c'était pour lui parler de son amour pour une autre. Elle sentit ses idées tourner et se perdre dans sa tête, et elle se leva en s'écriant :

— C'est très bien, allez... allez... je vous aiderai... je verrai... mais... allez.

— Mais... ma tante...

— Oh ! s'écria Mme Kaufmann d'une voix déchirante, par pitié, monsieur, laissez-moi seule !

Guillaume sortit épouvanté de ce transport, mais il ne put se l'expliquer, et il s'éloigna, tandis que Mme Kaufmann, demeurée seule, laissait enfin éclater en larmes, en sanglots, en cris, sa douleur et sa colère, qu'elle avait si long-temps contenues !

XI.

Le lendemain matin, Mme Kaufmann se tint enfermée chez elle, et Guillaume ne put la voir.

Il avait espéré trouver près d'elle un bon avis qui lui indiquât la route qu'il devait suivre dans une affaire si délicate, et son entretien avec sa tante n'avait fait que troubler davantage ses idées. Il ne voulait pas cependant laisser ce jour se passer sans avertir M. Charles Leeman de ce qui se tramait et de l'horrible éclat que pouvait attirer à Clémence la curiosité ou la malveillance des ouvriers.

Mais la matinée s'avançait, et M. Leeman n'était point encore arrivé au bureau. Guillaume, après avoir long-temps hésité sur le parti qu'il devait prendre, était devenu très impatient de mettre à exécution celui qu'il avait pris, et il s'apprêtait à se rendre chez M. Charles, lorsqu'il voit entrer dans la cour la voiture de M. de Walstein.

Clémence l'accompagnait.

On les introduisit dans le salon ; et Mme Kaufmann, qui avait refusé de voir son neveu, quitta son appartement pour les recevoir.

Cette visite expliqua à Guillaume l'absence de M. Charles, et il se résolut à demeurer dans son bureau tant que durerait la visite. Il voulait bien sauver Mlle de Walstein, mais il ne pouvait se résoudre à se trouver près d'elle : car il sentait sa bonne résolution prête à lui manquer du moment qu'il verrait en face ce qu'il appelait son effronterie.

Mais il ne fut pas le maître de se tenir à l'écart, et l'on vint l'avertir deux fois, de la part de son oncle, que M. de Walstein le priait de se déranger un instant pour lui venir parler.

Guillaume obéit à cette injonction deux fois répétée.

Au moment où il entra dans le salon, Clémence causait avec Mme Kaufmann ; toutes deux le regardèrent à la fois, et toutes deux reportèrent aussitôt leurs yeux l'une sur l'autre ; mais Clémence ne put supporter le regard ardent de Mme Kaufmann, elle détourna la tête en rougissant, et Guillaume remarqua que Mme Kaufmann continuait à la considérer avec une expression de haine qu'il ne lui avait jamais vue.

Mais il n'eut pas le temps de chercher la cause d'un pareil sentiment, le comte l'ayant immédiatement interpellé.

Il s'agissait, de la part de M. de Walstein, de la décision qu'il avait prise de faire commencer les travaux de ses moulins ; Guillaume fut donc très étonné de voir s'approcher Clémence, qui paraissait prendre un très vif intérêt à l'entretien qu'ils avaient à ce sujet ; il s'aperçut même qu'elle cherchait ses regards, et presque aussitôt, comme M. de Walstein s'était éloigné de quelques pas pour voir un plan que lui montrait M. Kaufmann, Clémence dit tout bas à Guillaume :

— Il faut absolument que je vous parle, monsieur.

Cette déclaration, si brusquement faite, troubla Guillaume au point qu'il ne sut d'abord que répondre ; lorsqu'il eut retrouvé sa présence d'esprit, Clémence n'était plus à côté de lui et regardait dans le jardin par une fenêtre ouverte.

Par un instinct de précaution, Guillaume regarda sa tante

Sa pâleur habituelle était devenue si effrayante, que, sans l'éclat extraordinaire de ses yeux, on eût pu croire que la vie s'était tout à coup retirée de ce corps faible et malade. Le mépris et la colère éclataient trop bien dans ce regard pour que Guillaume ne les y reconnût pas ; et, quelle que fût la raison qui les inspirait à Mme Kaufmann, il en eut peur pour Clémence.

L'entretien qu'elle lui demandait devait nécessairement regarder M. Leeman, et il se résolut à faire entendre la vérité à Mlle de Walstein, si cruelle et si blessante qu'elle pût être ; mais cet entretien n'était pas facile à amener : M. de Walstein, bien qu'il causât avec M. Kaufmann, en appelait à chaque instant à l'avis de Guillaume, et Mme Kaufmann, qui s'était rapprochée de Clémence, ne semblait pas vouloir la quitter.

Sans doute que cet entretien était une nécessité urgente pour Mlle de Walstein ; car elle quitta sa réserve habituelle et dit à son père, avec une certaine liberté familière et caressante qui n'était point dans ses habitudes :

— Mon bon père, quand vous aurez fini vos affaires ; vous voudrez bien me permettre de faire les miennes.

Le premier mouvement du comte à cette interruption fut d'assez mauvaise humeur ; mais, prenant à son tour un air gracieux vis-à-vis de sa fille, comme si un souvenir aimable venait de s'éveiller en lui, il répondit en souriant.

— C'est vrai, c'est vrai, je vous abandonne notre ingénieur pour une demi-heure ; car cela vous regarde, monsieur Guillaume ; c'est une fantaisie convenue avec M. de Ludescoff, et dont ma fille s'est gardé la direction.

— Qu'est-ce donc? dit Guillaume.

— Ma foi, dit le comte, je n'en sais rien, ou plutôt je n'en dois rien savoir ; c'est un mystère, une surprise, faites donc ensemble vos conventions, je ne veux point m'en mêler. Ma fille vous attend, monsieur Guillaume, hâtez-vous, car nous n'avons pas encore fini.

Clémence passa dans le jardin. Guillaume la suivit.

Par un entraînement plus fort que sa raison, Mme Kaufmann fit un pas pour sortir avec eux; mais son mari l'arrêta en s'écriant de son air le plus niaisement professoral :

— Ah! les femmes! les femmes! La curiosité est pour elles une soif inaltérable qui les emporte toujours.

Mme Kaufmann regarda son mari d'un air indigné ; mais celui ci reprit d'un ton tout à fait dégagé :

— Allons, ma chère amie, c'est un secret, il faut t'y résigner.

La colère l'emporta sur la prudence et la retenue habituelles de Mme Kaufmann ; elle rentra dans le salon ; mais, en passant devant son mari et le comte de Walstein pour regagner son appartement, elle leur jeta ces mots dont le sens s'aggrava surtout par la manière dont ils furent prononcés :

— Je suis fort peu curieuse, dit-elle, des secrets de Mlle de Walstein, pas plus de ceux qu'elle peut avoir avec votre neveu, que de ceux qu'elle peut avoir avec d'autres.

M. de Walstein fronça le sourcil, en regardant M. Kaufmann ; mais avant que le comte eût le temps de se fâcher, celui-ci posa son doigt sur son front et agita sa main au dessus de sa tête avec un regard tristement levé au ciel et un profond soupir, comme pour dire :

— Ne faites pas attention, la raison est partie.

Le comte le comprit ainsi; mais, soit que cette absence de raison ne lui parût pas suffisante pour excuser les paroles de Mme Kaufmann, soit que ces paroles eussent trouvé un écho dans les idées du comte de Walstein, il demeura fort soucieux et se montra assez impatient de la conversation qu'il avait autorisée entre sa fille et Guillaume, et qui paraissait plus animée qu'elle n'eût dû l'être, s'ils n'eussent eu véritablement à s'entretenir que d'une chose futile.

Le comte de Walstein n'osa cependant pas les interrompre devant M. Kaufmann; il eût craint de lui montrer que les paroles de Mme Kaufmann l'avaient troublé. Il se contentait donc de les suivre de l'œil, tandis qu'ils se promenaient à l'extrémité du jardin. Mme Kaufmann, retirée chez elle, espionnait aussi à travers d'une jalousie, et plus encore que M. de Walstein, elle croyait découvrir dans la tenue de Guillaume une attention singulière, et de temps à autre un mouvement qui semblait marquer de sa part la plus vive surprise, et quelquefois comme une promesse d'obéissance et une protestation de dévoûment.

Enfin, lorsqu'ils revinrent vers la maison, le visage de Mlle de Walstein était calme, comme si elle venait d'accomplir un grand devoir, et celui de Guillaume radieux, comme s'il eût appris une nouvelle heureuse. Cela devait se traduire naturellement pour Mme Kaufmann par une de ces perfidies à l'usage des femmes adroites, pour lesquelles elles mettent dans leurs intérêts des niais de l'espèce de Guillaume.

Aussi, lorsqu'ils furent tous deux rentrés dans le salon, et pendant que Clémence subissait les galantes plaisanteries de M. Kaufmann sur les jolis secrets qu'elle avait dû confier à M. Guillaume, Mme Kaufmann reparut, et, s'étant approchée de Guillaume, elle lui dit tout bas :

— Eh bien! Mlle de Walstein vous a-t-elle fait confidence de ses amours?

— Oh! ma tante, lui répondit Guillaume avec enthousiasme, Mlle de Walstein n'a aucun reproche à se faire; nous l'avons calomniée.

— Calomniée! répéta Mme Kaufmann avec indignation; ce n'est pourtant pas moi qui l'ai accusée de faire des visites nocturnes à M. Leeman.

A ce mot, la figure de Guillaume devint triste, et il répondit d'un ton pénétré :

— Ah ! ma tante, c'est là ce qui fait qu'elle est la plus généreuse et la plus noble des femmes.

Rien ne peut exprimer le saisissement glacé, muet, de Mme Kaufmann, à cette réponse de son neveu. Elle resta d'abord comme anéantie ; puis, revenue de ce premier accablement, une douleur insensée, une haine farouche pénétrant à la fois dans son âme, ce fut pendant quelque temps une lutte fatale entre le mal qui la torturait et la soif ardente de faire souffrir à d'autres de pareilles tortures.

C'était le désespoir de la jalouse à qui il faut une victime, et qui reste incertaine entre le suicide et l'assassinat, jusqu'à ce qu'un incident quelconque la pousse d'un côté ou de l'autre. Cet incident vint pour Mme Kaufmann.

Au moment de quitter la forge, Clémence s'approcha d'elle, et, d'un air où il y avait un doux accent de pitié protectrice, elle lui dit en lui serrant la main :

— Adieu, ma bonne Mme Kaufmann ; vous avez l'air bien souffrant. Il faut vous ménager, et si vous avez des chagrins, ne vous y abandonnez pas trop ; peut-être sont-ils plus près de finir que vous ne pensez.

Mme Kaufmann regarda Clémence d'un air si étrange, que celle-ci se troubla, et continua d'un ton de prière soumise :

— Excusez-moi de croire que vous souffrez plus du cœur que de votre santé ; mais je suis femme, et je sais que la maladie du corps ne dévaste pas tant que les douleurs de l'âme, et vous êtes bien changée depuis quelque temps.

Tout ce qu'une bonne éducation, tout ce qu'une volonté puissante pouvaient donner d'empire sur elle-même à Mme Kaufmann, suffit à peine pour qu'elle se maîtrisât assez pour ne répondre que par un salut glacé à cette marque d'affection de Mlle Walstein : mais à peine Mme Kaufmann fut-elle seule, que cet orage de colère et de désespoir amassé en elle éclata dans toute sa violence.

La plupart des hommes ignorent ces délires furieux et étranges dont les femmes comme Mme Kaufmann, frêles, délicates et d'un aspect maladif, donnent parfois le spectacle.

Une tenue calme, une grâce discrète, que sillonne rarement un sourire amer, une voix volontairement posée dans un diapason bas, qui parle avec un accent égal, une certaine indifférence de toutes opinions, qui laisse croire à une naïve indulgence de l'esprit, une modestie persévérante, un entier oubli d'elle-même, tout cela fait croire que dans ces tendres et douces créatures il ne peut y avoir que de paisibles émotions, de faciles transports ; mais il arrive une heure où la passion allumée en elles les exaspère.

Alors elles ont des cris déchirans, des sanglots à briser la poitrine d'un athlète ; ces membres délicats ont des forces inouïes pour se tordre ; ces corps si faibles se heurtent, se meurtrissent, se brisent dans d'indicibles transports, sans que la douleur semble les effleurer : alors ces esprits si retenus s'exhalent en malédictions furieuses, en paroles insultantes, en éclats désordonnés, où l'on s'étonne d'entendre d'affreuses pensées dites en termes d'une vulgarité farouche.

C'est ainsi que fut Mme Kaufmann lorsqu'elle demeura seule après les paroles de Clemence ajoutées à celles de Guillaume.

« Il l'aime ! s'écria t-elle, et maintenant il l'aime la sachant infâme ; je le lui aurais pardonné ; mais elle lui a dit un mot, elle lui a fait un de ces contes de filles perdues qui ne trompent que les vieillards abrutis par la débauche ; et sur sa parole il la croit pure, innocente, vertueuse ; il vient me le dire. Niais, imbécile ! lâche ! et bien digne d'être trompé comme tous les hommes ; et elle, cette femme, cette fille, elle a de la pitié pour moi, elle me plaint, elle me trouve changée, elle me dit en face : « Allons ! vieille femme, la douleur te va mal ; guéris-toi... Elle ! elle ! elle ! »

Et, en parlant ainsi, Mme Kaufmann allait, venait, repoussait avec fureur tout ce qui se trouvait devant elle, frappant son front de ses poings fermés, l'œil hagard, la voix rauque, les nerfs en délire, n'ayant plus la conscience ni de sa dignité, ni de sa raison.

Ce transport dura une heure entière ; mais il se calma sans l'avoir épuisée, et les plus sinistres pensées la poursuivaient encore plus ardemment dans le sombre silence où elle demeura ensuite plongée.

Elle erra ainsi le reste de la journée, tantôt dans le jardin, tantôt dans la maison, regardant d'un air si égaré ceux qu'elle rencontrait, qu'ils n'osaient point lui adresser la parole.

Une fois, Guillaume ayant passé près d'elle, lui dit doucement :

— Pauvre tante ! allons, un peu de courage !

Elle releva lentement la tête, le regarda long-temps en face et répéta d'une voix sourde : « Pauvre tante ! » Puis, comme il voulut lui prendre la main, elle la retira brusquement et lui dit avec un rire méprisant :

— Pauvre neveu !

Et elle s'éloigna aiguillonnée encore dans ses sinistres projets par cette nouvelle pitié de Guillaume.

Ce qui ajoutait surtout à la colère aveugle de Mme Kaufmann, c'était l'impuissance où elle était de se venger assez cruellement. Dénoncer Clémence à M. de Walstein, avertir M. de Ludescoff, c'était sans doute l'exposer à une colère terrible et à un affront sanglant. Mais elle ne verrait pas sa vengeance. Clémence, enfermée dans le château de son père, ne reparaîtrait pas sans doute, ou plutôt elle quitterait immédiatement le pays. M. de Walstein, quelque décision qu'il prît contre sa fille, étoufferait nécessairement tout éclat, et ce n'était pas ce que voulait Mme Kaufmann ; il lui fallait savourer la honte de sa rivale, l'avoir humiliée, perdue, insultée.

Ce fut alors qu'elle pensa à Josaphat et à ce que lui en avait raconté Guillaume, et ce fut alors que cette femme, jusque-là si bonne, si forte, si digne, maintenant aveuglée par une passion effrénée, conçut le projet le plus cruel et le plus bas.

Mais elle sentait sa vie s'en aller dans ses transports impuissans de colère et de douleur, et n'ayant vécu pour aucun bonheur, elle voulait que sa vie marquât au moins par la douleur d'un autre.

Ce fut ainsi que folle et égarée en son âme, mais calme en apparence, elle se rendit à la chaumière de Josaphat.

Si Mme Kaufmann ne paraissait jamais dans les ateliers, elle n'en était pas moins connue et vénérée de tous les ouvriers qu'elle allait souvent visiter dans leurs demeures, quand la maladie ou la misère y apportait des souffrances à soulager.

La nombreuse famille de Josaphat et peut-être aussi le caractère sombre sous lequel il cachait sa vieille douleur et son long ressentiment, et qui avait quelque ressemblance avec la froide résignation de Mme Kaufmann, lui avaient souvent attiré ses bienfaits, de façon que cet homme ne pouvait refuser de la servir, surtout dans une entreprise où sa propre vengeance devait aussi trouver à se satisfaire.

Sans doute il était difficile d'aborder un pareil sujet avec lui et de le pousser à mettre ses mauvais desseins à exécution, surtout après la promesse qu'il avait faite à Guillaume ; mais la passion arrivée à ce degré de fureur n'a pas plus de ménagemens envers soi qu'envers les autres, et Mme Kaufmann était bien décidée à demander formellement à Josaphat ce qu'elle attendait de lui, si le hasard ou les dispositions où elle allait trouver cet homme ne lui épargnaient pas cette démarche indigne.

Lorsqu'elle entra furtivement dans la maison, il s'y trouvait plusieurs ouvriers, au milieu desquels se démenait Josaphat, tandis que sa femme s'attachait à lui en s'écriant :

— Je t'en prie, ne fais pas cela.

— Et puis d'ailleurs, dit un ouvrier, il ne sait ce qu'il dit. Quelle idée que ce soit la fille du comte de Walstein qui aille ainsi tous les soirs chez le commis.

— Je te dis, répondit Josaphat, que je l'ai reconnue lorsque je l'ai vue se promener aujourd'hui dans le jardin de la forge avec M. Guillaume. Il n'y a pas beaucoup de femmes de cette taille. Et puis son allure, sa façon de marcher : c'est elle, j'en suis sûr !

— Eh bien ! lui dit sa femme, quand ce serait elle, quel mal t'a fait cette jeune fille ?

— N'ai-je pas hérité de la misère que son père a faite au mien ? reprit Josaphat ; elle héritera du mal que je veux rendre à son père.

— Josaphat, lui cria sa femme, tu me fais peur. Que veux-tu faire ?

— Je veux y aller... et puis... quand elle sortira...

Il s'arrêta, sa figure prit cette expression farouche qui la contractait quelquefois, et il ajouta d'une voix sombre :

— Je ne sais pas ; mais je veux y aller.

— Ah ! retenez-le ! retenez-le, par grâce ! s'écria sa femme.

— Vous avez raison, dit un des ouvriers ; et quand je devrais aller chercher M. Guillaume...

A ce mot, il se retourna pour sortir, et aperçut Mme Kaufmann, demeurée sur le seuil de la porte.

A son aspect, tout le monde devint silencieux ; Josaphat baissa la tête en grommelant, et se retira dans un coin pendant que Marguerite, sa femme, s'avançait vers Mme Kaufmann.

— Eh bien ! Marguerite, qu'y a-t-il ? dit Mme Kaufmann, en faisant à tous les ouvriers un petit salut où il y avait une véritable coquetterie de bonne grâce et de bienveillance pour eux.

— Rien, madame, rien, dit Marguerite tremblante et embarrassée : c'est mon mari qui veut se souvenir toujours du passé.

— Il a raison, Marguerite, dit Mme Kaufmann ; il ne faut oublier ni le bien ni le mal qu'on a reçu.

— Tu l'entends ! s'écria Josaphat.

— Oui ! certes, dit Marguerite : et madame veut dire qu'il faut se souvenir du bien pour en être reconnaissant, et du mal pour le pardonner.

Cette explication de sa pensée inachevée fit tressaillir Mme Kaufmann, et un moment elle eut honte d'être au-dessous des sentimens de cette pauvre femme.

Mais les mauvaises passions ont de mauvaises raisons pour expliquer toutes choses, et Mme Kaufmann se dit en elle-même :

« Cette femme n'a ni pitié ni pardon dans le cœur ; mais elle a peur » qu'on ne chasse son mari, et c'est cette crainte sordide qui la fait ré- » sister à la juste vengeance à laquelle elle devrait s'associer. »

Elle n'eut donc pas l'air de l'avoir entendue, et s'avança vers Josaphat en lui disant avec plus d'aménité qu'elle n'en mettait d'ordinaire dans ses rapports avec de tels hommes :

— Eh bien ! Josaphat, est-ce qu'on vous tourmente encore à la forge pour ce que vous avez dit au comte de Walstein ?

— Non, madame ; non, dit vivement Marguerite ; et s'il veut rester tranquille, il n'aura plus rien à craindre, n'est-ce pas, madame ?

— C'est ce que je ne puis pas vous dire, reprit Mme Kaufmann ; je ne sais pas ce que l'on a exigé de votre mari.

— Ah ! madame, reprit Marguerite, bien peu de chose, je vais vous le dire.

— Je n'ai pas besoin de le savoir, repartit sèchement Mme Kaufmann. Je ne me mêle pas de ce que fait mon mari avec ses ouvriers ; ce sont les affaires d'un homme, et je ne crois pas qu'une femme ait le droit d'y rien voir ; elle doit se taire et rester dans son ménage ; c'est ce que je fais, et ce que toutes devraient faire.

La pauvre Marguerite, honteuse et humiliée d'une leçon qu'elle méritait si peu, baissa les yeux, et Josaphat reprit :

— Madame a raison ; il y a des choses que les hommes seuls comprennent et peuvent faire.

— Sans doute, dit Mme Kaufmann d'un air distrait...

— Mais, madame, s'écria vivement Marguerite, si c'est une mauvaise action...

Mme Kaufmann tressaillit de nouveau à ce mot, mais elle ne répondit pas, et Josaphat dit avec calme à sa femme :

— Allons, n'ennuie pas madame de tes récits et de tes doléances ; d'ailleurs, ça ne regarde personne que moi ; j'ai dit que j'irais, et j'irai.

— Mais qu'y feras-tu malheureux, s'écria sa femme avec désespoir. Josaphat, ne tente pas le mauvais esprit, tu parles toujours de sang et de mort... J'ai peur... j'ai peur pour toi.

Ces mots terribles épouvantèrent Mme Kaufmann : par le seul fait qu'elle les avait entendus, ils jetaient sur elle la responsabilité de ce qui pouvait arriver ; elle frémit à cette idée. D'ailleurs, ce n'était pas d'un meurtre qu'elle attendait sa vengeance, et elle fut forcée de dire à Josaphat :

— Votre femme aurait-elle raison, et auriez-vous de sinistres projets contre quelqu'un ?

— Ma femme ne sait ce qu'elle dit, reprit Josaphat ; il ne s'agit ni de sang ni de mort, mais elle a peur, et eux aussi, ajouta-t-il en montrant ses camarades ; et si ce n'était pas la fille d'un seigneur, si c'était une pauvre fille d'ouvrier, ils auraient été les premiers à lui aller donner un charivari pendant qu'elle est enfermée avec son galant.

— C'est quelquefois une punition bien méritée, dit Mme Kaufmann, en reprenant son air distrait, comme si elle n'avait pas compris qu'il s'agissait d'une chose réelle, et qu'elle eût répondu à une supposition.

— Tiens, tiens ! fit un des ouvriers, s'il ne s'agit que d'un charivari, j'en suis.

Mme Kaufmann parlait en ce moment à l'un des enfans de Josaphat, et paraissait si occupée des réponses embarrassées de la petite fille, qu'elle parut ne pas entendre la petite conspiration qui se fit à côté d'elle.

Cependant Marguerite s'était rapprochée encore de Mme Kaufmann, et lui disait d'un ton suppliant :

— Oh ! madame, empêchez-les d'y aller, je vous en prie.

— Marguerite, reprit Mme Kaufmann d'un air très sérieux, vous n'êtes pas sage, mon enfant ; vous avez peur que votre mari ne se porte à quelque mauvaise action, pour se venger de M. de Walstein, et cela peut arriver malgré vous, malgré moi, malgré tout le monde, surtout si on s'obstine à le blâmer sans cesse et à l'arrêter à la moindre démonstration.

Un jour il ne dira plus rien ; mais lorsque vous le croirez bien calme, il vous échappera tout à coup, et Dieu sait ce qui arrivera ; tandis qu'aujourd'hui, par exemple, en ayant l'air de lui céder, il fera peut-être un peu de bruit à une porte ; et comme il est à peu près sûr qu'il n'y trouvera pas ceux qu'il y cherche, il n'y aura de mal pour personne, et il aura fait une fois à sa volonté.

Mon Dieu ! il peut arriver que cela lui suffise, et qu'après cela il oublie tout ; car il y a souvent dans toutes ces colères plus d'amour-propre que de véritable haine. On veut plutôt faire une chose parce qu'on a juré de l'accomplir que parce qu'on a bien envie de la faire. Du reste, ma bonne

Marguerite, vous connaissez votre mari, vous savez comment le prendre, faites pour le mieux.

Ce raisonnement paraissait assez juste à Marguerite ; mais, par un instinct secret, elle le repoussait comme un mauvais conseil ; cependant elle répondit en secouant la tête :

— Dame ! oui, madame, c'est possible que Josaphat y mette plus d'entêtement que d'autre chose ; mais une fois qu'il y sera... il se montera la tête... Si vous saviez...

— C'est possible, dit Mme Kaufmann ; mais heureusement que s'il y allait ce soir, ses camarades seraient là et qu'ils le surveilleraient.

— C'est vrai, c'est vrai, reprit Marguerite qui cédait sans être persuadée ; c'est vrai.

— J'étais venue vous voir... pour savoir si vos enfans ne manquaient de rien ; voici pour eux.

— Merci, madame, reprit tout haut Marguerite ; jamais votre charité n'est peut-être si bien venue qu'aujourd'hui où mon mari va risquer le pain de ses enfans pour...

— Tais-toi ! lui dit durement Josaphat. Ni toi, ni tes enfans vous n'avez pas encore manqué de pain ; tu n'en manqueras pas tant que je vivrai ; et si Mme Kaufmann, je le dis devant elle, malgré tout le respect que j'ai, t'a donné cet argent pour m'engager à abandonner mes projets, tu peux le lui rendre...

— Vous voyez ! dit tout bas Mme Kaufmann à Marguerite qui baissa la tête, bien convaincue qu'elle seule était sans doute impuissante à combattre la résolution de son mari, mais pensant toujours qu'il eût suffi d'un mot de Mme Kaufmann pour tout arrêter.

— Non, reprit celle-ci en s'adressant à Josaphat, la charité qui vend ses secours à quelque prix que ce soit, ne mérite pas d'être reçue. Je ne vous impose rien ; seulement, n'oubliez pas que chacun mérite d'être traité comme il a traité les autres.

Mme Kaufmann sortit de la maison après cette phrase à double tranchant qui servit de texte à Marguerite pour dire :

— Prends garde, on te traitera comme tu traiteras les autres.

Et à Josaphat pour répondre :

— Je traiterai les autres, comme ils m'ont traité.

Il fallait que la passion de Mme Kaufmann fût bien violente pour qu'elle s'éloignât sans remords après ce qu'elle venait de faire, sans honte d'avoir excité d'ignobles ressentimens par la fausse application de paroles graves.

Mais, il faut le dire, Mme Kaufmann n'avait qu'un souci : c'était de savoir si la volonté de Josaphat tiendrait contre l'opposition de sa femme, et si le résultat qu'elle attendait de la haine de cet homme contre le comte répondrait à sa propre haine contre Mlle de Walstein.

XII.

Mme Kaufmann avait tort de s'alarmer. Il est bien rare que lorsqu'on abandonne une réunion d'hommes sur un mauvais conseil ; il ne fructifie pas rapidement.

L'idée du charivari souriait fort aux ouvriers ; mais Josaphat se chargea d'en régler l'exécution, et il le fit en homme qui voulait une cruelle vengeance.

Cependant la nuit étant déjà tout à fait close, Mme Kaufmann se résolut à rentrer à la forge et à attendre l'événement. Mais elle trouva la maison déserte.

M. Kaufmann était allé au château. Quant à Guillaume, il était sorti aussi, mais il n'avait pas accompagné son oncle. D'abord Mme Kaufmann en fut satisfaite.

Quelle que fut sa puissance sur elle-même, elle était en proie à une attente trop inquiète, pour qu'elle n'eût pas été embarrassée du moindre regard jeté sur elle; mais à mesure que l'heure se passait, elle se demandait où pouvait être Guillaume.

Elle tremblait qu'il n'eût pris des mesures pour protéger Mlle de Walstein, et vingt fois elle se sentit prise du désir d'aller se cacher aux environs de la maison de M. Leeman pour voir comment les choses se passeraient. Cependant elle avait résisté à cette tentation.

Mais à dix heures du soir, n'entendant rien qui vînt l'avertir de l'exécution de son projet, elle s'apprêtait à sortir de la maison, lorsque Guillaume entra. Il avait l'air préoccupé et solennel.

— Mon oncle n'est pas encore rentré, dit-il à Mme Kaufmann; j'en suis ravi, car j'ai bien des choses à vous dire qu'il ne doit pas encore savoir.

— Je vous remercie de vos confidences, Guillaume, reprit Mme Kaufmann d'un ton froid et dédaigneux et je ne désire point apprendre des secrets qui ne me regardent pas.

En disant cela, Mme Kaufmann fit quelques pas pour quitter le salon et entrer dans le jardin.

— Peut-être vous trompez-vous, ma tante, lui répondit Guillaume; et puisque nous avons déjà parlé de ce qui nous semblait inexplicable dans la conduite de Mlle de Walstein...

Avant que Guillaume n'eût eu le temps de continuer, Mme Kaufmann, comme si ce seul nom de Mlle de Walstein eût été une injure pour elle, s'écria vivement :

— Eh! que me fait Mlle de Walstein ? que me font vos rapports avec Mlle de Walstein, vos secrets avec Mlle de Walstein, votre amour pour Mlle de Walstein ?

Et chaque fois qu'elle prononçait ce nom, Mme Kaufmann donnait à sa voix une inflexion plus dédaigneuse.

Elle voulut encore s'éloigner; mais Guillaume lui dit en la retenant doucement :

— Pardon, ma tante, si j'insiste; mais il ne s'agit pas seulement de Mlle de Walstein, il s'agit de vous, de mon oncle... il s'agit... de votre fille.

— De ma fille ! dit Mme Kaufmann en souriant amèrement, sans doute pour l'accuser, afin de justifier votre passion pour Mlle de Walstein.. .

— Non, ma tante... mais...

— Ah ! s'écria Mme Kauffmann, c'en est assez sur ce sujet ; n'en parlons plus, je vous prie.

— Mais... ma tante...

— Laissez-moi, monsieur, laissez-moi, reprit Mme Kaufmann avec colère et en se reculant.

Guillaume semblait triste, et Mme Kaufmann, le corps agité d'un mouvement nerveux, se dominait à peine; car, au silence profond qui régnait partout, elle croyait comprendre que Guillaume avait découvert le projet des ouvriers, l'avait prévenu, et voulait lui en parler.

Mais tout à coup de longs cris et un bruit discordant et étrange se firent entendre vers le sommet de la colline; Mme Kaufmann se redressa comme le cheval de bataille qui entend le bruit de la trompette ; elle écouta, et dans la nuit, il sembla à Guillaume que ses yeux brillaient d'un fauve éclat ; il écouta aussi et s'écria :

— Qu'est cela ? que signifie ce bruit ?

— Rien, rien sans doute, des enfans qui jouent, dit Mme Kaufmann d'une voix où perçait une sombre joie.

— Je veux savoir ce que c'est, répéta Guillaume.

— Ah ! dit Mme Kaufmann, vous, si pressé tout à l'heure de me parler de moi, de ma fille !

— Sans doute, dit Guillaume ; mais écoutez... ce bruit augmente.

— Ce bruit vous fait peur, mon neveu ? lui dit Mme Kaufmann.

— Il s'éloigne ; on dirait qu'il se dirige du côté du château.

— Oui, en effet, reprit Mme Kaufmann en écoutant, la tête penchée, ils la poursuivent.

— Que voulez-vous dire ? s'écria Guillaume épouvanté, et à qui ce mot suffit pour deviner en partie l'horrible vérité.

— Moi ! reprit Mme Kaufmann, rien, rien... Mais vous vouliez me parler de ma fille.

A ce moment le bruit redoubla, et des voix tumultueuses, des cris semblèrent s'y joindre. Toute la vallée en était émue ; et l'on entendait autour de la forge les portes et les fenêtres s'ouvrir, et des voix de femmes s'enquérir de la cause de tout ce fracas.

Guillaume restait effaré et incertain, ne sachant s'il devait accuser Mme Kaufmann, qu'il soupçonnait complice de cette infamie, ou s'il devait courir au secours de ceux à qui l'on insultait si grossièrement ; mais une fenêtre de l'une des maisons les plus voisines de la forge s'étant ouverte, une voix demanda ,

— Qu'est-ce qu'on fait donc là-haut ?

Une autre voix répondit :

— C'est le charivari qu'on donne à Mlle de Walstein.

Déjà le bruit semblait se rapprocher du château.

— Ah ! s'écria Guillaume, malheur et exécration sur ceux qui ont commis ce crime !

— Où allez-vous donc, Guillaume ? lui dit sa tante en essayant de le retenir à son tour.

— Priez Dieu qu'il vous pardonne, s'écria Guillaume en s'élançant hors du jardin et en repoussant violemment sa tante.

Un moment elle demeura épouvantée de ce qui se passait et du ton de Guillaume ; mais la haine, le désespoir reprirent aussitôt le dessus, et elle se releva en se disant :

— Eh bien ! qu'il aille la sauver s'il peut ; et elle se mit à écouter, égarée, presque folle, laissant échapper de temps à autre un rire saccadé, ou courant avec épouvante vers sa maison comme pour se cacher.

Cependant le bruit cessa tout à coup, puis le tumulte des voix recommença ; il y eut ainsi plusieurs alternatives de silence et de cris, et enfin elle n'entendit plus rien, et alors une indicible terreur, un effroi glacé s'emparèrent de Mme Kaufmann ; toute sa force s'était usée dans l'accomplissement de sa vengeance.

Elle rentra dans son appartement et tomba assise sur une chaise, la tête dans ses mains, y resta immobile, et commençant elle-même à douter de sa raison.

En effet, elle n'avait ni moins de rage dans le cœur, ni moins de désespoir ; mais elle avait déjà peur et honte de ce qu'elle avait fait, et déjà des pensées de mort et de suicide tournaient dans sa tête, en même temps qu'elle éprouvait une cruelle curiosité de savoir ce qui s'était passé.

Nous allons le dire à nos lecteurs , pour qu'ils comprennent mieux la scène dont Mme Kaufmann fut plus tard l'un des acteurs.

Comme l'avait arrangé Josaphat, les ouvriers s'étaient postés à quelque distance de la maison de M. Leeman , sur le chemin qui conduisait de cette maison au château.

Josaphat n'avait pas voulu entourer la maison de Charles et donner le charivari pendant que Clémence y était enfermée avec ce jeune homme ; Guillaume eût pu accourir au bruit tandis que Mlle de Walstein était enfermée dans la maison ; il eût pu forcer les ouvriers à se retirer , protéger la retraite de Clémence, et sans doute on eût caché la cause de ce vacarme au comte qui, enfermé chez lui, ne s'en serait peut-être pas occupé.

Ils attendirent donc, à une certaine distance, que Clémence eût quitté la demeure de M. Leeman, où l'un d'eux, posté aux aguets, l'avait vue entrer.

Bientôt les ouvriers attentifs entendirent la porte s'ouvrir et se fermer, mais les pas de la personne qui sortait étaient ceux d'un homme, et d'ailleurs ils se dirigeaient du côté de la forge.

Enfin, un quart d'heure après, ils entendirent de nouveau ouvrir la porte et virent bientôt une jeune femme prendre la route sur les bords de laquelle ils étaient cachés. Ils reconnurent Mlle de Walstein, et à peine les eut-elle dépassés, qu'ils sortirent des fourrés en poussant des cris, et en frappant sur les plaques de tôle et les casseroles dont ils étaient munis, et ils se jetèrent sur ses pas.

Clémence, surprise par ce bruit inattendu, s'arrêta frappée de terreur. Elle ne comprit point d'abord ce que signifiait ce vacarme, et se crut la victime de quelque infâme guet-apens contre sa personne, quand elle vit autour d'elle cette foule d'hommes dansant, criant, hurlant.

Elle fit quelques pas pour s'enfuir en criant au secours; mais ils la suivirent sans la toucher, toujours criant et chantant. Elle s'arrêta encore, car parmi les cris qui la poursuivaient elle avait pu entendre quelques paroles dont le sens lui était vaguement arrivé à l'esprit.

Ces paroles, que nous ne pouvons rapporter textuellement, voulaient dire qu'elle sortait de chez son amant, qu'elle était la maîtresse de M. Leeman.

Par un premier instinct de défense, elle se tourna vers ces hommes et s'écria avec une énergie extraordinaire :

— Qu'osez-vous dire? moi!... moi!...

Mais ces paroles furent étouffées par les cris plus furieux de cette troupe furieuse.

Clémence avait une âme forte et courageuse, et, si elle se fût trouvée en face d'un danger véritable, d'une menace de mort, peut-être eût-elle montré un calme et une présence d'esprit énergiques; mais, entourée d'insultes, parmi ces hommes hurlant, dansant, bondissant autour d'elle, au milieu de ce bruit effroyable qui devait étouffer les cris du désespoir comme les paroles de la raison, Clémence se sentit prise d'une sorte de vertige; elle se mit à courir comme un enfant peureux vers le château de son père; les forgerons la suivirent en redoublant leurs cris et leur vacarme, et ils arrivèrent sur ses pas à la terrasse du château, vers laquelle Clémence s'était dirigée dans son trouble.

Depuis quelques instans le comte de Walstein, M. Kaufmann et le prince Ludescoff, étonnés de ce bruit étrange qui retentissait tout à coup dans la vallée, étaient sortis du salon, et, entendant le bruit approcher, ils s'étaient dirigés du côté d'où il venait, en demandant ce que ce pouvait être à M. Kaufmann, qui leur avait répondu :

— Ceci ressemble beaucoup à un charivari donné à quelque jeune fille surprise la nuit dans la maison de son amant.

M. Kaufmann avait à peine répondu, qu'ils aperçurent au loin la femme qui fuyait devant ses persécuteurs, et quelques instans après ils entendirent ses cris, et bientôt cette malheureuse arriva à la grille qui fermait la terrasse, s'y attache de ses mains, en s'écriant :

— Mon père! mon père!

M. de Walstein accourut jusqu'à cette grille et reconnut Clémence qui, épuisée de sa course et de sa terreur, tomba à genoux de l'autre côté, tandis que le concierge ouvrait lentement la grille et que la troupe hurlait toujours près de Clémence.

Dans le premier moment de cette effroyable aventure, M. de Walstein ne vit que sa fille insultée, poursuivie; il s'élança entre elle et ceux qui l'avaient poursuivie; il avait saisi un instrument de jardinage et allait frapper sur tous ces misérables, lorsqu'il fut arrêté par une main de laquelle il ne put se dégager; et une voix sourde, mais qui se fit entendre à tous ceux qui étaient présens, lui dit :

— Comte de Walstein, nous sommes quittes; vous avez chassé mon vieux père de sa maison, au milieu de la nuit. À pareille heure, j'ai été chercher votre fille dans la maison de son amant, et je la ramène dans la vôtre.

Le premier mouvement de M. de Walstein fut encore pour la colère, et, dans un effort désespéré, il s'arracha de la main de Josaphat et lui porta un coup si rapide et si violent de la bêche qu'il tenait à la main, que l'ouvrier chancela et tomba preque aussitôt dans les bras de ses camarades, en s'écriant :

— Je vous le disais bien qu'il y aurait du sang !

Peut-être si M. Kaufmann n'eût pas été présent, cette action de M. de Walstein eût excité une sanglante représaille, dans l'état d'exaltation où se trouvaient ces furieux. Mais le maître de la forge repoussa lui-même les ouvriers; ceux-ci s'éloignèrent d'abord par obéissance.

Il suffit alors de quelques paroles pour leur montrer l'odieux de leur conduite, en face du spectacle de cette jeune fille mourante, de ce père exaspéré, de cet homme si cruellement puni. Ils se retirèrent peu à peu devant les ordres et les menaces de M. Kaufmann.

Pendant ce temps, des domestiques qui étaient accourus à tout ce bruit avaient pris Clémence qui s'était tout à fait évanouie, et l'avaient portée dans le salon. M. de Ludescoff l'y avait suivie, et quand M. de Walstein y rentra, il le vit considérant Clémence à qui l'on faisait respirer des sels.

À l'air sombre et soucieux du prince, il eût été difficile de deviner quel sentiment l'animait; mais à ce moment M. de Walstein éprouva pour la première fois toute l'horreur de sa position.

Il avait devant lui sa fille coupable et publiquement insultée devant l'homme qui devait l'épouser. Il éprouvait à la fois toute la colère du père et toute l'humiliation du gentilhomme. Il lui fallait ou maudire sa fille, ou l'abandonner à sa honte, ou chercher à la défendre et à la justifier, et son cœur se refusait également à l'un ou l'autre de ces partis.

Ce fut dans ce moment que M. Kaufmann, à qui les ouvriers avaient dit qu'ils avaient surpris Clémence chez M. Leeman, reparut dans le salon, et sa présence sembla déterminer la colère de M. de Walstein.

— Monsieur, s'écria-t-il, c'est vous qui me rendrez raison de ce qui vient de se passer. La justice des tribunaux peut en ce cas ne pas vous rendre responsable du crime de vos ouvriers; mais moi, je vous en demande satisfaction.

— Je vous jure, dit M. Kaufmann, que j'en ferai un exemple sévère, et que pas un de ceux qui ont pris part à cette injure ne rentrera à la forge.

— Croyez-vous donc que ce soit cela que je vous demande, monsieur? s'écria M. de Walstein; ma fille a été insultée par des hommes dépendans de vous; pour moi, c'est comme si vous l'aviez insultée, et je vous en demande raison.

M. Kaufmann, parmi tous ses défauts, n'avait pas celui d'être sans courage, et il répondit froidement à M. de Walstein :

— Monsieur le comte, je ne me crois pas responsable de ce malheur, mais il suffit que vous l'entendiez ainsi pour que je sois à vos ordres.

— À demain ! lui dit le comte.

— Demain, soit.

— Non, messieurs, reprit M. de Ludescoff en se plaçant entre M. Kaufmann et M. de Walstein ; c'est à moi qu'il appartient de demander raison de cette injure à celui qui en est la première et unique cause.

A ce moment, Clémence revenait à elle.

M. de Walstein fit signe aux femmes qui l'entouraient de sortir, et il dit à M. de Ludescoff :

— La vengeance de cette injure n'appartient qu'à moi, monsieur, et je n'accepte votre intervention contre qui que ce soit.

— Pardon, répondit M. de Ludescoff, mais M. Guillaume Kaufmann n'aura pas impunément ruiné mes plus chères espérances, sans que j'en tire aussi une vengeance éclatante.

— De mon neveu ! s'écria M. Kaufmann ; mais qu'a donc à faire Guillaume dans tout ceci ?

— Il est possible que vous l'ignoriez, dit M. de Ludescoff ; mais il m'a suffi de quelques heures pour voir jusqu'à quel point Mlle de Walstein s'était compromise vis-à-vis d'un pareil homme.

Le comte était si convaincu de la culpabilité de sa fille, qu'il laissa passer cette accusation, tandis que M. Kaufmann reprenait :

— Compromise avec Guillaume ! c'est impossible, c'est...

— Monsieur Kaufmann, dit Clémence en se levant avec une froide dignité, personne ici n'a le droit ni de m'accuser ni de me justifier ; moi seule ai à répondre à mon père et à monsieur de Ludescoff, et cette explication que je leur dois, je désire la leur donner devant vous.

— Silence ! s'écria M. de Walstein. Osez-vous bien parler après ce qui vient de se passer ?

— Mon père ! reprit Clémence d'un ton respectueux, mais ferme, il y va de votre honneur, n'est-ce pas, et du mien aussi ? Ma justification sera facile et complète ; mais il faut qu'à l'instant, qu'à l'instant même, vous consentiez tous trois à me suivre.

— Clémence, reprit M. de Walstein, ce sera entre nous un compte à régler.

— Mon père, reprit encore Clémence ; suivez-moi, je vous en prie, je vous le demande comme le dernier acte de votre justice ; vous me jugerez après.

L'attitude de Clémence était si assurée, si fière, que le comte demeura incertain et que M. de Ludescoff lui dit :

— Vous ne pouvez refuser à Mlle de Walstein le droit de se justifier à nos yeux.

— Monsieur de Ludescoff, lui dit Clémence avec hauteur, je n'ai besoin de me justifier que devant mon père.

— Venez donc, lui dit le comte de Walstein, et veuillez nous suivre, messieurs... monsieur Kaufmann, reprit-il, quoi que ce soit que nous allons apprendre, l'injure que j'ai reçue n'en subsiste pas moins, et vous n'oublierez pas ce que vous m'avez promis.

— Attendez, mon père, attendez, lui dit Clémence; Dieu seul sait qui aujourd'hui aura à répondre.

Comme elle s'apprêtait à partir, Guillaume arriva ; il avait gravi la colline à travers le bois, et avait le visage bouleversé, les vêtemens en désordre, et s'étant approché rapidement de Clémence, il lui dit, sans paraître s'inquiéter de la présence du comte ni de celle de M. de Ludescoff.

— Vous avez reçu une injure que je vengerai cruellement, et vous ne devez plus garder le silence en considération de personne, pour votre défense.

— Je vous remercie, monsieur Guillaume, lui répondit Clémence ; vous savez ce que j'ai voulu faire pour amener un heureux résultat ; il est temps que tout se passe au grand jour. Veuillez aussi nous suivre.

Tout le monde obéissait à la résolution, à la fermeté de Clémence. Ils la suivirent jusqu'à la maison de M. Leeman. Clémence y frappa en disant :

— C'est moi, ouvrez...

La porte fut ouverte.

— Entrez, mon père, dit Clémence ; entrez, monsieur Kaufmann.

Ils pénétrèrent les premiers dans une salle assez pauvrement éclairée. M. Charles Leeman était dans un coin, et une jeune femme semblait vouloir se cacher dans ses bras. Un double cri de surprise expliqua à la fois tout le mystère.

A l'aspect de Charles, M. de Walstein recula en s'écriant :

— Mon fils !

Et la jeune fille qu'il tenait, s'étant échappée de ses bras, alla tomber aux genoux de Kaufmann, qui s'écria à son tour :

— Thérèse ! ma Thérèse ! ma fille !

M. Kaufmann avait sur-le-champ compris ce dont il s'agissait ; mais le comte de Walstein, qui ignorait la disparition de Thérèse, se retourna vers Kaufmann, en répétant d'un air ébahi :

— Votre fille, monsieur !

— Oui, monsieur, lui dit Guillaume d'un ton grave, le fils du comte de Walstein, sous le nom supposé de M. de Kerburn, a séduit et enlevé la fille de M. Kaufmann.

— Oui, mon père, reprit Charles, et j'étais venu ici pour solliciter votre pardon et celui de M. Kaufmann. Je voulais d'abord prouver à M. Kaufmann que j'étais digne d'entrer dans sa famille, et que je saurais expier par un travail assidu les erreurs de ma jeunesse.

Le comte de Walstein demeura un moment immobile.

Tout le monde attendait ce qui allait résulter de cette découverte inattendue.

Enfin, il porta alternativement les yeux sur Thérèse et sur son fils, puis il dit à celui-ci :

— Vous voulez entrer dans la famille de M. Kaufmann? Je vous dirai, monsieur, à quelle condition je puis vous le permettre.

Kaufmann s'avança alors, et dit au comte de Walstein :

— Votre fille avait raison, monsieur le comte, en disant que nous ne savions lequel de nous deux avait à demander compte à l'autre d'une injure.

— Vous oubliez à qui vous parlez, monsieur, lui dit le comte avec dédain ; je vous ferai savoir ma volonté.

— Monsieur ! s'écria Kaufmann.

— Contenez-vous, monsieur Kaufmann, lui dit Clémence, qui reprit la parole avec une nouvelle autorité. Mon père ne peut manquer à un devoir d'honneur, quel qu'il soit ; vous en aurez bientôt la preuve.

— Clémence, reprit le comte, vous avez revu votre frère, malgré ma défense ; vous avez prêté la main à des désordres ; la leçon cruelle que vous avez reçue aujourd'hui devrait vous profiter.

— Oui, mon père, reprit Clémence avec résolution, elle m'aura appris ce que je dois croire des sentimens d'estime et de confiance de certaines personnes.

En parlant ainsi, elle regarda M. de Ludescoff qui chercha à s'excuser ; mais Clémence ne lui répondit pas un mot. Pendant ce temps M. Kaufmann dit à sa fille :

— Viens, Thérèse, coupable comme innocente, ta place est dans la maison de ton père. — A demain, monsieur le comte.

— Et moi, mon père ? dit Charles.

— Attendez mes ordres, monsieur, lui dit le comte.

Il sortit avec sa fille et son gendre futur, et Kaufmann, accompagné de sa fille et de Guillaume, reprit la route de la forge. Ils étaient à peine à quelques pas de la maison, que Thérèse s'écria :

— Oh! mon Dieu! comment va me recevoir ma mère?

— Ou plutôt, dit Guillaume, comment lui annoncer cette nouvelle? Votre pauvre mère, Thérèse, est bien changée, et peut-être n'a-t-elle plus la force de supporter un coup pareil.

— Eh bien! reprit Kaufmann, je ferai entrer Thérèse dans mon appartement; devance-nous à la forge, et prépare-la à revoir sa fille bien repentante, n'est-ce pas?

— Oui, mon père, dit Thérèse, bien repentante, car je ne puis douter que ce soit ma conduite qui a plongé ma mère dans cet affreux désespoir.

Guillaume avait senti tout son ressentiment contre Mme Kaufmann s'évanouir, lorsqu'il avait vu le résultat de l'insulte faite à Mlle Walstein.

Mais, avant de raconter ce qui se passa dans cette nouvelle entrevue, nous devons donner encore quelques explications à nos lecteurs.

Sans doute ils ont déjà compris, par le seul fait, que M. Leeman était le fils du comte de Walstein, la mystérieuse recommandation de Clémence, l'intelligence qui régnait entre celle-ci et son frère, pourquoi celui-ci avait toujours évité la présence du comte.

Là était aussi le mystère de l'entretien de Guillaume avec Mlle de Walstein; mais elle seule savait quel intérêt l'avait portée à faire entrer son frère comme commis chez M. Kaufmann.

Ces raisons trouveront plus tard leur place et expliqueront à leur tour la singularité de cette résolution.

Nous allons maintenant retourner près de Mme Kaufmann, et raconter ce qui était survenu à la forge pendant qu'elle attendait dans une sorte de délire le résultat de sa vengeance.

XIII.

Comme nous l'avons dit, le bruit avait cessé tout à coup, et Mme Kaufmann, réfugiée dans son appartement, attendait dans une sorte de délire muet et immobile.

Elle attendait, sans savoir précisément ce qu'elle désirait apprendre. Elle n'osait pas espérer que sa vengeance eût été complète, mais elle se refusait à croire qu'elle eût été inutile. Elle fut arrachée à cet état cruel de son esprit et de son cœur par les cris et les sanglots d'une femme qui demandait avec instance à la voir.

A ce bruit, Mme Kaufmann se leva avec épouvante, et presque aussitôt Marguerite, à qui les domestiques avaient vainement voulu disputer l'entrée de l'appartement de leur maîtresse, parut devant devant Mme Kaufmann.

— Ah! madame, secourez-moi, secourez-moi! je le savais bien qu'il arriverait malheur. Mon pauvre mari, Josaphat!

— Eh bien?... reprit Mme Kaufmann d'une voix altérée.

— Dieu veuille que le médecin arrive à temps, et qu'il ne meure pas!

— Mourir! dit Mme Kaufmann d'une voix brève.

— Ah! madame, vous êtes bonne; envoyez un de vos domestiques à cheval jusqu'à la ville, et qu'il ramène le médecin, ou bien Josaphat sera mort avant demain.

— Mais qu'est-il donc arrivé?

— C'est le comte de Walstein, madame, c'est lui qui a frappé mon mari.

— Le comte a commis un crime!...

— Ah! madame, je ne puis pas l'accuser; car enfin un père qui voit sa fille insultée comme cela... Vous ne saviez peut-être pas qu'il s'agissait de la fille de M. de Walstein! Eh bien! il s'est élancé sur Josaphat, il l'a frappé... il est tout sanglant, la tête ouverte... Oh! madame, envoyez, je vous supplie!

— Oui... oui... dit Mme Kaufmann en se reculant; car Marguerite tendait vers elle ses mains où était restée l'empreinte du sang de son mari dont elle avait étanché la blessure.

Elle appela un domestique, lui donna l'ordre d'aller jusqu'à la ville; mais il y avait dans ses paroles, dans son geste, dans son action quelque chose de machinal et d'égaré.

Mme Kaufmann avait répété cet ordre d'après les paroles de Marguerite, mais, à vrai dire, sans en avoir la conscience. Elle éprouvait l'effroi et l'horreur de son crime; mais c'était un sentiment encore confus et vague. Elle ne voyait pas clair en elle-même.

Elle était comme un homme enfermé dans la chambre d'un vaisseau battu par une violente tempête, durant une nuit profonde, et dont chaque mouvement le jette contre une paroi où il se meurtrit et se brise; il veut s'assurer sur ses pieds ou se retenir à un meuble, mais il chancèle sans cesse, et ce qu'il tient cède à sa main et tombe avec fracas autour de lui. Alors il s'écrie dans un moment de désespoir : — Un peu de lumière!

Ainsi Mme Kaufmann, après avoir donné l'ordre que Marguerite sollicitait d'elle, s'écria dans son délire :

— Un peu de raison, mon Dieu! un peu de raison!

Marguerite entendit ce cri sans le comprendre.

— Merci, madame, merci, dit-elle à Mme Kaufmann en lui prenant la main, je retourne près de Josaphat. O Madame, vous êtes la mère des malheureux!

Elle partit aussitôt et laissa Mme Kaufmann seule.

Celle-ci, l'œil fixé sur la main qu'avait pressée et baisée Marguerite demeura droite, glacée, immobile et murmurant d'une voix sourde :

— Du sang... il y aura du sang!..

Tout lui semblait tourner autour d'elle; sa pensée s'égarait de plus en plus, lorsque Guillaume parut à son tour.

Il sauva sans doute Mme Kaufmann de la folie en donnant un cours à ce tourbillon tumultueux qui roulait dans sa tête, et elle courut en lui disant :

— Dites-moi tout, Guillaume, dites-moi tout.

Celui-ci fut épouvanté de l'expression de son visage, du désordre de ses regards; il eut pitié de ce qu'il considérait comme une folie involontaire, et il lui dit doucement :

— Rassurez-vous, ma tante, il n'est arrivé aucun malheur.

— Mais Marguerite...

— Je viens de passer chez son mari; sa blessure n'a pas de gravité, répondit Guillaume, qui avait rencontré Marguerite à quelques pas de la maison.

Mme Kaufmann laissa s'échapper une sourde exclamation et tomba sur un siége en baissant la tête.

Guillaume put penser qu'elle remerciait le hasard de ce qu'elle n'avait pas à se reprocher la mort de cet homme; mais, à vrai dire, Mme Kaufmann n'en était pas encore à se rendre compte de ce qu'elle éprouvait; rien n'était encore distinct dans son âme; seulement c'était comme si l'un des mille aiguillons qui la déchiraient se fût émoussé, et comme si elle eût éprouvé une douleur de moins, sans pouvoir dire laquelle.

Guillaume, croyant voir plus de calme dans l'esprit de sa tante, s'assit à côté d'elle, et, prenant une de ses mains dans la sienne, il lui dit avec douceur :

— Ma tante, vous êtes si malade que je voudrais vous épargner une nouvelle émotion; mais j'espère que ce que j'ai à vous apprendre sera une consolation pour vous.

— Une consolation ?... dit Mme Kaufmann en regardant Guillaume.

— Oui, ma tante.

Elle attacha long-temps son regard sur lui, et reprit enfin, comme si elle retrouvait le sens de ce qu'elle sentait :

— Vous, vous m'apportez une consolation !

Elle laissa échapper quelques larmes et quelques sanglots, et reprit d'une voix déchirée :

— Oh ! non, c'est une douleur encore, un malheur, une malédiction !

— Non, ma tante... non...

— Qu'importe ! reprit-elle d'un ton soumis ; parlez... parlez... il faut bien que j'en finisse ; aujourd'hui ou plus tard, il le faut...

Guillaume parut se recueillir, et reprit après un moment de silence :

— Vous savez, ma tante, que lorsque je vous ai quittée, il y a deux heures, je voulais vous parler de votre fille.

Mme Kaufmann se retourna, et d'un air surpris, mais abattu, elle dit à Guillaume :

— Ah ! c'est de Thérèse que vous voulez me parler ?

— Oui, ma tante ; et quoique ce sujet soit bien triste...

— Soit, reprit Mme Kaufmann, en reprenant son attitude accablée et indifférente ; parlez-moi de ma fille, parlez-moi de tout ce que vous voudrez.

Guillaume ne savait comment entamer le récit qu'il voulait faire à sa tante.

Il craignait, d'une part, en la voyant si profondément absorbée dans sa douleur, qu'elle ne pût le suivre dans tous les ménagemens qu'il voulait donner à sa confidence, et qu'après qu'il aurait tout dit elle n'eût pour ainsi dire rien entendu ; et alors il lui prenait envie d'éveiller par un appel violent cette attention perdue et distraite, et de lui crier tout à coup aux oreilles et au cœur.

— Thérèse est ici ! votre fille est ici !

Mais Mme Kaufmann était si faible, qu'une pareille déclaration pouvait renverser tout à fait sa raison déjà ébranlée, ou briser ce corps déjà si malade. Il hésita donc encore quelques intans, puis il se décida à amener lentement cette pauvre mère à ce qu'il voulait lui apprendre.

— Ma tante, lui dit-il, je crois pouvoir vous annoncer avec certitude que nous avons enfin des nouvelles de Thérèse et de M. de Kerburn.

Guillaume s'attendait à un mouvement de surprise, à un cri de joie, à une question, à quelque chose enfin qui l'aidât un peu ; mais Mme Kaufmann, comme si elle n'entendait que certains noms sans comprendre le sens des phrases, répéta doucement en tournant la tête ?

— Pauvre Thérèse !

— Oui, ma tante, reprit Guillaume, qui se décida à parler plus ouvertement... Pauvre Thérèse ! car elle est bien malheureuse, bien désolée ; elle n'ose pas revenir près de vous ; elle craint que sa mère la repousse : elle attend...

Tout à coup, comme si une flamme soudaine eût éclairé les ténèbres où se perdait la pensée de Mme Kaufmann, quelque chose d'inspiré, d'inouï, éclata sur son visage ; elle regarda Guillaume, les yeux pleins d'anxiété, et s'écria vivement :

— C'est de ma fille que vous me parlez, n'est-ce pas ?

— Mais oui, ma tante.

— Vous avez dit que vous saviez de ses nouvelles...

— Oui, ma tante...

— Vous avez dit... je l'ai bien entendu..., qu'elle est malheureuse, qu'elle n'ose pas venir, qu'elle attend... Vous l'avez dit ?

— Oui, ma tante.

— Ah ! s'écria Mme Kaufmann, qu'elle vienne... qu'elle vienne, Guillaume !

Le geste, l'accent de Mme Kaufmann avait quelque chose de si suppliant, de si impératif, de si désolé et de si joyeux à la fois, qu'il sortit rapidement pour aller chercher Thérèse, et à l'instant même Mme Kaufmann, levant les bras au ciel, s'écria d'une voix déchirante, comme un condamné qui adresse sa dernière invocation à Dieu :

— Mon Dieu ! j'aurai tant de pardon pour elle que vous aurez pitié de moi.

Thérèse parut et sa mère la reçut dans ses bras, l'y retint long-temps, la couvrit de ses larmes, de ses baisers, et murmurait parmi ses embrassemens convulsifs :

— Tu m'aimeras ! n'est-ce pas, Thérèse? tu m'aimeras !...

C'était une espérance, une foi, une rive où l'âme de Mme Kaufmann croyait avoir touché ; elle s'y jetait, elle s'y attachait avec ardeur...

Sa fille lui était tout autre que quelques mois avant ; sa fille coupable, qui avait souffert, sans doute, et à qui le malheur et l'abandon avaient peut-être appris le besoin d'une mère, sa fille était là ; elle la regardait, la pressait dans ses bras et lui disait sans cesse :

— Oh ! je t'aimerai... je t'aimerai... et tu m'aimeras, n'est-ce pas ?

Cet accueil, ces transports remuèrent quelques sentimens tendres dans l'âme de Thérèse, et aux larmes qu'elle versa, à quelques mots entrecoupés, Mme de Kaufmann crut qu'elle avait retrouvé sa fille comme elle avait rêvé qu'elle devait être.

M. Kaufmann, qui était près de Guillaume, trouva que sa femme allait beaucoup trop loin, et si la pitié qui lui inspirait, disait-il, sa *souffrance mentale*, ne l'eût retenu, il lui eût sans doute reproché l'excès de ses caresses.

Mais arriva le moment où il put parler et il dit à sa femme :

— Maintenant vous savez dans quelle étrange position nous sommes...

— Oh ! je ne sais rien ; je ne veux rien savoir, reprit Mme Kaufmann, en prenant sa fille sur ses genoux et en l'embrassant étroitement.

— Je n'ai pas eu le temps de lui expliquer tout ce qui s'est passé dit Guillaume à son oncle. Laissez-la seule avec sa fille ; elle a déjà éprouvé d'assez violentes émotions aujourd'hui...

M. Kaufmann résista d'abord, mais Guillaume l'emmena, non sans qu'il eût dit d'un ton solennel :

— Thérèse, je vous laisse avec votre mère ! Gertrude, je vous laisse avec votre fille !

Lorsque M. Kaufmann fut sorti, Mme Kaufmann, tenant sa fille sur son cœur comme si c'eût été un bouclier contre toutes les mauvaises pensées, Mme Kaufmann dit à Thérèse, de sa voix la plus aimante :

— Maintenant que ton père n'est plus là, Thérèse, tu vas tout me confier.

— Mais mon père sait tout, ma mère, dit Thérèse, aussi humblement que le lui permettait sa nature vaniteuse.

Ce fut comme un murmure imperceptible, comme un souffle inappréciable, mais quelque chose passa tristement dans la joie désordonnée de Mme Kaufmann ; elle n'avait pas sa fille à protéger contre son père, elle n'était donc pas une mère comme les autres.

Elle refoula avec indignation ce premier retour de son cœur vers une plainte perpétuelle, elle se trouva injuste, et se rattacha de ses deux bras à sa fille comme pour la chauffer de ce feu d'amour bienveillant qui brûlait en elle, et elle lui dit alors, en baissant les yeux devant sa fille pour ne pas la voir rougir :

— Thérèse, Guillaume m'a dit qu'il avait reçu des nouvelles de M. de Kerburn.

— M. de Kerburn! dit Thérèse d'un air étonné.

— Oui, Thérèse, reprit sa mère ; et pourquoi parais-tu aussi surprise que moi?

— Vous ne savez donc pas son véritable nom? dit Thérèse.

— Non !

— Guillaume ne vous a donc rien dit?

— Rien !...

— Ah! fit Thérèse qui, malgré son assurance, se trouva fort embarrassée pour expliquer ce mystère à sa mère.

— Mais comment s'appelle-t-il donc? s'écria Mme Kaufmann.

— Vous le connaissez, ma mère.

— Je le connais?

— Oui.... celui qui travaille ici.

— M. Charles Leeman.

— C'est-à-dire, reprit Thérèse d'un air où la vanité perçait à travers sa honte...

— C'est-à-dire le comte de Walstein, répéta Mme Kaufman avec un éclat, une énergie qui firent peur à Thérèse, et la remirent à sa place.

— Je veux dire, répondit Thérèse en balbutiant, le fils du comte.

— Oui, le frère de Mlle de Walstein, reprit Mme Kaufmann en baissant la tête.

Puis elle ajouta, comme si elle se parlait à elle-même :

— Ainsi ce soir....

— Clémence était venue nous voir et nous aider à prendre courage, quand ces misérables ouvriers l'ont poursuivie.

— Elle est donc innocente, murmura sourdement Mme Kaufmann. Et elle te protégeait, toi, ma fille, reprit-elle en regardant Thérèse.

— C'est-à-dire, ma mère, reprit Thérèse d'un ton aigre-doux, en voyant que sa mère ne lui adressait aucun reproche; c'est-à-dire que c'est elle qui, lorsque Charles et moi nous sommes arrivés ici, nous a forcés à nous cacher. Car enfin, Charles m'avait dit son nom dès le premier jour qu'il m'a avoué qu'il m'aimait ; et je suis faite toute aussi bien qu'une autre pour m'appeler la comtesse de Walstein. Mais Clémence a prétendu que son père ne reconnaîtrait pas ce mariage, si Charles ne gagnait son pardon en prouvant qu'il n'était pas corrigé....

— Ah! c'est elle qui a voulu cela! dit Mme Kaufmann.

— Oui, ma mère ; c'est elle aussi qui m'a forcée à me tenir enfermée dans cette petite maison, en me disant qu'il fallait avant tout que je ne me montrasse à vos yeux que bien réhabilitée par mon mariage avec son frère.

— Ah! elle veut ce mariage ? reprit Mme Kaufmann redevenue pensive.

— Oui ! oh ! oui! elle a compris que je la valais, toute noble qu'elle est; mais elle fait la pédante... elle donne des conseils à tout le monde, et Charles n'ose pas faire un pas sans sa permission. Ah! si j'avais été maîtresse de faire ce que je voulais... vous auriez vu, car enfin je suis la comtesse de Walstein, et quand le père de Charles refuserait son consentement à notre mariage, ce titre m'appartient, et je le porterais malgré lui.

Mme Kaufmann, suivait ces explications incertaines avec une nouvelle douleur dans le cœur; car à travers le langage de sa fille, elle comprenait la noble supériorité de Clémence et la sécheresse inintelligente de Thérèse; Mme Kaufmann l'interrompit tout à coup, et lui dit :

— Demain Thérèse, demain, mon enfant, nous parlerons de tout cela... Il est temps que tu te reposes... tu as dû bien souffrir aujourd'hui !...

Thérèse baissa les yeux, rougit pour la première fois, et répondit en balbutiant :

— Oui, ma mère... je souffre déjà beaucoup.

Une nouvelle illumination de joie parut sur le visage de Mme Kaufmann, et elle s'écria en regardant sa fille de cet air inspiré qui n'appartient qu'au malheur, qui croit encore voir une fois la lumière et l'espérance.

— Est-ce vrai, Thérèse?

— Oui, ma mère... dit celle-ci; et c'est là ce qui rend mes droits incontestables.

A cette froide réponse, les bras de Mme Kaufmann, tendus avec passion vers sa fille, tombèrent comme brisés. Elle lui montra du doigt sa chambre de jeune fille, et lui dit doucement toujours :

— Va Thérèse... va... A demain.

Thérèse sortit après avoir froidement présenté son front au baiser de sa mère, et Mme Kaufmann demeura seule, l'œil attaché sur la porte par où Thérèse venait de s'éloigner.

Elle tourna lentement la tête, et murmura tristement :

— Rien! rien! rien!

Se relevant bientôt avec fierté et avec un geste dédaigneux, Mme Kaufmann sembla écarter de la main tout ce qui l'entourait; quelques sourdes exclamations sortirent de sa poitrine, comme si elle voulait en chasser tous les sentimens tumultueux qui l'avaient trop long-temps dominée ; elle médita un moment, quitta son appartement et s'en alla vers celui de son mari. Guillaume y était encore.

Là elle demanda le récit exact de ce qui s'était passé, et Kaufmann le fit avec des expressions de mépris et de menaces contre les auteurs du charivari, qui faisaient tressaillir Guillaume pour sa tante.

Mais déjà elle avait repris le calme et impassible visage qui paraissait inaccessible à toute émotion.

Puis Guillaume raconta à son tour l'admirable protection dont Clémence avait couvert son frère et Thérèse.

Elle savait que son père, engoué de l'idée d'accroître sa fortune par des entreprises industrielles, pourrait peut-être pardonner à son fils s'il lui semblait susceptible de le seconder dans ses projets. Elle voulait aussi que Mme Kaufmann, dont elle comprenait et respectait la douleur, apprît que le ravisseur de sa fille était Charles de Walstein le jour seulement où elle aurait le droit de le nommer son fils.

Dans ce récit de Guillaume perçait l'admiration aveugle pour tout ce qu'avait fait Clémence.

Mme Kaufmann sentait qu'il devait y avoir, au-delà de ces raisons avouées et assez peu conséquentes, d'autres raisons plus puissantes qui avaient déterminé en secret Mlle de Walstein ; mais elle ne fit pas une seule observation et laissa Guillaume se complaire dans l'éloge de Clémence.

Mais son mari ne fut pas si patient, et il y eut un moment où il s'écria :

— Tout cela est fort bien, mais Mlle de Walstein est fort peu de chose pour moi dans tout cela; M. de Walstein me doit compte de l'honneur de ma fille ; et s'il refusait son consentement à ce mariage, je lui rappellerais à mon tour la promesse que je lui ai faite.

— Mais s'il refusait ? dit Guillaume.

— S'il refusait! reprit Kaufmann , son fils alors aurait à nous en répondre. Si j'en avais un, Guillaume, ce serait lui que je chargerais d'obtenir cette réparation. Tu n'es pas mon fils... mais..

Guillaume tressaillit.

Kaufmann le regarda avec surprise, et Mme Kaufmann avec anxiété.

— Ne me comprends-tu pas ? dit Kaufmann.

— Je vous comprends, dit Guillaume avec effort; mais Charles regarde comme un honneur d'entrer dans votre famille... et si la volonté seule de son père le lui interdit, il n'est pas juste...

— Ce qui n'est pas juste, ce qui ne sera pas, dit Kaufmann avec colère, c'est que ma fille reste déshonorée et sans vengeance. Mais pour cela , mon neveu , je n'ai pas besoin de vous , comme pour calculer la vitesse et la force d'un courant d'air, ou la meilleure forme d'un fourneau, je ferai seul les affaires de ma famille.

— Mon oncle, reprit Guillaume, vous n'avez peut-être pas calculé, vous, toutes les difficultés de notre position.

— Sans doute, reprit Mme Kaufmann, car je crois qu'il ne les connaît pas toutes. Remettez cet entretien à demain, nous serons tous plus calmes, et nous saurons mieux ce que nous avons à faire.

En parlant ainsi, Mme Kaufmann avait repris le ton mesuré et triste d'autrefois.

On se sépara, et chacun rentra dans sa solitude pour penser, selon son caractère, à tous ces événemens.

Kaufmann, peut-être plus flatté de l'espoir de voir sa fille devenir comtesse de Walstein qu'irrité contre elle, ne faisait parade de sa dignité paternelle que pour amener plus sûrement ce résultat; car il s'imaginait que M. de Walstein était homme à s'effrayer pour son fils d'un duel où il pouvait périr.

Guillaume, d'autant plus amoureux qu'il avait douté de Clémence, n'osait rêver à la double issue qui s'était d'abord présentée à son esprit: car il s'était dit un moment:

— Si le fils du comte de Walstein épouse la fille de M. Kaufmann, pourquoi moi ne pourrais-je pas...

Il s'était arrêté là dans sa pensée même, tant il avait vu d'impossibilité se dresser à l'encontre de cet avenir.

Quant à Mme Kaufmann, elle était retournée près de sa fille; Thérèse dormait d'un sommeil léger. Rien ne veillait en elle, ni son cœur ni son esprit. L'égoïsme et la vanité la préservaient, l'une de la douleur des autres, l'autre du doute qu'elle pouvait avoir de sa propre destinée.

Mme Kaufmann s'éloigna du lit de sa fille, et, regardant lentement autour d'elle, elle dit à voix basse:

— Seule... bien seule.

Elle ouvrit un secrétaire, y prit un petit paquet de poison, et le tint long-temps dans ses mains sans qu'il y eût dans sa personne le moindre indice de terreur. Ses sourcils, légèrement froncés, annonçaient seuls que la pensée sondait l'abîme où elle voulait tomber.

Ce fut après une longue et calme réflexion qu'elle le remit froidement dans le tiroir à la place où elle l'avait pris. Elle referma le tiroir, et levant encore une fois ses yeux au ciel, mais alors avec cette résignation stoïque qu'elle avait autrefois, elle dit assez haut comme pour faire mieux entendre sa résolution:

— Non!... J'irai jusqu'au bout!... seule... toujours seule...

Le lendemain, toute l'agitation fébrile qui avait fait douter de sa raison avait disparu; elle avait de nouveau comprimé l'avenir de cette âme à laquelle aucune n'avait répondu, et cette fois personne ne put l'accuser de folie.

Seulement, lorsque son mari et Guillaume discutèrent le parti qu'ils avaient à prendre, le premier lui reprocha durement son insensibilité après l'expression exagérée de sa tendresse. Mme Kaufmann ne répondit pas à ce reproche, et fit prévaloir son avis en prouvant froidement qu'il était le plus raisonnable.

Mais, avant de dire ce qu'il en résulta, il faut raconter ce qui s'était passé au château entre le comte de Walstein et sa fille.

XIV.

Le retour de M. de Walstein, de sa fille et de M. de Ludescoff fut tout à fait silencieux.

Le comte paraissait très préoccupé, moins de ce qu'il venait d'apprendre que du parti qu'il pourrait en tirer. Clémence se tenait dans une réserve hautaine, et M. de Ludescoff, embarrassé de la maladresse patente qu'il avait faite en accusant Clémence de s'être compromise avec Guillaume Kaufmann, ne pouvait au fond se défendre d'un reste de soupçon à ce sujet, malgré l'éclatante justification de Mlle de Walstein.

Lorsqu'ils furent rentrés tous les trois au château, il y eut un moment d'hésitation entre eux : chacun sentait le besoin de se recueillir avant d'aborder une discussion où tous avaient des intérêts divers, et qui probablement allaient se déclarer ennemis.

Mais au moment de se séparer, au moment surtout où M. de Ludescoff se préparait à se retirer, le comte sembla prendre une détermination subite, et le pria de rester et de vouloir bien être témoin de ce qu'il avait à dire à sa fille.

Cette résolution de M. de Walstein était une conséquence de son caractère et de sa position vis-à-vis de Clémence.

Le comte craignait toujours la raison supérieure de sa fille et la stricte probité avec laquelle elle considérait les devoirs de la vie ; et, à ce moment, il redoutait surtout que la conduite du prince de Ludescoff ne fournît à Clémence un avantage dont elle profiterait pour retarder ou rompre son mariage.

Il savait par expérience que sa fille n'oserait se départir devant un tiers de ce respect obéissant qui est le devoir des enfans envers leur père, quelque opinion qu'elle eût de ses projets, et il espéra, dans l'entretien qui allait avoir lieu, obtenir d'elle des aveux ou un engagement sur lesquels elle ne pourrait plus revenir.

Le prince de Ludescoff, lui, était dans ce cas un auxiliaire très utile.

Celui-ci, de son côté, n'était pas fâché de vider en face, et sous la protection de M. de Walstein, la petite querelle qu'il pouvait avoir avec Clémence, et il demeura avec empressement.

Quant à Clémence, elle les devina l'un et l'autre, et tenta de se retirer ; mais son père n'accepta pas les excuses de fatigue qu'elle mit en avant, et l'obligea à rester. Clémence sentit qu'elle allait décider de sa vie et s'arma de courage, bien résolue à ne rien dire qui pût l'engager.

M. de Walstein commença ainsi :

— J'ai dit tout à l'heure à mon fils qu'à certaines conditions je lui permettrais de donner une réparation suffisante à des gens comme ceux vis-à-vis desquels il a des torts ; je dois vous expliquer quelles sont ces conditions.

A ce préambule, Clémence comprit tout de suite le fond de la pensée de son père ; car chaque mot de cette phrase avait pour elle un sens que M. de Ludescoff ne pouvait apprécier ; aussi parut-il grandement surpris lorsque M. de Walstein continua en disant :

— Je donnerai mon consentement au mariage de Charles avec Mlle Kaufmann.

— Quoi ! s'écria M. de Ludescoff, vous consentiriez à ce mariage? Mlle Kaufmann deviendra comtesse de Walstein?

— Sans doute, reprit M. de Walstein ; mais mon fils comprendra qu'il trouve dans cette alliance une fortune assez considérable pour que la dot de Clémence puisse devenir telle que je le désire, et pour qu'un jour toute ma fortune devienne son partage.

Clémence se tut, et M. de Ludescoff jeta sur elle un regard furtif, pour voir de quel air elle accueillerait cette proposition.

Au sourire fier et dédaigneux qui lui répondit, il jugea qu'il ne de a pas en paraître ravi, quoiqu'au fond cela lui semblât une excellente résolution ; il prit donc un air confus et contrit, et répondit :

— Monsieur le comte, vous n'avez pu croire un moment que j'accepterais la fortune de votre fils.

Le comte regarda M. de Ludescoff avec encore plus de surprise que celui-ci n'en avait montré, et le sourire dédaigneux de Mlle de Walstein devint encore plus significatif.

Il semblait que M. de Walstein ne dût point s'attendre le moins du monde à ce scrupule de M. de Ludescoff, et que Clémence ne crût pas davantage à sa sincérité.

Ce qui amenait l'embarras où ces trois personnages se trouvaient en face les uns des autres, c'est que le projet de déshériter Charles était depuis long-temps arrêté par M. de Walstein et accepté par le prince de Ludescoff; mais celui-ci s'était imaginé que M. de Walstein l'imposerait à sa fille comme une volonté toute personnelle, et qu'il laisserait à son gendre futur la bonne grâce de ne céder qu'après la plus vive résistance.

Mais le comte faisait des affaires et point du tout de sentiment, et il fut presque aussi irrité que surpris de voir le prince, sur l'appui duquel il avait compté, l'abandonner pour faire de la générosité à ses dépens.

Clémence, qui connaissait les conventions de son père et de M. de Ludescoff, avait encore plus sévèrement jugé ce faux semblant de désintéressement, et, dans son indignation, elle éprouva un vif désir de lui montrer ce qu'elle en pensait ; mais elle espéra qu'il s'élèverait à ce propos quelque altercation entre son père et M. de Ludescoff, et elle se tut.

Cependant M. de Walstein parut comprendre, après son premier moment de surprise, la cause de la réponse de M. de Ludescoff ; il fit un imperceptible mouvement d'épaules, comme pour répondre à cette niaiserie, et il reprit d'un ton plus décidé :

— Ce que je viens de vous dire n'est que ce que j'avais déjà résolu de faire ; mais ce que je n'aurais pu obtenir que par l'intervention du roi, pour ce qui a rapport aux droits de mon fils, peut devenir un arrangement amiable par le consentement volontaire de Charles.

— Pensez-vous qu'il se résigne à le donner ? lui dit le prince.

— Je l'y forcerai bien, repartit le comte.

Cette menace de violence et ces mots de consentement volontaire hurlaient si fort l'un avec l'autre, que Clémence regarda son père en face pour les lui reprocher ; mais il évitait ses regards, et reprit d'un ton où il voulut mettre un air d'autorité paternelle :

— Et c'est vous, Clémence, que je charge de lui faire entendre raison.

— Moi ! dit Clémence très stupéfaite de ce que son père osait lui proposer, lorsqu'elle avait tant de fois refusé.

— Oui, vous, qui pouvez aborder avec lui ce sujet sans colère, et qui lui ferez comprendre que c'est le seul parti qu'il puisse prendre.

Clémence avait espéré que la conversation s'engagerait de façon à lui permettre de rester tout à fait en dehors de ce qui allait se décider ; mais à ce moment elle vit qu'il fallait prendre un parti, et elle le fit à la fois avec un courage décidé à tout braver et une retenue qui devait sauver à son père l'humiliation d'une pareille résistance ; elle répondit donc avec un ton de profond respect :

— Pardon, mon père, mais je ne suis pas capable de remplir cette mission selon vos vœux.

— Plaît-il? fit M. de Walstein, qui ne mesura pas juste du premier coup la force de résistance qui lui était opposée, et qui, trompé par l'attitude de Clémence, pensa que c'était un faible effort qu'un peu de sévérité vaincrait aisément. Qu'est-ce que cela? reprit-il; vous n'êtes pas capable de remplir cette mission ?... Il vous suffira de dire que telle est ma volonté, et de lui faire comprendre qu'elle est immuable.

— Je ferai cela, dit Clémence d'un ton précis.

— Et vous me rapporterez le consentement de votre frère.

— Voilà ce que je ne puis faire, reprit Clémence avec une fermeté qui étonna M. de Ludescoff et qui fit sortir de ses gonds M. de Walstein.

— Ce que vous ne pouvez faire? dit-il en regardant sa fille d'un air irrité.

Ici M. de Ludescoff crut avoir trouvé un joint pour venir à la fois au secours de Clémence et en aide à M. de Walstein.

— Mademoiselle a quelque raison, monsieur le comte ; elle peut bien transmettre vos ordres à M. votre fils, mais elle ne peut s'engager à les lui faire accepter.

Cette fois encore, M. de Walstein laissa s'échapper un signe d'impatience qui signifiait que l'intervention de M. de Ludescoff était une nouvelle maladresse. En effet, on peut dire que M. de Walstein et sa fille parlaient entre eux un langage auquel il était tout à fait étranger.

Le prince s'aperçut de l'improbation de son futur beau-père, et ne comprenant pas quelle gaucherie il avait pu faire, il s'en trouva offensé, et à son tour il résolut de se tenir sur la réserve, et de laisser l'explication avoir lieu entre M. Walstein et Clémence.

Cependant l'observation du prince demeurait sans réponse. Clémence avait suffisamment formulé son refus et ne disait plus rien. M. de Walstein inquiet, tourmenté, semblait s'exciter à la sévérité.

Enfin il fit si bien qu'il trouva quelque chose qui sembla péremptoire ; il s'approcha de sa fille, et lui dit d'un ton de menace :

— Il est temps de nous retirer ; vous savez très bien le chemin de la demeure de votre frère ; demain matin, quand vous en reviendrez, vous m'apporterez son adhésion écrite à tout ce que je veux. Vous savez depuis long-temps la forme qu'elle doit avoir, je vous l'ai plus d'une fois suffisamment expliquée.

— Mais, mon père...

— Monsieur de Ludescoff, veuillez me suivre, dit le comte en s'éloignant de sa fille et en quittant le salon avant qu'elle eût eu le temps de lui répondre.

Le comte de Walstein crut qu'il venait de faire un coup de maître ; car il l'avait, selon lui, mise dans le cas d'une désobéissance manifeste, et il ne croyait pas que Clémence osât aller jusque-là.

Bien souvent sans doute il avait voulu obtenir d'elle des choses qu'elle n'avait point faites; mais, dans ces diverses circonstances, c'était par la raison ou par la prière qu'elle avait échappé à ses volontés, soit en les changeant, soit en les lui faisant révoquer. C'est pour cela qu'il avait voulu d'abord s'expliquer devant M. de Ludescoff ; mais lorsqu'il avait vu que celui-ci, au lieu d'être un auxiliaire utile, prêtait appui, sans s'en douter, à Clémence, il fit tout à coup ce que nous venons de dire, et crut avoir remporté une grande victoire.

Clémence, demeurée seule, se trouva en face de sa position.

Cette position, il est temps de l'expliquer à nos lecteurs.

XV.

M. de Walstein était d'une famille fort ancienne et jadis fort riche ; mais sa fortune ayant été plus qu'ébranlée par des dissipations de jeunesse, il avait cherché à la rétablir par un mariage.

Cependant il n'avait pas procédé à la façon ordinaire des gentilshommes ruinés, il n'avait pas été demander une femme à la vanité d'un millionnaire bourgeois ; il n'avait pas rabaissé jusque-là sa noblesse. Il avait fait pire ; il l'avait sacrifiée tout à fait.

M. de Walstein avait découvert dans le duché de Posen un de ces prodigieux descendans des princes pastoraux qui possèdent des contrées tout entières ; il s'appelait le prince Téniabouski.

Celui-là, au milieu de son opulence forestière et agricole, éprouvait un vif désespoir, c'était de n'avoir point de fils pour perpétuer son nom. Il n'avait qu'une fille fort désagréable, et qu'il n'avait pu marier aux conditions qu'il voulait.

Les conditions étaient ainsi : le fils aîné résultant du mariage devait hériter de toute la fortune de son grand-père, à la condition de prendre son nom et ses titres. A défaut d'enfant mâle, ou dans le cas d'indignité ou de refus de la part du fils prédestiné à cette fortune et à ces honneurs, ils passeraient à la fille aînée, qui devenait alors de son chef princesse de Téniabouski, avec droit d'apporter ce titre à l'époux qu'elle choisirait, pourvu toutefois que ce ne fût pas un étranger. Puis enfin, à défaut de fils et de fille, ou dans le cas où l'un et l'autre auraient manqué à la condition stipulée au contrat, titres et fortune revenaient au comte de Walstein lui-même.

Or, maintenant, nos lecteurs doivent très bien comprendre la conduite et les projets de M. de Walstein.

Lorsque son fils s'était compromis dans les associations secrètes de la Jeune-Allemagne, il avait espéré (il faut bien le dire) que l'on ne laisserait pas cette escapade sans châtiment, et il avait calculé que ce châtiment, quel qu'il fut, dût-il se borner à un ou deux ans de prison, serait un motif suffisant d'indignité pour que Charles perdît tous ses droits à la fortune et aux titres de son grand-père.

L'indulgence du roi, qui n'avait pas voulu considérer comme des crimes l'exaltation fiévreuse de quelques jeunes têtes, avait fait échouer cette espérance de M. de Walstein, et il n'avait plus compté que sur la mauvaise conduite de Charles pour amener l'indignité tant désirée de l'héritier des Téniabouski.

En même temps, il avait arrangé le mariage de sa fille avec le prince de Ludescoff, mariage qui l'excluait nécessairement de toute prétention au double héritage de son grand-père.

Si maintenant on nous demande quel était le but du comte en agissant ainsi, c'est-à-dire en refusant à ses héritiers naturels une fortune et des titres qui leur appartenaient, nous leur dirons d'abord que, depuis vingt-cinq ans que M. de Walstein tenait dans ses mains cette immense fortune, il ne pouvait s'accoutumer à la pensée de s'en dessaisir, et d'en rendre compte soit à son fils, soit à sa fille.

D'un autre côté, M. de Walstein, devenu prince de Téniabouski et l'un des nobles les plus riches de l'Allemagne, méditait un autre mariage qui devait encore augmenter cette immense fortune.

Cette fois il s'agissait tout simplement de la fille d'un banquier qui achetait d'une dot énorme le titre de princesse.

Dans cette position, M. de Walstein s'inquiétait fort peu des nouveaux héritiers qu'il pourrait avoir, attendu que ceux-là n'auraient rien à prétendre qu'après sa mort ; mais ceci était un projet qu'il n'avait point dit à M. de Ludescoff, qui croyait que, si Clémence ne lui apportait pas de son chef la fortune de son grand-père, elle la recueillerait plus tard comme héritière du comte de Walstein.

Clémence avait parfaitement deviné toutes les intentions de son père, et elle savait très bien que ce n'était que dans le but d'empêcher M. de Ludescoff d'en recevoir quelques avertissemens, que son père avait quitté Berlin, où l'on eût pu instruire son futur gendre, ou du moins où il eût pu se douter de la vérité, car la famille de la nouvelle épousée de M. de

Walstein brûlait du désir de proclamer sa future grandeur, et, en attendant, la confiait tout bas à ses amis.

On doit donc croire que le fait de l'enlèvement de Mlle Kaufmann par son fils, au lieu d'irriter M. de Walstein, lui eût semblé l'événement le plus heureux qu'il pût espérer.

Charles était une sorte d'enthousiaste niais, qui faisait du mépris des richesses et de la grandeur, tout simplement pour faire quelque chose; il faisait aussi de l'amour désintéressé dans le même ordre d'idées, de façon que rien ne semblait plus facile à M. de Walstein que de le décider à renoncer à ses prétentions. Mais il n'en était pas de même de Clémence, et elle s'était faite le protecteur de son frère contre la rapacité de son père et contre sa propre nullité.

Certes, c'eût été désintéressement de sa part, puisque la renonciation de son frère lui eût donné toute cette fortune, si le comte n'eût eu soin de détruire en même temps ses droits en la mariant à un étranger.

Mais ce mariage, elle le refusait, et pour le refuser sans qu'on pût supposer que c'était par un motif de cupidité et d'ambition, elle avait exigé de son frère qu'à aucun prix il ne renonçât à ses droits.

Voilà pourquoi le comte avait chargé sa fille d'obtenir son consentement, bien sûr qu'elle le tenait en ses mains.

Telle était la position de Mlle de Walstein en face des choses; mais cette position se compliquait encore de ses sentimens secrets. Elle aimait Guillaume, et, dans sa façon de voir, elle estimait qu'elle ne pourrait lui appartenir qu'autant qu'elle ne serait qu'une pauvre fille noble.

Jamais (et explique qui voudra cette subtilité d'un cœur de femme noble), jamais elle n'eût épousé Guillaume si elle fût devenue princesse son chef.

Dans les idées qu'elle se faisait des devoirs de chaque position, elle n'eût pas voulu mésallier ce titre par un mariage; mais elle y renonçait sans regret, dans l'espoir d'être la femme de celui qu'elle aimait.

Il y avait bien à tout cela une issue possible : c'était de laisser son frère renoncer à ses droits, d'y renoncer elle-même, et le comte de Walstein eût, à cette condition, donné son consentement à tous les mariages du monde.

La probité de Clémence répugnait à cette honteuse transaction; son orgueil se révoltait de laisser triompher à son aise l'avarice, la mauvaise foi et la rapacité du comte; et d'un autre côté, celui-ci ne se fût pas cru à l'abri de toute prétention de la part de sa fille, malgré l'abandon de ses droits; car cet abandon n'ayant pas été prévu par le contrat de mariage imposé par le vieux prince, elle n'avait peut-être pas le droit de le faire par anticipation surtout durant sa minorité, tandis que le mariage avec un étranger n'admettait pas de recours possible.

Ce qui embarrassait surtout Clémence, c'était le choix de son frère. Elle pensait, et avec quelque raison, que la famille Kaufmann s'estimerait très heureuse de voir Thérèse devenir comtesse de Walstein, et que dans sa position elle accepterait cette réparation sans porter ses vues plus haut.

En conséquence, pousser Charles à la résistance envers son père, c'était sacrifier les droits de Mlle Kaufmann. Lui conseiller de céder, c'était consentir à son propre mariage avec M. de Ludescoff; car M. de Walstein ne séparerait pas l'une de l'autre les deux garanties qu'il voulait obtenir pour sa spoliation.

Voilà où en était Clémence, et lorsqu'elle fut demeurée seule, elle commença à craindre que tout ce qu'elle avait fait jusque-là pour prévenir ce résultat ne fût au contraire autant d'armes contre elle. En effet, c'était pour cela qu'elle avait empêché son frère de se déclarer, soit à son père qui eût fait alors ce qu'il voulait faire en ce moment, soit à

M. Kaufmann, qui eût demandé immédiatement une réparation et mis les choses dans l'état où elles étaient.

Toutefois, la temporisation de Clémence n'avait pas eu seulement pour but de gagner du temps, sans que ce temps lui servît à autre chose qu'à retarder la conclusion nécessaire de toute cette intrigue.

Elle avait espéré que le prince de Ludescoff serait avisé d'une façon ou d'autre des projets de mariage du comte, et qu'il renoncerait de lui-même à une union dont l'avenir serait certainement déshérité. Sans doute elle eût pu l'instruire de la vérité, mais il eût fallu accuser son père, et jamais elle ne serait descendue à une pareille action, quelque malheur qui en pût résulter pour elle.

Thérèse ignorait aussi quelles pouvaient être les prétentions de Charles, et Clémence avait fait promettre à celui-ci de ne point l'en instruire; elle était déjà assez pressée de se faire reconnaître comtesse de Walstein pour que cette ardeur ne s'accrût pas en raison du titre de son futur époux, et elle était fille à préférer être la prétendue refusée d'un prince souverainement riche, que la femme légitime d'un comte déshérité.

Il y avait aussi au fond de la pensée de Clémence une crainte qu'elle n'avait jamais osé discuter, mais qui quelquefois se présentait à elle comme un fantôme dont elle détournait la vue. Mlle de Walstein savait que le comte ne reculait devant aucun moyen pour arriver à son but, et plus d'une fois elle avait pensé que si la vie de sa fille devenait un obstacle invincible à ses desseins, il pouvait briser cet obstacle. Mais jamais elle n'avait sondé cette idée avec tant de persistance, et elle éprouva un moment de découragement où elle se dit qu'elle n'avait plus qu'à céder, et que rien ne pouvait la sauver que son obéissance.

Depuis le premier jour, l'idée de s'unir à M. de Ludescoff avait répugné à Clémence; mais, depuis qu'elle était arrivée au château, cette répugnance, qui s'adressait plutôt au Russe qu'à la personne, était devenue tout à fait personnelle à M. de Ludescoff, et l'idée de ne se marier jamais l'eût moins effrayée que de lui appartenir.

Clémence passa une bonne partie de la nuit à se mettre bien nettement en face de cette position et à chercher un moyen d'en sortir.

Elle crut en avoir trouvé un qui, ne compromettant qu'elle, pouvait amener une solution, sinon favorable, du moins rompre un des fils de la trame de son père, et peut-être par la suite tout dénouer.

Mais avant de dire quelle était cette résolution et l'étrange scène qu'elle amena, il nous faut apprendre à nos lecteurs quel parti avait été pris à la forge.

Comme nous l'avons dit, M. Kaufmann avait mis dès l'abord le poing sur la hanche et voulait faire le rodomont. Guillaume avait refusé de procéder d'une façon si hostile; mais dès que Mme Kaufmann eut proposé un moyen amiable, il fut tout à fait de son avis.

Mme Kaufmann avait parfaitement compris, sinon le secret des affaires de M. de Walstein, du moins le fond de son caractère, et partant de ce point, que l'avarice était la passion dominante de M. de Walstein, elle avait pensé, sans prévoir les circonstances qui pourraient l'aider, que proposer à M. de Walstein de remplacer par la dot de Thérèse ce qu'il pourrait devoir à son fils, et de le lui constituer comme propriété, serait un excellent moyen d'obtenir son consentement.

Malgré sa passion pour Thérèse, M. Kaufmann n'avait point accueilli la proposition de sa femme avec empressement; il aimait sa fille de plus haut, disait-il, et il ne voulait pas lui acheter un mari, mais bien lui obtenir la réparation à laquelle elle avait droit. Cela voulait dire au fond qu'il ne voulait pas se dépouiller de sa fortune au profit de personne.

Ce fut alors que Guillaume, poussé par cette générosité qui appartient à l'homme qui se sent dans les mains la puissance d'acquérir plus qu'il n'abandonne, comptant pour rien tous ses efforts passés, offrit de se désister de la part qu'il pouvait prétendre à la possession de la forge.

M. Kaufmann accepta ce désintéressement, et il trouva à ce propos un de ces mots qui n'appartiennent qu'à ses pareils, et qui eussent été de nature à faire revenir Guillaume sur sa proposition, s'il en eût été capable :

— C'est bien cela ; tu nous rends ce que nous t'avons donné.

Mais Mme Kaufmann ne fut pas de cet avis ; et, malgré les protestations de Guillaume, malgré la mauvaise humeur que montra son mari, elle refusa nettement.

C'est alors que cet homme, qui avait refusé de donner sa fortune à sa fille, osa reprocher à sa femme de ne pas accepter pour elle la fortune de Guillaume, et l'appela mauvaise mère.

C'est alors que Mme Kaufmann fit enfin valoir les droits qui assuraient la dot considérable qu'elle avait apportée à son mari, et déclara qu'elle exigeait la reconnaissance de ces droits, et que c'était là la fortune qu'elle destinait à satisfaire M. de Walstein en l'attribuant à son fils.

Cette résolution coupa court aux exclamations de M. Kaufmann, et il fut décidé que cette proposition serait portée le lendemain même à M. de Walstein. Kaufmann voulut s'en charger ; mais Guillaume et Mme Kaufmann comprirent que c'était tout perdre que de le charger d'une pareille négociation. Ils l'en détournèrent, en lui disant que sa position de père lui interdisait de se rencontrer avec M. de Walstein.

Guillaume s'offrit ; mais Mme Kaufmann ne voulut pas qu'il pût engager sa fortune pour faire réussir ce projet ; et ce ne fut que lorsqu'il eut promis de ne pas outrepasser les volontés de sa tante, qu'elle consentit à lui confier cette mission délicate.

Le lendemain donc il s'achemina de grand matin vers le château, sans prévoir l'étrange incident qu'allait jeter dans cette entrevue la résolution de Clémence.

Le parti qu'avait pris Mlle de Walstein n'avait rien de bien nouveau sans doute au fond, mais les circonstances où elle se trouvait le rendaient assez singulier.

Clémence, comme beaucoup d'autres femmes, avait pensé à faire à M. de Ludescoff l'aveu d'un autre amour pour le faire renoncer à son projet de mariage.

Mais d'ordinaire il s'agit, en ces sortes d'occasions, d'un amour qui a déjà pris des engagemens de constance, de fidélité envers celui qui l'inspire ; il s'agit, pour le moins, d'un amour avoué qu'il connaît, et dans lequel il espère. Il n'en était pas ainsi pour Clémence, lorsqu'elle fit demander un entretien à M. de Ludescoff, et qu'il se rendit près d'elle dans une des allées les plus écartées du parc où elle l'avait fait prier de se rendre.

Probablement il s'attendait à quelque chose qui devait amener une rupture ; car lorsqu'il aborda Clémence, il le fit avec une réserve si froide qu'elle en fut un moment embarrassée.

Cependant Clémence avait trop de loyauté et de franchise dans l'âme pour reculer devant une démarche qui lui semblait juste, et quoiqu'elle s'y fût décidée en désespoir de cause.

— Vous avez désiré me parler ? lui dit M. de Ludescoff, je me suis rendu à vos ordres.

— Oui, monsieur, lui répondit Clémence, et c'est avec l'espoir que vous jugerez ma démarche comme elle doit l'être, et sans chercher au delà de ce que je vais vous dire, des raisons cachées.

— Je vous écoute, repartit le prince, toujours avec le même air réservé.

— Monsieur de Ludescoff, reprit Clémence d'une voix qui s'assurait à mesure qu'elle approchait de l'aveu décisif, comme il arrive à tous les gens de cœur que l'appréhension d'un danger épouvante quelquefois, mais qui, lorsqu'ils ont résolu de le braver, s'y engagent d'un pas ferme et rapide : — Monsieur de Ludescoff, reprit-elle, vous avez recherché ma main, et je n'ai pas besoin de vous dire qu'une pareille recherche est assez honorable pour que j'en sois fière ; mais le mariage n'est pas seulement à mes yeux une alliance de fortune et de position, il est aussi un accord d'affection, une union d'espérances et de vœux.

M. de Ludescoff fit une inclination silencieuse, accompagnée d'une moitié de sourire qui signifiait clairement : —Voici à quoi je m'attendais.

Clémence le vit, mais elle parut n'y point faire attention, et reprit avec la même fermeté :

— Plus d'une fois vous avez dû remarquer mon antipathie et mon effroi, lorsqu'on m'a parlé du changement qu'apporterait à ma vie mon mariage avec vous.

Le prince de Ludescoff fit un geste de surprise et de dignité blessée.

— Ceci ne s'adresse pas à vous personnellement, lui dit Clémence.

Elle s'arrêta un moment, comme pour se recueillir, et continua d'un ton plus animé :

— Soit à tort, soit à raison, je me suis fait sur la vie des femmes, ou peut-être sur celle que je désire, des idées qui ne pourraient être qu'un regret éternel pour moi dans le pays auquel vous appartenez, et sous le régime qui vous gouverne.

M. de Ludescoff fit une grimace de supériorité moqueuse qui semblait dire que de pareilles considérations n'étaient pas du domaine d'une femme, et qu'il y avait quelque présomption à refuser ce qu'il acceptait. Et cependant, s'il avait bien voulu dire toute sa pensée, il eût reconnu qu'il ne tenait peut-être tant à son mariage avec Mlle de Walstein que parce qu'il n'était pas fâché d'avoir une fortune en dehors d'un pouvoir qui tenait la sienne sous une surveillance si minutieuse, qu'il ne lui eût pas été permis d'en aliéner une partie pour la transporter en pays étranger.

Clémence vit cette muette manifestation de la pensée du prince, et, sans y puiser plus d'assurance pour ce qui lui restait à dire, elle éprouva peut-être moins de regret à y être forcée.

On eût pu même remarquer que l'accent de sa voix avait quelque chose de railleur ; mais cette nuance était si peu marquée, que M. de Ludescoff n'eut pas le droit de s'en apercevoir. A ce moment, il apprit sans doute qu'au milieu de la plus grave discussion la susceptibilité féminine ne perd point ses droits, et ne les laisse jamais attaquer sans les défendre. Il avait assez lestement accueilli les idées de Mlle de Walstein sur la position qu'il lui ferait en Russie ; elle lui rendit ce dédain dans la même proportion sur un chapitre qui ne devait pas lui être moins sensible.

Elle reprit donc :

— Cependant les idées d'une femme ont toujours en elles-mêmes un adversaire terrible, c'est leur cœur. Et lorsque l'amour en conduit quelques unes à l'oubli de tous les principes de l'honneur, il n'est pas étonnant qu'il pût faire taire chez d'autres des préventions peut-être injustes. (Ici il y eut une petite suspension.) Cela eût pu arriver entre nous (autre suspension) ; mais... (troisième suspension pendant laquelle Clémence espéra vainement que M. de Ludescoff finirait sa phrase.)

— Mais, reprit-elle enfin avec un peu d'humeur de la mauvaise grâce que M. de Ludescoff mettait à ne pas aller au devant d'un mauvais compliment, mais cela n'est pas arrivé.

Le prince s'inclina d'un air soumis et railleur, mais sans répondre.

Clémence commençait à être fort embarrassée ; car en ces occasions on compte un peu sur la discussion pour avoir le droit de tout dire.

Le silence fut assez long.

— J'espère que vous m'avez compris, monsieur, dit alors Clémence avec hésitation, et que votre loyauté vous interdira de persister dans des espérances... dont la réalisation serait un malheur pour moi, sans être un bonheur pour vous...

Ceci avait été dit parole à parole, et avec une certaine inflexion de prière dans la voix qui demandait une interruption obligeante. Le prince de Ludescoff salua encore, mais ne répondit pas.

Cette fois Clémence trouva que la réserve du Moscovite allait jusqu'à l'impolitesse, et se replaçant d'un mot dans sa façon d'être habituelle, digne et grave, elle lui dit :

— J'attends votre réponse, monsieur de Ludescoff ; j'aime à croire que je trouverai dans un gentilhomme le courage de dire sa pensée, quelle qu'elle soit, à une femme qui lui a loyalement dit la sienne.

— Quand Mlle de Walstein me l'aura dite tout entière, reprit M. de Ludescoff avec un respect ironique, je lui ferai la réponse qu'elle attend de moi.

— Je ne désire pas notre union, monsieur, lui répartit Clémence c'est assez vous dire.

— Assez sans doute, pour ce que vous voulez que je sache, mais pas assez pour ce que je dois savoir pour pouvoir vous répondre aussi loyalement que vous le désirez.

— Monsieur de Ludescoff, reprit Clémence à qui cette insinuation, qu'elle comprit fort bien, rappela toute sa résolution, pour un homme, quel qu'il soit, l'aveu que je viens de vous faire est une raison suffisante pour lui dicter la conduite qu'il doit tenir.

— Vous êtes sans doute un juge excellent des pensées et des motifs qui peuvent dicter la conduite d'un esprit aussi supérieur que le vôtre ; mais vous ne pouvez comprendre quelles raisons il faut à un esprit aussi borné que le mien, et je ne suis pas encore convaincu de la nécessité de renoncer au bonheur de vous obtenir.

Monsieur de Ludescoff, très convaincu au contraire de cette nécessité, ne voulait pas cependant être renvoyé comme un petit garçon, et tenait à faire non seulement une retraite honorable, mais à détruire son ennemi avant de partir.

— Comptez-vous donc, monsieur, lui dit Clémence, recourir à l'autorité de mon père pour me forcer à une union que je ne veux pas ?

— Cette volonté n'a pas toujours été aussi arrêtée, dit le prince, et peut-être pourra-t-elle revenir au point où elle était il y a quelques mois.

— Jamais, monsieur, répartit Clémence, indignée de cette ruse aigre-douce, qui répondait si mal à sa rude franchise.

— Je vous demande pardon de ne point considérer ce mot comme irrévocable, et de me réserver l'espoir de vous voir revenir à d'autres sentimens... à moins...

Clémence le regarda de son plus grand air en répétant :

— A moins....

— A moins, dit M. de Ludescoff qui commençait lui-même à se lasser de cette argutie, à moins que d'autres engagemens...

Clémence prit un air tout à fait libre de contrainte, et du ton le plus indifférent elle répondit à M. de Ludescoff :

— Est-ce donc là, monsieur, ce que vous voulez que je vous dise ? En vérité, vous auriez pu y mettre moins de détours. Je n'ai point d'autres engagemens dans le sens que vous l'entendez sans doute ; mais un autre que vous m'a peut-être fait penser que les idées d'avenir que je me suis faites ne sont peut-être pas aussi puériles que vous pouvez le penser.

— Et le nom de *cet autre?* reprit M. de Ludescoff.

— Son nom ? répartit Clémence, chez qui il y avait en ce moment un étrange combat entre ce que nous pourrions appeler la mâle liberté de ses idées et sa retenue de femme; son nom? ah! monsieur, c'est plus qu'il n'en sait lui-même.

—Quoi! s'écria M. de Ludescoff, emporté par son désir de petite vengeance, M. Guillaume Kaufmann ignore son bonheur?

— Monsieur, si j'avais eu à lui dire ce que j'ai été forcée de vous avouer, M. Guillaume Kaufmann m'eût sans doute comprise assez vite pour m'épargner un aveu que je n'ai fait à personne.

— Ah! dit M. de Ludescoff, comprendre vite c'est le propre de ces hautes intelligences que vous appréciez si bien.

—Et que j'apprécie d'autant plus que vous venez de m'apprendre que l'intelligence est quelquefois une générosité et par conséquent une vertu.

L'apostrophe était rude, et M. de Ludescoff en pâlit; mais son plan était encore mieux arrêté que celui de Mlle de Walstein; il se maîtrisa, tandis que Clémence, aussi irritée de ce qu'elle disait que de ce qu'il lui fallait entendre, cachait mal son ressentiment, il répliqua avec une bonne grâce ironique.

— La générosité de M. Kaufmann vous eût épargné, dites-vous, l'embarras d'un aveu; je me tiens pour averti de ce qui peut vous plaire en lui; et pour vous montrer qu'il ne manque à mes vertus qu'une lumière qui les guide, je ferai ce qu'il eût fait, je vous épargnerai l'embarras de cet aveu à d'autres qu'à moi.

Clémence se redressa tout à coup en disant :

— Ceci, monsieur, n'est ni d'un gentilhomme ni d'un honnête homme.

— Je ne sais comment vous me le persuaderez, mademoiselle; mais alors veuillez m'expliquer ce que vous attendez de moi.

— Je croyais vous l'avoir dit.

— Sans doute : c'est l'abandon de mes espérances!

Clémence à son tour fit un simple signe d'assentiment.

— Soit, reprit le prince; mais sur quoi sera basé ce refus? sur mon antipathie pour vous, et sur mon amour pour une autre; ce serait un mensonge, et cela ne serait ni d'un gentilhomme ni d'un honnête homme.

A aucun prix, sa vie eût-elle été en jeu, Clémence n'eût invoqué la protection de cet homme.

Elle se décida à ne rien devoir qu'à elle seule, et lui répondit :

— Vous avez dû voir que je sais et ose dire ce que je pense et ce que je veux : laissez-m'en le soin, monsieur.

Mais ce n'était pas là le compte de M. de Ludescoff.

— Pardon, mademoiselle, mais il y a une chose que vous ne pouvez dire, et à laquelle M. le comte de Walstein ne croirait peut-être pas si vous la lui disiez: c'est que je renonce à l'union qu'il projette, et je vais le lui apprendre de ce pas.

— Comme il vous plaira, monsieur, répartit Clémence, et je vous avoue que je suis si ravie de cette détermination que je n'y croirai moi-même que lorsque vous l'aurez fait devant moi.

— Soit, M. de Walstein doit être chez lui.

— Il y est.

— Voulez-vous me permettre de vous y accompagner?

— Je vous suis, monsieur.

— Probablement cette scène entre une jeune fille et son prétendu paraîtra étrange à beaucoup de nos lecteurs; mais il ne faut pas oublier, pour la justification de mes personnages, que Clémence croyait non seulement son bonheur, mais encore son honneur engagé à la rupture de ce mariage, et que M. de Ludescoff avait à sauver sa vanité, la plus implacable passion de la nature humaine.

Mais tandis que ceci se passait dans un coin assez isolé du parc, une autre scène avait lieu dans le cabinet du comte de Walstein.

Dès le matin il s'était informé de sa fille, et ayant appris qu'elle était sortie, il avait pensé qu'elle s'était rendue chez son frère pour obtenir de lui le consentement qu'il avait exigé. Il attendait son retour avec impatience, lorsqu'on lui annonça M. Guillaume Kaufmann.

Le comte hésita à le recevoir ; car avant de rien répondre aux réclamations ou aux propositions des Kaufmann, il désirait être assuré de la réponse de son fils. Cependant il pensa qu'en se renfermant dans le rôle d'un homme qui a besoin de réfléchir pour prendre un parti, il pourrait trouver peut-être quelques avantages à cet entretien, et il donna l'ordre d'introduire Guillaume.

Si celui-ci fût venu faire parler à haute voix les droits sacrés de Thérèse, il eût été, certes, moins embarrassé que de venir faire à M. de Walstein la proposition dont il était porteur. Il avait été et il était encore de l'avis de sa tante sur le résultat probable de sa négociation ; mais il était embarrassé de la manière dont il allait l'entamer, comme peut l'être un galant homme forcé d'acheter un homme vénal.

Toutefois, il n'y avait pas à reculer, et il était déjà près de M. de Walstein avant d'avoir arrêté la marche qu'il devrait suivre.

Le comte avait pris pour cette entrevue une figure sombre, irritée, et une attitude solennelle : il montra un siége à Guillaume, poussa un profond soupir et lui dit :

— Veuillez m'apprendre, monsieur, le but de votre visite?

— Vous devez le comprendre, monsieur, répartit Guillaume, il s'agit de la réparation à laquelle a droit Mlle Kaufmann.

— La réparation à laquelle elle a droit? reprit le comte; en vérité, monsieur, je ne puis comprendre une telle expression, et peut-être serait-ce à moi de me plaindre, lorsque je trouve mon fils, l'héritier de mon nom, compromis dans une intrigue qui le fait manquer à tous ses devoirs envers moi.

— Il y a cependant quelque différence entre sa position et celle de mademoiselle Kaufmann. Car ce que vous appelez une intrigue est de bien peu de poids dans la vie d'un homme, et déshonore à tout jamais mademoiselle Kaufmann, s'il ne lui donne pas son nom.

— Mais s'il déshonorait ce nom en le lui donnant, monsieur? reprit fièrement M. de Walstein.

— Guillaume, à cette réplique toute empreinte de dédaigneuse aristocratie, se leva soudainement et répartit avec plus fierté encore :

— Monsieur le comte, je ne sais si vous appelez une mésalliance un déshonneur ; mais moi j'appelle une lâcheté la séduction exercée sous un faux nom.

— Monsieur Kaufmann, dit rapidement le comte, qui retrouva Guillaume tel qu'il l'avait vu le premier jour, et qui ne voulait point rompre l'entretien sur un pied trop hostile, je suis plus raisonnable que vous ne pensez sur de pareilles questions, et vous ne m'avez pas compris. Supposez que mon fils eût des engagemens antérieurs, des engagemens sacrés...

Ceci était un petit mensonge, qui abasourdit Guillaume, qui ne s'attendait pas du tout à une pareille objection.

— Que voulez-vous dire? reprit-il d'un ton alarmé.

— Supposez, dit M. de Walstein qui, en habile général, vit tout à coup s'illuminer devant lui le champ de bataille où il devait triompher, supposons que ces engagemens fussent de nature à compromettre, s'il y manquait, non seulement son honneur, mais sa fortune.

— Sa fortune, monsieur le comte?

— Ecoutez, monsieur Guillaume, reprit le comte, vous êtes un homme de tête et de bon sens, à qui l'on peut dire en face de certaines vérités qui pourraient paraître blessantes à d'autres.

— Parlez, dit Guillaume, fort ému du mauvais compliment qui allait probablement lui arriver.

— Vous savez, monsieur, que, si la noblesse a son orgueil bien légitime, la bourgeoisie a sa vanité quelquefois bien puérile.

— Monsieur le comte...

— Mon fils a peut-être exploité cette vanité d'une façon indigne, sans doute, mais ce qui est fait est fait. On m'a dit, car je n'ai jamais pu avoir à ce sujet de renseignemens certains, qu'à Berlin il s'était fait l'ami d'une famille fort riche, et que là aussi, promettant sa main et son nom à une jeune fille, il avait obtenu, dans cet espoir, des sommes assez considérables pour absorber le patrimoine auquel il a droit de prétendre.

— Ah! s'écria Guillaume confondu, il a fait cela!

— Je ne puis vous l'attester, dit le comte; mais j'ai tout lieu de le croire.

— Et il a sans doute déshonoré aussi celle dont il a trompé la famille?

— C'est ce que je ne crois pas, car elle vivait sous une surveillance sévère.

Guillaume regarda le comte en face; il eut un soupçon que le comte le prenait pour dupe, et il lui dit, en l'observant :

— En ce cas, il suffirait à monsieur votre fils d'acquitter cette dette, et il serait libre d'en payer une autre aussi sacrée.

— J'ignore l'importance des engagemens de mon fils.

— Si mon patrimoine y suffit, c'est assez pour qu'il devienne libre.

— Je vous répète que j'ignore l'importance de ses engagemens, et que d'ailleurs, si ce qu'on m'a dit était vrai, il aurait le droit d'espérer qu'en se mariant il conserverait ce qui lui appartient comme apport personnel, et que quittance lui serait donnée de ses dettes. Que voulez-vous que j'y fasse? mais la vanité bourgeoise est folle et prodigue quand il s'agit d'acquérir un titre et un nom.

— Eh bien! monsieur le comte, dit Guillaume, l'honneur bourgeois ne sera pas moins généreux que la vanité pour obtenir un nom qui est plus une réparation qu'un titre; la dot de Thérèse paiera les dettes de monsieur votre fils, et son patrimoine lui sera reconnu aux conditions que vous venez de dire. Veuillez me faire connaître la famille dont vous parlez; et comme une telle négociation pourrait vous déplaire, je me charge de liquider cette dette...

— Mais, dit le comte embarrassé, j'ignore le nom de cette famille, ou plutôt, reprit-il, je ne puis ni ne dois vous la nommer.

— Je m'adresserai alors à monsieur votre fils.

— Je vous prie de n'en rien faire, dit vivement M. le comte; c'est un secret que je suis censé ignorer. Je ne veux pas... je ne consentirais à aucun arrangement, si mon fils apprenait...

XVI.

Guillaume eut pitié et dégoût de l'embarras de M. de Walstein; et lui dit :

— J'apprécie vos scrupules. Cette famille surtout serait peut-être blessée de voir un étranger mêlé à ses secrets; il est plus naturel que vous dégagiez vous-même la liberté de votre fils; la somme qui vous sera nécessaire à cette transaction sera à votre service.

— Mais il peut s'agir de près de quatre cent mille francs.

Guillaume s'arrêta, et ne répondit qu'après un moment d'hésitation et avec une hauteur qui eût dû avertir le comte qu'il était deviné.

— C'est beaucoup, monsieur le comte, et surtout c'est absolument tout ce dont peut disposer monsieur Kaufmann.

— Je le croyais plus riche, dit monsieur de Walstein.

— Son établissement peut s'agrandir.

— Eh bien! reprit le comte, qu'il soit constitué dans le contrat comme un apport fait par mon fils, et je le libérerai avec la valeur de ses propriétés que je serai forcé de vendre. Il me donnera quittance de ma tutelle, et à ce prix, je consens à son mariage avec mademoiselle Kaufmann.

Guillaume était ignoblement pris, il en avait honte pour le comte, mais il répugnait tellement à marchander ainsi un nom au père qui vendait celui de son fils que, malgré la défense de sa tante, il allait faire l'abandon de ses droits à la moitié de la forge, lorsque Clémence et M. de Ludescoff parurent ensemble dans le cabinet de M. de Walstein.

Si le comte de Walstein et Guillaume furent surpris de se voir interrompus par Clémence et M. de Ludescoff, ceux-ci furent encore plus étonnés de se trouver en présence de M. Kaufmann.

D'une part, le comte n'avait aucune envie d'entendre expliquer devant Guillaume la mission qu'il croyait que Clémence venait de remplir près de son fils; et, de son côté, Mlle de Walstein qui, dans son indignation, eût bravé sans crainte la colère que pouvait exciter contre elle l'espèce de dénonciation dont M. de Ludescoff l'avait menacée, demeura confuse à la pensée que cette confidence pourrait être faite devant celui qui en était l'objet; mais cet effroi ne fit que frapper son esprit sans s'y arrêter; elle n'osa supposer qu'un homme bien né pût manquer jusqu'à ce point aux égards qu'on doit à une femme.

M. de Walstein fut le premier à se remettre de ce premier moment d'embarras, et, dans l'espoir de cacher le honteux marché qu'il venait de conclure et pour ne pas laisser supposer qu'il eût déjà pu s'entendre avec les Kaufmann, il dit à Guillaume avec une façon de geste qui semblait vouloir le congédier :

— Je répondrai à la demande de M. votre oncle, quand j'aurai décidé ce que je puis faire encore pour un fils indigne de tout pardon.

Clémence et M. de Ludescoff crurent que Guillaume allait partir; mais celui-ci, qui venait de voir la basse avidité du comte dans toute sa honte, ne voulut pas lui laisser du moins l'avantage de paraître dicter des lois et lui répondit froidement :

— Monsieur le comte, il me faut à l'instant même une réponse catégorique, une parole formelle de ratifier l'arrangement que vous m'avez proposé.

— Moi, monsieur, dit le comte avec hauteur, je vous ai proposé un arrangement? N'oubliez pas à qui vous parlez, chez qui vous êtes et ce que vous êtes!

Guillaume éprouva une de ces colères soudaines qui le rendaient si inflexible, et, sans la présence de Clémence, rien n'eût contenu sans doute l'expression de son indignation et de son mépris; mais tandis qu'il cherchait à ses pensées des mots moins offensans que ceux qui se présentaient en foule à son esprit, il remarqua M. de Ludescoff qui le regardait de bas en haut, de l'air le plus impertinemment moqueur.

Celui-là était un grand seigneur aussi, par conséquent solidaire du mépris que M. de Walstein venait de montrer à un bourgeois; de plus, c'était un jeune homme; de plus, le prétendu de Clémence; de plus, Guillaume se rappelait leur première entrevue; par une conversion subite, Guillaume parut oublier M. de Walstein, et s'avançant vers M. de Ludescoff, il lui dit en le regardant en face :

— De qui riez-vous donc ici, monsieur?

Le prince, ainsi interpellé à l'improviste, n'éprouva dans le premier moment que le sentiment d'un homme provoqué par un autre; il se recula d'un pas, et probablement il allait répondre d'une manière encore plus directe que celle dont il avait été interpellé, lorsqu'il sembla qu'un mouvement d'effroi de Clémence détourna aussi sa pensée; il garda un moment le silence, et il répondit avec le même sourire railleur :

— A quel titre monsieur Kaufmann m'interroge-t-il ?

— A titre d'homme, monsieur, lui dit Guillaume, qui crut avoir trouvé un mot qui le mettait tout d'un coup au niveau de ce grand seigneur.

— C'est un titre que mon palefrenier peut invoquer aussi bien que vous, monsieur, répartit le prince, et qui ne me semble pas lui donner le droit de m'interroger.

Si ce n'eût été la préoccupation de M. de Walstein, qui cherchait un moyen de garder les avantages qu'il avait gagnés dans son entretien avec Guillaume, et qu'une maladroite hauteur venait de compromettre, il eut fait cesser cette altercation en ordonnant à Guillaume de se retirer. D'une autre part, il si ce n'eût été la présence de Clémence qui maintenait Guillaume et l'avertissait qu'il avait déjà passé les bornes de la convenance, l'insultante réplique de M. de Ludescoff eût sans doute reçu pour réponse un de ces outrages après lequel on ne discute plus la qualité de l'homme qui l'a fait. Mais le respect de Guillaume pour Mlle de Walstein sauva M. de Ludescoff de cette extrémité, et il répliqua, la pâleur de la rage sur le front :

— En ce cas, j'espère que monsieur de Ludescoff voudra bien me dire à quel titre je dois l'interroger pour qu'il me réponde ; sans cela, je lui apprendrai *de quel titre* nous qualifions ceux qui ne répondent pas.

Le prince de Ludescoff garda son imperturbable sourire ; il s'apprêtait sans doute à répondre, lorsque Clémence s'écria vivement :

— Messieurs, vous oubliez que vous êtes devant mon père, chez mon père.

Cet avertissement s'adressait peut-être plus à M. de Walstein lui-même qu'aux deux rivaux.

En effet, il arracha le comte à la pensée qui le poursuivait, et il s'avança vers Guillaume, en lui disant :

— Monsieur Kaufmann, je veux bien excuser l'emportement de vos paroles ; je comprends qu'il est des positions où, l'esprit préoccupé de l'insulte qu'on a reçue, on croit en voir une nouvelle dans le mot le plus innocent et quelquefois dans un regard qui ne s'adresse pas à vous.

Guillaume ne pouvait accepter une explication qui mettait tous les torts de son côté, en niant l'intention injurieuse du prince.

Cependant cette explication l'obligeait à des paroles plus modérées. Il attendit donc un moment avant de répondre, et ce ne fut qu'après ce moment de silence qu'il répliqua à M. de Walstein :

— J'interprète le silence de M. de Ludescoff comme une approbation de ce que vous avez bien voulu me dire, et c'est une excuse plus que suffisante du moment qu'il n'a rien à en retirer.

Cette façon d'engager le prince dans les paroles conciliantes de M. de Walstein devait renouveler la querelle, et c'est ce que voulait Guillaume.

A son grand étonnement, M. de Ludescoff ne démentit point M. de Walstein ; aucun signe non plus ne montra qu'il l'approuvait : mais il regardait Guillaume du même air impertinent et railleur. Il y avait assurément au fond de sa pensée un parti pris d'irriter son rival jusqu'à le pousser hors des gonds ; il recommençait vis-à-vis de lui et sur un autre terrain la tactique avec laquelle il avait fait parler Mlle de Walstein, et il espérait également réussir.

Clémence était dans la plus étrange anxiété ; quant au comte, à qui revenait sans cesse l'idée de l'affaire qu'il venait de conclure avec Guillaume, il était dans une extrême impatience de demeurer seul avec sa fille qu'il supposait toujours avoir été chez son frère ; il ne prit pas garde à ce que nous pourrions appeler le mouvement de silence qui se passa autour de lui, et il dit à Clémence :

— Maintenant, je suppose que vous avez à m'entretenir en particulier de ce que je vous ai prié de faire... ainsi...

Il s'arrêta, s'attendant à voir s'éloigner le prince et Guillaume; celui-ci fit en effet un mouvement pour sortir; mais M. de Ludescoff n'ayant pas eu l'air de vouloir le suivre, il s'arrêta.

M. de Walstein fut aussi blessé de l'obstination du prince que de celle de Guillaume, et il allait les faire apercevoir de leur manque de savoir-vivre, lorsque Clémence lui dit rapidement, et tout bas :

— Si ces messieurs sortent ensemble, ils vont sans doute se provoquer de nouveau.

— Se provoquer ! répéta tout haut monsieur de Walstein avec humeur. Si cela peut plaire à ces messieurs, je ne vois aucun moyen de les en empêcher... Mais, ajouta-t-il en les considérant l'un après l'autre, je ne vois pas quels motifs ils peuvent avoir.

Guillaume, qui savait très bien ce qui, au fond du cœur, lui inspirait le désir d'avoir une querelle sérieuse avec monsieur de Ludescoff, n'osa pas donner pour motif le silence impertinent d'un homme qui daignait à peine le regarder.

Le prince garda encore le silence; Clémence paraissait tout à fait désorientée; le comte finit par s'étonner de l'attitude singulière de ces trois personnes, et, les interrogeant à son tour, il leur dit :

— Mais que signifie tout ceci, messieurs? quels rapports ou quelles divisions peuvent exister entre vous? Monsieur Kaufmann sait fort bien que l'intérêt qui s'agite entre nous ne peut regarder M. de Ludescoff, et qu'il ne peut influer en rien sur la décision que je prendrai relativement à mon fils.

— Monsieur le comte, répondit M. de Ludescoff, je ne prétends influer en rien sur la décision que vous prendrez vis-à-vis de personne.

Et ce mot *personne* fut si directement adressé à Mlle de Walstein, que son père s'en aperçut, et qu'après avoir regardé sa fille, qui s'était détournée avec une expression de dédain, il s'adressa au prince et lui dit avec quelque chaleur :

— Vous comprendez, monsieur, que je dois vous demander l'explication de cette phrase...

— Et à vous, monsieur, repartit le prince, je ne demanderai pas à quel titre vous m'interrogez...

— Monsieur !.. dit vivement Kaufmann, à qui cette allusion ne permettait pas de garder le silence.

— Pardon, monsieur, lui dit le prince en lui désignant la porte du geste; quoique cette explication vous concerne, il n'est peut-être pas convenable que vous en soyez le témoin.

— Toute explication qui regarde un homme, dit Guillaume, ne peut être honorable qu'autant qu'elle est faite en face de lui.

Mlle de Walstein est le seul juge qui puisse prononcer en ce moment, dit M. de Ludescoff avec ironie.

Clémence frémissait d'indignation; elle trouvait que la conduite de M. de Ludescoff était le dernier degré de la plus basse méchanceté, et tout son orgueil se refusait à faire une concession à un pareil homme; ce sentiment l'emporta avant qu'elle eût eu le temps de réfléchir, et elle répondit fièrement :

— Parlez donc, monsieur, dites tout ce qu'il vous plaira, et dites-le devant qui vous voudrez.

— J'obéis, dit M. de Ludescoff en s'inclinant.

— Ah ! monsieur... s'écria Clémence qui n'avait pas achevé de parler qu'elle avait regretté ses paroles, et qui avait compté que le prince ne les prendrait pas comme une autorisation réelle de parler.

— En ce cas, je me tais, reprit M. de Ludescoff; j'attendrai que

M. Kaufmann veuille bien me laisser la liberté de ne pas vous déplaire en m'expliquant en son absence sur ce qui le regarde.

Chaque mot de cette phrase était calculé pour aiguiser l'impatience de Clémence et la curiosité impétueuse de Guillaume.

Quoique celui-ci ne pût comprendre ce qui faisait tant redouter à Clémence qu'il fût témoin de cette explication, quoique cet effroi semblât annoncer que ce qu'il aurait à entendre devait lui être pénible et devait en même temps partir de Mlle de Walstein, Guillaume se résigna et dit à Clémence :

— Bien que je puisse réclamer le droit de savoir ce qui sans doute m'est défavorable, ne fût-ce que pour m'en défendre, je ne veux rien faire qui puisse vous déplaire, et je me retire, puisque ma présence vous semble peu convenable.

— Je vous remercie, monsieur, dit vivement Clémence, qui, à son tour, appliqua à M. de Ludescoff la leçon de politesse qu'elle tirait de la résignation de Guillaume.

Le prince ne se tint pas pour battu, et ajouta non moins rapidement :

— Et Mlle de Walstein vous doit un remerciement d'autant plus sincère, que le sacrifice que vous faites est énorme.

— C'est ce que j'espère apprendre de vous, monsieur, répartit Guillaume; car je vous attends, et vous ne craindrez pas probablement de me répéter ce que vous allez dire de moi.

— N'y comptez pas, monsieur, dit M. de Ludescoff; je ne veux pas retirer à cette confidence tout le charme qu'elle peut avoir en vous venant directement de Mlle de Walstein.

Le comte de Walstein, fatigué de ce petit jeu de mots entrecoupés, reprit enfin la parole et dit avec autorité :

— Vous oubliez, messieurs, que j'attends.

— Vous avez raison, mon père, dit alors Clémence, que la dernière impertinence du prince avait tout à fait irritée, et qui, bien décidée à tout braver, voulut jeter tout à fait à M. de Ludescoff la honte de cette scène. Vous avez raison, mon père, il est temps que M. de Ludescoff s'explique, et s'explique devant nous tous, je l'y engage, je l'en prie, et j'attends aussi.

Dans sa rage de vanité blessée qu'avait éprouvée le prince à se voir si durement refusé, de s'être vu préférer ce qu'il appelait un petit commis de marchand, il avait voulu infliger un châtiment également poignant à Mlle de Walstein, et dans ce but il avait toujours marché en avant, dans l'espoir de lui faire demander grâce.

Mais la résolution que venait de prendre Clémence le mettait au pied de la mauvaise et sotte action dont il l'avait menacée, il fallait la commettre ou reculer à son tour. Il demeura un moment interdit, et sa colère, qu'il avait contenue jusque-là, se montra dans la pâleur subite qui couvrit son visage.

A ce moment, il eût donné beaucoup pour que Guillaume lui eût dit un mot pour reprendre d'homme à homme la querelle que lui, M. de Ludescoff, avait jusque-là évitée avec tant de soin. Mais Kaufmann, qui ne savait plus que penser du sujet qu'on allait aborder, mais qui était averti qu'il déplairait à Clémence, Guillaume ne voulut pas prononcer une parole qui eût l'air d'un appel à cette confidence, et il demeura muet.

Le comte garda son air de sévérité courroucée, et reprit encore une fois le mot :

— J'attends.

— Mlle de Walstein a bien réfléchi? dit le prince d'une voix tremblante de colère.

— Parfaitement, lui répartit Clémence, qui, décidée qu'elle était, sentait alors son avantage.

Le prince réfléchit un moment, et reprenant tout son calme et toute son ironie, il répondit d'un ton dédaigneux :

— En ce cas, mademoiselle, j'aurai la prudence que vous n'avez pas, et je me tairai par égard pour vous.

— Expliquez-vous, monsieur, lui dit le comte, à qui cette phrase, aussi habilement prononcée qu'arrangée, parut être une accusation contre sa fille.

M. de Ludescoff fit un signe de refus.

— Je vous y ai autorisé, monsieur, lui dit Clémence, mon père l'exige, qu'est-ce donc qui peut vous arrêter ?

— Le respect, dit le prince.

— Et la honte ! monsieur, lui dit fièrement Clémence.

— Mademoiselle, reprit monsieur de Ludescoff, qui se redressa comme un serpent, oui, c'est la honte que ce que j'ai à dire peut causer à d'autres.

— Faites-le donc, monsieur, lui dit Clémence ; car, si vous ne le faites pas, je vais le faire moi-même.

Le visage du prince prit une expression de gaîté sardonique, et il répondit en riant :

— Je crois que cela sera beaucoup mieux.

— Mon père, dit Clémence en se tournant vers le comte et en parlant avec une rapidité et un accent qui prouvaient qu'elle agissait sous l'empire d'un sentiment plus fort qu'elle, ce matin j'ai fait prier M. de Ludescoff de m'accorder un moment d'entretien. Mon projet, en m'adressant à lui, était, je dois vous l'avouer, de rompre entre nous un mariage impossible.

— Impossible ! s'écria monsieur de Walstein, que cette formelle déclaration frappa à la fois de colère et d'étonnement.

— Impossible ! répéta Clémence, qui ne s'était pas avancée si loin pour reculer devant une menace de son père ; impossible ! et cette expression vous paraîtra juste, si vous voulez bien vous rappeler les conditions de la recherche de M. de Ludescoff et l'avenir probable de ses conditions.

— Clémence !... s'écria monsieur de Walstein furieux.

— Je n'ai pas jugé à propos, dit Clémence, de faire à M. de Ludescoff une confidence qui ne m'était pas personnelle, et, comptant sur la générosité de ses sentimens, j'ai pris pour motif à cette rupture nécessaire mes propres sentimens. Je lui ai dit, qu'à tort sans doute, je ne croyais pas pouvoir trouver le bonheur dans notre union.

M. de Walstein haussa les épaules, et Clémence continua :

— Et comme il ne semblait pas plus persuadé que vous que ma répugnance fût un motif suffisant ; comme M. de Ludescoff en appelait à l'avenir, je lui ai déclaré loyalement qu'il ne pouvait jamais espérer un cœur qui appartient à un autre.

L'attitude de Clémence à ce moment était admirable ; elle tenait à la fois la tête haute et les yeux baissés, il y avait dans l'expression de sa physionomie une fierté indicible et une pudeur souffrante.

Le comte irrité, mais redoutant en même temps que sa fille, poussée à bout, ne déclarât tout haut par quelles raisons étrangères à ses sentimens elle avait cru devoir rompre ce mariage, le comte avait perdu toute présence d'esprit, tandis que Guillaume, n'osant comprendre ce qu'il croyait deviner, promenait un regard effaré du prince à Clémence, et de celle-ci à son père.

Quant au prince, il était ravi d'avoir enfin atteint son but, et souriait en ayant l'air de braver à la fois le comte et Guillaume, qu'il lui désignait du geste.

Clémence, qui s'était arrêtée un moment, reprit d'une voix moins ferme, et où la faiblesse de la femme pénétrait déjà.

— Voilà, mon père, l'aveu que M. de Ludescoff voulait vous faire, aveu qui, indépendamment de toute autre raison, rend notre union impossible.

— Sortez! lui dit son père, qui ne savait où il en était.

Clémence se retira, les yeux toujours baissés, et sans prononcer une parole.

A peine fut-elle partie, que M. de Walstein, comme un sanglier aux abois, qui ne sait sur quoi jeter sa rage, fit quelques pas dans son cabinet; puis, apercevant Guillaume, il s'écria :

— Et c'est vous, monsieur, qui veniez me parler si insolemment de l'honneur de votre famille compromise par mon fils!

— Mais, monsieur le comte, reprit Guillaume, j'ignorais, je vous jure...

— Assez, monsieur... assez... sortez!

— Je vous accompagne, monsieur, dit le prince de Ludescoff à Guillaume; car, si j'ai refusé de vous répondre à titre d'homme, comme vous dites, je suis prêt à répondre à titre d'amant préféré de Mlle de Walstein. C'est une sorte de noblesse que je dois reconnaître, puisque je l'ai désirée.

Les deux rivaux sortirent pour prendre un rendez-vous pour la fin même de ce jour, et le comte de Walstein demeura seul.

Guillaume, ivre d'une joie inconnue, oubliant et le danger qui le menaçait et les obstacles qui le séparaient de Clémence, et jusqu'au motif de sa visite au château, Guillaume, sans s'en apercevoir, reprit tout aussitôt le chemin de la forge. Il était dans une sorte de délire au milieu duquel une seule pensée lui paraissait éblouissante et brûlante à la fois. « Elle m'aime, elle m'aime! disait-il tout haut; elle m'aime! » répétait-il tout bas.

Rien n'arrivait à son esprit en dehors de là; rien pour lui n'existait plus en ce monde; et lorsqu'il arriva à quelques pas de la forge où Mme Kaufmann l'attendait avec anxiété, à la question qu'elle lui fit pour Thérèse, il répondit comme un homme atteint de folie :

— Elle m'aime, ma tante... elle m'aime!...

— Que voulez-vous dire? s'écria Mme Kaufmann.

— Elle l'a dit à son père, elle l'a dit à ce prince de Ludescoff, que je châtierai tout à l'heure.

Mme Kaufmann regarda Guillaume avec épouvante; sans savoir ce qui avait pu se passer, elle comprit que l'amour de Guillaume l'avait peut-être plus occupé que la destinée de Thérèse, et elle lui dit froidement :

— Guillaume, je vous avais chargé de l'honneur de ma fille?

Guillaume sembla s'éveiller difficilement du rêve de bonheur qui le tenait; puis il répondit à mots entrecoupés :

— C'est vrai, ma tante; mais si vous saviez ce qui s'est passé....

— J'en jugerai quand votre raison sera assez revenue pour que vous puissiez m'en instruire.

— Oh! pardonnez-moi! pardonnez-moi ma joie, ma tante, lui dit Guillaume, car je suis heureux, heureux comme je ne croyais pas qu'on pût l'être. Mais, reprit-il, ne croyez pas que pour cela j'abandonne les droits de Thérèse... J'aime Mlle de Walstein. Je l'aime; mais mes devoirs parleront encore en moi, et Thérèse obtiendra justice.

— Racontez-moi donc ce qui s'est passé, Guillaume, reprit Mme Kaufmann avec un calme que trahissait à peine la faiblesse de sa voix.

— Le voici, dit Guillaume, toujours dans un état d'exaltation qui ne lui permettait pas d'observer les mouvemens convulsifs qui échappaient à madame Kaufmann.

Il lui dit alors toute son explication avec M. de Walstein, l'arrivée inattendue de Clémence et de M. de Ludescoff, et la conclusion de la scène qui s'était passée entre eux.

Quand il eut fini, Mme Kaufmann baissa la tête, quelques larmes s'échappèrent de ses yeux, et elle dit à Guillaume :

— Il n'y a plus que moi maintenant qui puisse parler à M. de Walstein : j'y vais.

— Mais, ma tante, dit Guillaume, qu'allez-vous faire?

— Vous le saurez, monsieur, lui répondit-elle froidement. Seulement, veuillez empêcher votre oncle de venir au château. Restez. Je serai de retour avant l'heure de votre rencontre avec M. de Ludescoff. Attendez-moi.

Aussitôt elle s'éloigna sans attendre la réponse de Guillaume.

XVII.

Lorque Mme Kaufmann se décida à aller chez le comte de Walstein, elle avait obéi d'abord à son devoir de mère qui lui ordonnait d'aller renouer la négociation relative à sa fille, et peut-être plus encore au besoin de s'arracher aux confidences enivrées de Guillaume.

Elle n'éprouvait plus, il est vrai, la jalousie amère et insultante qui l'avait dévorée lorsqu'elle croyait Guillaume amoureux d'une femme indigne ; mais elle ressentait quelque chose de plus cruel peut-être, et surtout de plus accablant : c'était d'être forcée de reconnaître que cette femme méritait l'amour qu'elle avait inspiré. Elle voyait sans cesse devant ses yeux cette jeune fille qui avait osé avouer son amour la tête haute et sans peur.

C'est que cet amour avait le droit d'être courageux, parce qu'il était innocent, tandis que la passion qu'elle, madame Kaufmann, éprouvait, après s'être cachée honteuse et désespérée, avait cherché des moyens bas et perfides pour combattre et détruire ce qui lui faisait obstacle.

Mme Kaufmann, en pensant à cela, comprit qu'elle avait dégradé son malheur ; elle n'osa plus se poser en elle-même comme une victime résignée et méconnue. Elle avait essayé de se glisser en rampant dans cet amour qu'elle détestait, et avait été écrasée sous le poids de sa rivale, qui n'avait fait qu'un pas pour se défendre.

Et cependant elle sentait qu'elle avait reçu du ciel une énergie, un dévoûment, une volonté aussi puissans que ceux de Clémence, et peut-être avait-elle usé mille fois plus de force dans la longue abnégation de sa vie que Mlle de Walstein dans cet instant de hardiesse qui l'avait montrée si belle et si grande aux yeux de son amant ; mais tous les combats de la vie de Mme Kaufmann s'étaient passés en elle-même, dans l'ombre de sa douleur, et l'unique effort de Clémence avait eu un éclat dont était ébloui celui qui en était l'objet.

Arrivée à ce point, Mme Kaufmann se sentit prise d'un froid insensible pour tout ce ce qui pouvait arriver. Elle n'éprouva ni révolte contre cette injustice du sort, ni désir de le combattre, ni envie de se relever en se montrant généreuse.

C'en était fait ! elle était morte au cœur ; car la vie du cœur, c'est l'espérance ; et elle n'espérait plus rien. Seulement, elle savait qu'une mère doit sauver sa fille ; elle allait tenter de le faire, mais elle ne le sentait pas.

Comme le scribe qui écrit, sans la comprendre, la parole qu'on lui dicte, et dont la main obéit pour ainsi dire à l'oreille sans que l'intelligence prenne part à cet acte purement physique, Mme Kaufman cédait à des idées apprises ; mais ses entrailles de mère ne tressaillaient pas quand elle se disait : Je vais sauver l'honneur de ma fille. Elle n'aimait plus rien; elle ne détestait plus rien : Thérèse, Guillaume, Clémence, M. Kaufmann, tous ces noms ne remuaient plus en elle un seul sentiment.

Ce fut dans cette espèce d'anéantissement de sensibilité qu'elle arriva chez le comte de Walstein. Il était absent; mais on dit à Mme Kaufmann que, si elle désirait voir Mlle de Walstein, elle était au château.

Mme Kaufmann accepta, sans cependant avoir la conscience ni de ce qu'elle allait faire, ni de ce qu'elle allait lui dire. On l'annonça, et à peine l'eut-on annoncée, que Clémence courut à sa rencontre en lui disant :

— Oh! merci, madame! merci d'être d'être venue vers moi! Vous me soutiendrez! vous me conseillerez! car je ne sais plus que faire.

Mme Kaufmann considéra froidement Clémence, qui pleurait à chaudes larmes, et lui dit à son tour :

— Ah! vous êtes malheureuse!

— Bien malheureuse, madame! plus que vous ne pouvez le croire!

— Vraiment! répondit Mme Kaufmann; vous vous croyez bien malheureuse?

L'accent avec lequel ces paroles furent prononcées excita l'étonnement et l'attention de Clémence.

A son tour elle considéra Mme Kaufmann et demeura stupéfaite de l'expression ou plutôt de l'absence d'expression de son visage. Le regard était vif, les traits immobiles, et tout, jusqu'à ses mouvemens, avait cette lenteur inanimée que l'imagination prête aux fantômes.

Clémence éprouva un moment d'effroi, et ne put s'empêcher de dire à Mme Kaufmann :

— Qu'êtes-vous donc venue faire au château, madame?

— Moi, reprit Mme Kaufmann, je suis venue voir votre père; je suis venue lui parler de ma fille et de l'arrangement qu'il avait consenti avec Guillaume.

— Ah! dit Clémence en rougissant, car elle supposait qu'elle avait tout appris, vous avez vu M. Guillaume?

— Oui, je l'ai vu, répartit Mme Kaufmann sans paraître savoir que Mlle de Walstein fût pour le moins du monde mêlée à tout cela.

Clémence le crut et répartit :

— Et mon père consentirait au mariage de mon frère avec votre fille?

— Oui, mademoiselle.

— Et à quelles conditions?

Mme Kaufmann lui dit celles qui avaient été convenues entre Guillaume et le comte.

— Et vous les acceptez? dit Clémence qui ne pouvait accorder la lucidité et le calme des idées de Mme Kaufmann avec cette immobilité de physionomie qui lui donnait l'apparence d'une somnambule qui parle.

— J'avais prévu ces conditions, lui dit Mme Kaufmann, et je les accepte.

— Oh! alors, reprit Clémence en se détournant, car il lui semblait que Mme Kaufmann ne pouvait la comprendre, alors je suis perdue.

— Perdue! reprit Mme Kaufmann, vous!

— Ah! c'est que vous ne savez pas tout.

— Je sais tout, Guillaume m'a tout dit.

Clémence regarda encore une fois celle qui lui parlait. Et elle eut peur de cette constante insensibilité; car il lui paraissait que ce que Guillaume avait raconté devait exciter ou le blâme ou la pitié : elle attendait un mot qui l'avertît du jugement qu'on en avait porté. Mais rien ne se manifestait des pensées de Mme Kaufmann au delà de cette parole lente et morte.

— Clémence en fut si épouvantée, qu'elle reprit encore :

— Mais quelle espérance vous a donc amenée ici, madame?

— Je vous l'ai dit...

— Mais, après ce que j'ai osé avouer à mon père, pensez-vous qu'il consente encore à l'arrangement que vous venez de m'apprendre?

Cette question, qui obligeait Mme Kaufmann à combiner quelques idées, à réfléchir sur ce qui s'était passé, la surprit comme un bruit qui éveille un dormeur ; elle regarda autour d'elle et parut seulement alors reconnaître le lieu où elle était : elle sembla en même temps voir Mlle de Walstein pour la première fois : l'intelligence, la vie reparurent si soudainement dans ses yeux, que Clémence, par un mouvement instinctif et comme pour aider cette raison qui revenait, tendit la main à Mme Kaufmann en lui disant :

— C'est moi, madame, c'est moi!

Mme Kaufmann baissa les yeux et repoussa froidement la main de Clémence en lui disant :

— Ah! oui; c'est vous en effet, pardon; c'est monsieur le comte que j'étais venue chercher.

— Mais, encore une fois, dans quelle espérance? reprit Clémence.

Mme Kaufmann eut alors la conscience du rôle étrange qu'elle venait de jouer vis-à-vis de Mlle de Walstein, elle se recueillit pour se rappeler les mots qui avaient été échangés entre elles, et se souvint à la fois, et de la phrase où Clémence paraissait supposer que son père se refuserait à tout arrangement à cause de l'aveu qu'elle lui avait fait, et surtout de l'exclamation échappée à son désespoir, lorsque, supposant que cet arrangement pourrait avoir lieu, elle s'était écriée : « Mais alors je suis perdue! »

— Mais vous-même, lui dit madame Kaufmann, quelle est votre espérance? Vous semblez craindre que je ne réussisse pas, et vous vous croyez perdue si je réussis!

— C'est que vous, madame, lui dit Clémence, qui vous croyez la plus malheureuse des femmes, parce que votre fille a fait une faute, vous ne savez pas ce que j'ai à souffrir, moi, et ce que j'ai à redouter!

— Vous, lui dit Mme Kaufmann en se reculant, vous vous croyez malheureuse ; mais qu'avez-vous donc souffert dans cette vie?

— C'est ce que je ne puis pas dire; et croyez-moi, les douleurs les plus cruelles sont celles dont on ne peut pas se plaindre.

— Sans doute. Vous aimez et vous êtes sans espoir.

— Ce n'est pas cela qui est mon plus cruel malheur.

— Ah! fit Mme Kaufmann avec un étrange étonnement, comme si elle ne comprenait rien au delà des peines de l'amour.

— J'aime M. Guillaume, reprit Clémence avec une calme dignité, mais je crois qu'une affection, quelle qu'elle soit, peut se taire devant la raison ou la nécessité.

Mme Kaufmann écouta Clémence avec un singulier étonnement.

— Mais il y a, madame, reprit Mlle de Walstein, des sentimens qui souffrent toujours, parce qu'ils ne peuvent et ne doivent jamais mourir.

Mme Kaufmann écouta encore, comme si on lui révélait un secret.

— Quels sentimens? dit-elle. Je ne vous comprends pas!

— Vous le pourriez cependant, vous, lui dit Clémence avec un attendrissement involontaire, car je vous ai comprise, et vous n'êtes pas heureuse non plus.

A ce mot : « Je vous ai comprise, » Mme Kaufmann sembla vouloir se retirer en elle-même, et une sorte d'effroi et de colère se montra dans son regard.

— Vous m'avez comprise, dites-vous?

— Oui, et pardonnez-moi de pénétrer ainsi dans vos douleurs ; mais vous n'avez été ni heureuse épouse, ni heureuse mère.

— C'est vrai, répondit Mme Kaufmann presque involontairement.

— Eh bien, moi, madame, lui dit Clémence, je suis une malheureuse fille!...

— Sans doute, reprit Mme Kaufmann avec un léger accent d'ironie, monsieur votre père ne consentira pas à votre union avec Guillaume.

— Ah! madame, reprit Clémence avec un mouvement d'exaltation, qu'il m'interdise ce mariage, qu'il me laisse dans la pauvreté, qu'il me chasse s'il veut, je ne me plaindrai pas.

L'étonnement de Mme Kaufmann redoubla.

— Mais il vous fait donc bien malheureuse, s'écria-t-elle, que tout cela ne vous paraisse pas le plus affreux malheur?

Clémence semblait à bout de ses forces; car elle reprit avec un mouvement de douleur désespérée :

— Oh! si j'avais une mère pour me protéger, une sœur, une amie, à qui demander conseil; mais je suis seule, moi, madame.

— Mais votre frère?

— Ah! mon frère, dit Clémence avec dédain, il n'a pas le courage de se défendre lui-même.

— Et quel danger vous menace donc? reprit Mme Kaufmann.

— Quel danger? s'écria Clémence avec impétuosité...

Mais elle s'arrêta tout à coup comme alarmée de ce qu'elle allait dire, et reprit après un instant de silence :

— Aucun, madame, aucun... D'ailleurs, vous avez raison; mon père consentira au mariage de votre fille avec mon frère. Dieu fasse qu'ils soient heureux!

— Mais ce consentement vous perd? avez-vous dit.

— C'est une pensée folle qui m'a traversé l'esprit, une supposition impossible, quelque chose qui n'arrivera pas, qui ne peut pas arriver. Pardon, je vais faire savoir si mon père est rentré.

Clémence sonna, tandis que Mme Kaufmann, arrachée à sa propre situation par le désordre des pensées d'une autre, cherchait à découvrir cette peine cachée qui dominait Mlle de Walstein.

Un domestique parut, et Clémence s'étant informée du comte, il lui fut répondu que M. de Walstein s'était rendu à la petite maison de M. Charles Leeman, où on lui avait envoyé des chevaux, et que depuis plus d'une heure il était parti seul sans dire où il allait.

— Ou je me trompe beaucoup, dit Clémence à Mme Kaufmann, ou, si vous alliez chez mon frère, vous apprendriez quelle a été la décision de mon père relativement à votre fille.

— Ne voulez-vous pas m'y accompagner?

— Je ne le puis : mon père, avant de partir, m'a fait défendre de quitter le château jusqu'à son retour. Seulement, madame, j'attends de votre obligeance de me faire savoir ce qui s'est passé chez mon frère.

— Je viendrai vous l'apprendre moi-même, dit Mme Kaufmann.

— En ce cas, veuillez vous hâter; car si mon père revenait avant votre retour, je doute fort qu'il me permît de vous recevoir.

Mme Kaufmann se retira et se rendit chez Charles.

A ce moment, l'atonie qui l'avait accablée s'était entièrement dissipée; elle avait repris son énergie et en même temps sa douleur. Mais un nouveau sentiment se mêlait à toutes ses déceptions passées, c'était un doute sur la légitimité de ses plaintes.

En effet, elle avait envié le bonheur de Mlle de Walstein; et voilà que cette femme, à qui elle ne pouvait assurément refuser ni résolution, ni raison, se disait plus malheureuse qu'elle, et comptait comme un chagrin facile à oublier la perte d'une espérance d'amour.

Q'était-ce donc qu'elle avait souffert?

Qu'était-ce donc qu'elle avait à craindre?

XVIII.

Toutes les pensées précédemment exprimées préoccupaient vivement Mme Kaufmann pendant qu'elle se rendait chez Charles.

Lorsqu'elle y arriva, elle y trouva Guillaume. Il venait lui faire part de son rendez-vous avec M. de Ludescoff, et le prier de lui servir de témoin. Il achevait son récit au moment où Mme Kaufmann entrait.

Guillaume alla au devant de sa tante, mais Charles demeura anéanti.

— Quoi ! s'écria-t-il enfin, le mariage de ma sœur avec M. de Ludescoff est rompu !

— Oui, sans doute, lui dit Guillaume.

— Oh ! alors, s'écria Charles, mon père m'a trompé, il m'a indignement trompé ! Ah ! je ne m'étonne plus alors de ce consentement à mon mariage, qu'il m'a vendu au prix de mes droits.

— Que voulez-vous dire, reprit Mme Kaufmann.

— Ah ! s'écria Charles, il faut que je revoie mon père ; il faut que je sauve ma sœur !

— Mais qu'est-il arrivé, dit Guillaume, et que peut-elle craindre?

— Au nom du ciel, madame, reprit Charles, sans répondre à Guillaume, donnez un asile à ma sœur ; cachez-la pendant quelque temps jusqu'à ce que je puisse, moi, la protéger.

— Mais, lui dit Mme Kaufmann, autoriser une fille à fuir la maison de son père, en la recevant dans la mienne, je ne le puis.

— Ah ! vous ne savez pas quels malheurs ce refus peut entraîner.

— Mais que peut-elle avoir à craindre? reprit Guillaume avec plus d'anxiété.

— Au nom du ciel ! madame, je vous en conjure, recevez ma sœur chez vous, reprit Charles ; car maintenant je suis impuissant, et je n'obtiendrai pas de mon père la restitution de la renonciation qu'il m'a arrachée.

— Mais, lui dit Mme Kaufmann, cette renonciation à votre fortune, nous la connaissons, nous l'avons acceptée.

— Oh ! reprit Charles, ma pauvre sœur !

— Mais en quoi, lui dit Guillaume avec quelque colère, en quoi cela peut-il la mettre en danger?

Charles ne répondit pas et sortit en s'écriant :

— Il faut que je la voie ! il faut que je la sauve ! Et si elle ne trouve pas un asile dans votre maison, je lui en donnerai un ; et si mon père me menace de l'en arracher, alors..., alors..., malheur à lui !...

Guillaume et sa tante demeurèrent stupéfaits de ce trouble étrange de Charles, et Guillaume conçut de vives et véritables alarmes, lorsque sa tante lui répéta que Clémence semblait en proie à une épouvante pareille.

Ils sortirent ensemble pour aller du côté du château, et arrivèrent au moment où Charles s'emportait contre un domestique qui refusait de le laisser arriver jusqu'à sa sœur.

— Monseigneur, lui disait-il, j'ai reçu des ordres positifs : ni vous, ni M. Guillaume ne pourrez entrer au château.

— Mais Mme Kaufman a pu voir ma sœur? reprit Charles.

Mme Kaufman n'était pas comprise dans cet ordre, et la porte lui est encore ouverte.

— Il suffit, dit Charles en congédiant le domestique.

— Voulez-vous que je me rende près d'elle ? dit Mme Kaufmann ; je lui dirai ce que vous croyez pouvoir lui être utile.

— Ce que j'ai à lui dire, madame, ne peut être entendu que d'elle ; mais, en vous confiant une lettre, je suis certain que notre secret restera entre nous. Veuillez me permettre d'aller l'écrire, et n'oubliez pas, madame, qu'il y va peut-être de la vie pour l'un de nous.

Il avait à peine achevé sa phrase qu'il aperçut à une certaine distance M. de Ludescoff, arrivant à cheval, suivi d'un domestique. Il vint jusque auprès d'eux, et dit, après avoir salué Mme Kaufmann :

— Il n'est encore que quatre heures, monsieur Guillaume; en attendant qu'il en soit six, j'aurais deux mots à dire à M. de Walstein.

— A mon père? dit Charles.

— A vous, monsieur.

— Pardonnez-moi, monsieur, lui répondit Charles, mais j'ai à m'occuper de ma sœur.

— C'est précisément d'elle, monsieur, dont j'ai à vous parler, et de la part de M. votre père.

— S'il en est ainsi, dit Charles, je suis à vos ordres.

— Veuillez donc me suivre près d'elle, dit M. de Ludescoff; j'ai ordre de vous introduire dans le château. Madame Kaufmann voudra bien nous excuser; et, si j'avais le malheur de faire attendre monsieur Guillaume, il voudra bien se souvenir que je serai peut-être retenu pour un entretien que la galanterie m'empêchera sans doute de rompre aussitôt que je le voudrais.

Guillaume et Mme Kaufmann demeurèrent dans la plus étrange anxiété, celui-ci bien plus préoccupé de ce qui allait se passer entre Clémence et M. de Ludescoff, que de la rencontre qu'il allait avoir avec ce dernier.

Deux heures entières s'écoulèrent dans cette attente sans que Guillaume ni sa tante pensassent à rentrer à la forge, et déjà la nuit était presque venue lorsque Charles et M. de Ludescoff sortirent du château.

— Monsieur Kaufmann, dit le prince à Guillaume, l'heure est trop avancée pour que je puisse tenir la parole que je vous ai donnée; et, si vous voulez bien y consentir, notre rencontre sera remise à quelques jours plus tard.

— Faites cela, dit Charles à Guillaume, ma sœur vous en prie.

— J'obéirai au désir de Mlle de Walstein, répondit Guillaume.

— Il suffit, monsieur, reprit le prince de Ludescoff; dans quatre jours, à l'endroit indiqué, à l'heure convenue! Maintenant, je retourne près du comte de Walstein lui annoncer l'obéissance de sa fille.

Le prince de Ludescoff remonta à cheval et s'éloigna rapidement.

— Eh bien! que s'est-il passé? dit vivement Guillaume à Charles.

— Ma sœur épouse M. de Ludescoff, répondit celui-ci, le jour même où je me marierai avec Thérèse, et mon père désire que ces mariages s'accomplissent d'ici à deux jours.

L'émotion que Mme Kaufmann éprouva à cette nouvelle fut un mélange de surprise et presque de joie. Elle n'avait pas encore dépouillé cette haine que lui eût causé le bonheur de sa rivale; et, sûre maintenant que ce mariage était un malheur pour Clémence, elle l'apprit avec plaisir.

Quant à Guillaume, il demeura comme anéanti en entendant Charles.

— Quoi! s'écria-t-il, elle épouse M. de Ludescoff, ce misérable qui l'a insultée, qui m'a insulté, et qui recule devant un duel pour accomplir sans doute une basse perfidie!

— M. de Ludescoff, dit Charles, s'est montré le plus noble des hommes en cette circonstance, et je crois que sa conduite de ce soir aura fait oublier à Clémence ses torts de ce matin.

Guillaume regarda sa tante comme pour lui demander s'il ne rêvait pas.

— Ah! dit Mme Kaufmann, je suis femme, et, je dois l'avouer, il ne faut pas s'étonner d'un pareil caprice, surtout de la part d'une jeune fille si décidée.

— De la part de ma sœur, madame, c'est le plus noble sacrifice qu'une femme puisse faire.

Mme Kaufmann se mordit les lèvres et répondit avec dépit :

— Tâchez de le persuader à Guillaume, monsieur.

— Mais, s'écria celui-ci, cela ne se passera pas ainsi ; il ne sera pas dit que cet homme se sera joué de moi à ce point. Il me doit une satisfaction, il me la donnera ; car, j'en suis sûr, on violente Mlle de Walstein.

— Vous pouvez vous rendre près d'elle, lui dit Charles, elle vous affirmera le contraire.

— Je pourrais la voir ? dit Guillaume.

— Quoique je ne sois pas chargé de vous le dire, reprit Charles, je crois que c'est son désir, et maintenant elle est libre.

— Eh bien ! j'y vais, reprit Guillaume, et je vous jure que je saurai la protéger contre toutes les tyrannies et contre toutes les faiblesses.

Guillaume jeta ce dernier mot à Charles avec un regard de mépris, et s'élança dans le château.

Mme Kaufmann sentit un moment se réveiller en elle toutes les passions qui l'avaient égarée ; mais elle parvint à les contenir ; et écouta avec calme Charles, qui lui dit respectueusement :

— Dans deux jours, madame, j'aurai le droit de vous appeler ma mère : puis-je croire que je trouverai dans votre cœur les sentimens qu'un tel nom me dit d'espérer ?

Mme Kaufmann, ainsi interpellée, parut se rappeler alors pour la première fois que le seul intérêt qu'elle dût avoir véritablement dans tout ce qui se passait, était le mariage de sa fille.

Elle ne répondit pas d'abord à Charles, qui reprit avec douceur :

— Vous ne m'avez pas encore pardonné, madame ; mais un jour viendra peut-être que vous saurez les sacrifices que j'ai faits pour réparer ma faute, et peut-être alors ne me jugerez-vous pas indigne de partager l'affection que vous avez pour votre fille.

— Je vais lui apporter la nouvelle de son bonheur, répondit Mme Kaufmann ; c'est tout ce qu'une mère peut demander pour sa fille.

Elle salua Charles, se rendit à la forge où elle trouva M. Kaufmann et Thérèse dans une anxiété pleine d'humeur.

M. Kaufmann, si pressé d'apprendre ce qu'il avait si long-temps attendu, commença par faire une querelle à sa femme ; mais celle-ci y coupa court en lui disant :

— Le mariage de votre fille avec M. de Walstein est fixé à après-demain.

Cette grande nouvelle mit fin aux récriminations de M. Kaufmann, qui d'abord ne se tint pas de joie en recevant l'assurance que sa fille serait comtesse de Walstein ; mais ensuite il voulut s'informer des conditions.

— Votre neveu vous en instruira, lui dit sa femme.

On attendit Guillaume avec impatience ; mais Guillaume ne revint pas.

On passa la nuit dans une inquiétude cruelle à son sujet ; car on avait envoyé au château, et l'on avait appris qu'il en était sorti vers dix heures du soir.

Enfin, le lendemain matin, un messager arriva de la ville voisine, apportant un abandon en bonne forme de tout ce que Guillaume possédait en faveur de Charles, et pour lui servir d'apport dans son mariage avec Thérèse. Guillaume faisait en même temps ses adieux à M. et à Mme Kaufmann, et annonçait qu'il allait entreprendre un voyage de plusieurs années.

Quelques jours après, on célébra le mariage de Thérèse et de Charles, ainsi que celui de Clémence et de M. Ludescoff.

Rien n'avait fait soupçonner à Mme Kaufmann le secret de cette étrange conclusion, lorsque le jour même de ce mariage arriva l'événement que nous allons rapporter.

XIX.

Pour que nos lecteurs puissent comprendre l'événement qui arriva le jour du mariage de Clémence avec M. de Ludescoff, il faut leur expliquer divers incidens qui avaient précédé ce mariage et qui en avaient été la cause déterminante.

Aussitôt après la scène qui avait amené l'aveu de l'amour de Clémence pour Guillaume, M. de Ludescoff avait quitté Walstein, et, en attendant que ses domestiques eussent tout préparé pour son départ définitif, il s'était rendu à une petite auberge, distante tout au plus d'une demi-lieue du château, et sise à l'angle du chemin de traverse qui venait du château et menait à la prochaine ville.

Il y était à peine depuis quelques minutes, songeant au rendez-vous qu'il avait avec Guillaume, et assez décidé à s'y faire accompagner par son hôte comme témoin, lorsqu'il vit une voiture publique s'arrêter devant l'auberge; un jeune homme en descendit avec un porte-manteau assez volumineux. Il entra dans la salle de l'auberge où se trouvait le prince, et demanda un homme pour l'accompagner et porter son bagage.

Ce jeune homme avait à peine prononcé quelques mots, que le prince le regarda plus attentivement, et, s'avançant vers lui, le salua en disant :

— Monsieur Léopold Kirchwich.

Le poète, car c'était lui, salua, et s'écria avec un air ravi d'avoir laissé un souvenir si présent à un personnage de cette importance :

— Monsieur le prince de Ludescoff !

Ils s'étaient rencontrés deux ou trois fois à Berlin dans quelques salons, et il fallait tout le besoin qu'avait le prince d'un individu à qui il pût demander de lui servir de témoin, pour qu'il se rappelât si vite et si bien le visage et le nom de ce faiseur de vers.

Mais Léopold ne douta point que ce ne fût l'empreinte de son génie resplendissante sur son front, et l'admiration que le prince avait pour ses œuvres, qui avaient si bien gravé ses traits et son nom dans la mémoire de M. de Ludescoff, et il prit un air de supériorité modeste auquel le prince, fort occupé de ce qu'il avait à lui dire, ne prit point garde ; et après quelques mots échangés, il demanda à Léopold ce qui l'amenait dans ce pays.

A cette question, l'homme littéraire prit un air de retenue confidentielle, et répondit en chantant ses mots, comme pour donner à chacun un sens profond.

— Hé !... Hum !... vous êtes peut-être le dernier homme à qui je voudrais confier... Vrai... vraiment... quoique, à vrai dire, vous soyez le premier qui dussiez le savoir.

— De quoi s'agit-il donc, monsieur ? dit assez vivement le prince.

— Oh ! de rien qui vous concerne personnellement ; mais...

— Eh bien ! mais...

— C'est, ou peut-être ce sera une affaire de famille, car je ne crois pas que votre union avec Mlle de Walstein soit encore conclue.

— Non, pas encore, et je ne crois pas... que cette affaire dont vous voulez parler puisse y avoir le moindre rapport.

Cette phrase avait été commencée pour finir par ces mots : « Et je ne crois pas que cette union se fasse. » Mais un mouvement rapide de réserve et un vif sentiment de curiosité avaient fait changer la première pensée de M. de Ludescoff, et il avait terminé comme nous avons dit.

Léopold, enchanté d'être devenu tout à coup un personnage important et mystérieux, combattit avec assez de mollesse les instances du prince, et finit par lui raconter le motif de son retour dans ce pays.

Selon son dire, il avait été chargé par M. Kauffmann de découvrir sa fille et le séducteur qui la lui avait ravie; pour cela, il avait parcouru toute l'Allemagne avec un dévoûment surhumain et un zèle infatigable; et enfin, après les plus ardentes recherches, il s'était assuré que le ravisseur était monsieur...

— Charles de Walstein! avait dit le prince, enlevant à Léopold l'effet dramatique que ce nom devait produire au bout de son récit.

— Vous le saviez! s'écria Léopold.

— Oui vraiment! répondit le prince.

Et à son tour il lui raconta l'aventure du charivari. Et comme Léopold ne pouvait manquer d'apprendre sa rupture avec Mlle de Walstein, il arrangea à sa façon la manière dont il avait soupçonné et découvert l'intrigue de Mlle de Walstein avec M. Guillaume, et il termina sa sardonique narration en plaignant sincèrement M. de Walstein d'avoir un fils et une fille qui déshonoraient son nom.

A cette dernière parole, toutes les bouffissures de ton, de manières et d'esprit de M. Léopold tombèrent pour faire place à un air de tristesse et d'inquiétude véritable.

Puis, poussant un profond soupir, il répondit à M. de Ludescoff :

— Vous vous trompez, monsieur; ce n'est pas un malheur pour M. de Walstein d'avoir de pareils enfans; mais c'est pour ceux-ci une infortune sans remède d'avoir un pareil père.

— Ce que vous me dites là me paraît étrange, monsieur Kirchwich, dit le prince d'un ton dédaigneux... Mais nous ne pouvons pas avoir là-dessus la même façon de voir, et je comprends que les idées, les goûts, les préférences de Mlle de Walstein vous semblent être convenables.

— Monsieur de Ludescoff, reprit Léopold d'un air qui eût été assez fier, si la manie d'importance qu'il se donnait à propos de tout n'avait pas prêté à son accent quelque chose de théâtral, ce que vous appelez les idées, les goûts, les préférences de Mlle de Walstein, s'ils ne sont pas conformes à son rang, n'en sont pas moins honorables.

M. de Ludescoff fit une inclination ironique, et Léopold continua avec un peu de raideur et beaucoup de prétention :

— Certes, je ne comprends pas comment Guillaume a pu inspirer une passion qui mérite ce nom; car il manque en toute sa personne de cette idéalité qui exalte l'âme; mais, au point de vue de l'honnêteté, c'est un choix dont personne ne peut avoir à rougir.

— Excepté le comte de Walstein, reprit M. de Ludescoff.

— M. de Walstein, reprit vivement Léopold, marierait demain sa fille à Kaufmann, s'il y avait trouvé le même avantage qu'avec vous.

— Il est libre de le faire, reprit le prince, et je ne doute pas, ajouta-t-il ironiquement, que M. Kaufmann ne lui apporte beaucoup plus d'avantages que moi; car si je me rappelle bien ce qu'a dit Mlle Walstein à son père, continua le prince d'un air plus sérieux, notre mariage était impossible pour des raisons qu'il devait savoir..... Oui, vraiment, elle a dit impossible, et d'un air de menace qui a troublé M. de Walstein.

— En vérité! reprit Léopold; alors c'est l'action la plus noble et la plus courageuse qu'il soit donné à une femme d'accomplir.

— Pardon, M. Kirchwich, reprit le prince, toujours d'un air moqueur, mais si vous étiez assez bon pour me donner l'énigme de votre enthousiasme, vous rassureriez peut-être ma confiance en Mlle de Walstein.

— Puisque ce mariage est rompu, reprit Léopold, je puis bien vous le dire. Il y a deux jours, c'eût été une dénonciation; mais puisque la volonté de Mlle de Walstein vous a sauvé de cette tromperie, je puis et je dois même la justifier.

— Je vous écoute, dit le prince.

Léopold lui raconta alors comment il avait appris la position où se trouvait le comte vis-à-vis de ses enfans, dans quel but il demandait à son fils sa renonciation à la principauté de Téniabouski, après quoi il s'assurait l'exclusion de sa fille en la mariant à un étranger.

— Je savais tout cela, dit M. de Ludescoff, et vous devez comprendre que le nom que je porte est d'assez bonne maison pour que je n'aie jamais songé à le changer contre un autre, même dans le cas où ce titre de princesse de Téniabouski eût appartenu à Mlle de Walstein.

— Je sais, dit Léopold, que le titre vous importait fort peu ; mais l'immense fortune qui appartient à ce titre...

— Eh bien ! monsieur, répliqua le prince, cette immense fortune devenait l'héritage de Mlle de Walstein.

— Sans doute, si M. de Walstein, devenu prince de Téniabouski, ne se remariait pas et n'avait pas d'héritiers de ce nouveau titre et de cette fortune.

— Que voulez-vous dire ? s'écria le prince.

— Que le comte n'attendait que la célébration de votre mariage pour épouser Mlle N... ; car il paraît assuré de la renonciation de son fils.

Le prince de Ludescoff, malgré sa puissante finesse, ne put s'empêcher d'ouvrir de grands yeux, comme un niais à qui l'on montre le piége grossier auquel il allait se laisser prendre.

— Mais êtes-vous bien sûr de tout cela ? dit le prince.

—Parfaitement sûr. La vanité des N..., qui croyaient votre mariage fini, n'a pas tenu contre le désir d'annoncer secrètement cette future alliance. C'est-à-dire que tout Berlin le sait, à peu près. Mais moi, je le sais directement de la famille.

M. de Ludescoff parut réfléchir profondément, puis il reprit :

— Ce que vous me dites là est fort possible, et Mlle de Walstein a montré un noble caractère en refusant de s'associer à cette friponnerie de son père ; et, comme vous dites, je crains que cela ne lui attire de cruelles persécutions de sa part.

A cette phrase, la figure de Léopold se rembrunit encore, et il secoua la tête en disant comme à part lui :

— Non, ce n'est pas possible... Dieu ne le permettra pas... Ce doit être une abominable calomnie.

— Voici que vous recommencez encore vos réticences énigmatiques, dit le prince ; songez que, d'après ce que vous venez de me dire, j'ai un compte de reconnaissance à régler avec mademoiselle de Walstein, et que j'oublierai aisément, pour la protéger, qu'elle en a préféré un autre, pour me souvenir seulement qu'elle n'a pas voulu aider à me tromper.

— Ceci est bien grave, monsieur, reprit Léopold. D'ailleurs, ce sont des bruits qui ne sont jamais sortis du doute, et je ne puis ni ne dois les répéter.

— Mais vous-même semblez y croire, monsieur, puisqu'en disant qu'il y avait autant de courage que de noblesse dans la conduite de mademoiselle de Walstein, vous sembliez avouer qu'elle bravait par là de grands dangers.

Léopold réfléchit, il hésitait à faire ses dernières confidences au prince ; mais celui-ci l'ayant assuré que ses intentions n'étaient que bienveillantes, Léopold se décida à parler ; mais après de nombreuses circonlocutions comme celles-ci :

— Vous comprenez, prince, que de pareilles choses reposent sur des présomptions bien vagues, puisque la justice n'a pas fait la moindre démarche à ce sujet, quoique, lorsque cela se passa, il y ait eu, à ce qu'on m'a dit du moins, une sorte de clameur publique qui a dû attirer l'attention des magistrats. Mais cela eut lieu durant la guerre de 1807, pendant que les troupes françaises occupaient ce pays ; tout était en desarroi. On n'aurait pu se procurer des preuves, si toutefois il y en avait, et si avant le fait était vrai. Ainsi donc, prenez ceci comme je l'ai pris moi-même, qui d'ailleurs n'en ai été averti que depuis peu.

— Comme vous voudrez, dit le prince ; je suis homme à juger de la portée d'une accusation et de sa probabilité. Je vous écoute.

— Eh bien donc, voici ce dont il s'agit.

Le prince crut toucher au secret, mais Léopold, après un moment de réflexion, tourna brusquement l'allure de son récit, et trouva moyen de se mettre en scène ; sans quoi, il est probable qu'il n'eût pas tout dit.

— Vous avez sans doute remarqué, dit-il, qu'il régnait entre mademoiselle de Walstein et moi une certaine froideur, et de sa part une sorte d'aversion.

— Je crois l'avoir remarqué, dit le prince avec impatience.

— J'ai cru long-temps, reprit Léopold d'un air de modestie impertinente, que Mlle de Walstein, fort occupée d'études au dessus de la portée des femmes, affectait, par vanité, un profond dédain pour les poëtes, et pour moi en particulier, qui, par l'idéalité que j'ai essayé de mettre dans mes œuvres, suis l'ennemi né de ces prétendus esprits positifs. Eh bien! prince, je me trompais. Personne n'avait été peut-être, à mon insu, plus bienveillant pour moi que Mlle de Walstein, que je connaissais alors à peine, jusqu'à un jour où elle crut voir en moi une intention formelle d'insulte envers son nom.

— Ah ! fit le prince de Ludescoff, et comment cela est-il arrivé ?

— Vous connaissez ma ballade de *Lieberstrum ?*

Le prince n'en avait pas la moindre idée ; mais, de peur d'arrêter les confidences de Léopold en heurtant sa vanité, et de peur peut-être aussi d'être obligé d'entendre la ballade, il répondit rapidement :

— Oui, oui, je me la rappelle parfaitement.

— Eh bien ! prince, un soir, chez le conseiller intime P..., moi qui n'avais aucun soupçon des bruits qui avaient couru sur M. de Walstein, invité à dire quelques vers, je récite cette ballade, pendant que le comte était fort occupé à une partie de jeu dans un salon ; et comme Mlle de Walstein était en face de moi, je ne la quittai pas des yeux, lui appliquant pour ainsi dire directement les paroles de l'affreux désespoir de Télida.

Léopold accompagna ces dernières paroles de ce mouvement de tête qui signifie :

— Vous comprenez toute la portée de ce que je viens de vous dire !

Mais le prince ne comprenait absolument rien, et tandis que Léopold, qui s'était levé, marchait tragiquement dans la chambre en levant les bras au ciel, et en s'écriant :

— Pauvre fille ! qu'elle a dû souffrir. Ah ! je lui pardonne sa haine, prince... car elle a dû me croire coupable... mais je trouverai un moyen de lui ôter cette fatale pensée !...

Le prince était fort embarrassé, car Léopold croyait lui avoir tout dit, et il ne savait rien.

— Eh bien ! prince, lui dit Léopold mystérieusement, si l'histoire de M. de Walstein est celle du margrave de Lieberstrum, ne pensez-vous pas que l'histoire de Clémence puisse devenir celle de l'infortunée Télida !

— Sans doute, dit le prince ; mais, à vrai dire, je ne comprends pas exactement quel rapport il peut y avoir entre les positions respectives du comte et du margrave.

— C'est que c'est admirablement juste, reprit Léopold à voix basse, au point qu'on a supposé généralement que c'était l'histoire de M. de Walstein que j'avais voulu raconter sous le nom du vieux margrave

— En effet, dit le prince, qui fit semblant de chercher un souvenir qui lui revenait difficilement, il y a une strophe...

— Une... reprit Léopold ; mais tout, d'un bout à l'autre.

— Oui, oui, fit M. de Ludescoff, c'est vrai... Cela commence par...

Léopold se pencha vers le prince, et, baissant la voix, il se mit à lui dire, en accompagnant son débit d'un air de confidence terrible :

« Ma mère était une princesse palatine. Elle a apporté en dot à mon père une couronne de prince et la richesse d'un roi. Noble présent ! »

— C'est cela, dit M. de Ludescoff ; oui, oui, continuez.

Léopold reprit :

« Ma mère est une princesse palatine et elle a donné à mon père un héritier de cette couronne et de cette fortune ; heureux présent ! »

— Je comprends, dit le prince, qui ne prêtait pas la moindre attention littéraire à la ballade de Léopold, qui, sans cela, eût bien pu le faire rire, c'est parfaitement la position.

— Ecoutez donc ! reprit vivement Léopold, qui s'animait à ses vers comme un chien à sa pâtée :

« Ma mère est une princesse palatine, elle a donné à mon père une fille pour charmer sa vieillesse ; doux présent ! »

— C'est cela ! c'est cela !

« Mais mon père n'a point dit comme ma mère, et en voyant les héritiers de sa couronne et de sa fortune, il s'est écrié : Odieux présent ! »

— Bien ! bien ! fit le prince.

« Mon père, durant plusieurs années, a médité une cruelle pensée que lui a envoyé l'enfer ; fatal présent !

» Or, un jour que les ennemis allaient envahir son château, il se glissa dans la chambre de ma mère, et, la frappant à la gorge, lui dit : C'est mon présent ! »

— Grand Dieu ! s'écria M. de Ludescoff, vous osez croire !..

— Je ne crois rien, prince, reprit Léopold ; mais il fallait bien que ce chant reposât sur quelque ressemblance de position, car il épouvanta Mlle de Walstein, et fut cause de cette aversion qu'elle me montra depuis ce jour.

— Et le reste de la ballade, dit le prince à tout hasard, dut l'épouvanter encore plus ?

— Oui, reprit Léopold ; car, vous le savez, elle raconte comment le margrave, pour se débarrasser de son fils, le fit tomber dans une embûche où il faillit périr ; et elle finit par ces strophes, lorsque Tolida, enfermée dans une tour, s'écrie :

« O ma mère ! j'entends des pas connus dans le sombre corridor, ils m'annoncent ma dernière heure. Ma mère ! donne-moi ton courage ! Saint présent !

» Je tremble, mais je n'ai pas peur. Je ne redoute que la honte que le crime attachera un jour au nom de mon père ! Horrible présent !

» C'est lui !... je le vois !... Frappez, mon père, je ne pousserai pas un cri qui puisse vous dénoncer. Soyez prince et riche par ma mort. Dernier présent ! »

Le prince avait écouté ces dernières strophes l'œil soucieux, le front penché ; l'étrange poésie de M. Léopold Kirchwich venait d'obtenir un succès prodigieux, car M. de Ludescoff semblait bouleversé de ce qu'il avait entendu.

Enfin, après un moment de silence pendant lequel Léopold huma toutes les louanges que renfermait à son sens le silence de M. de Ludescoff, celui-ci s'écria tout à coup :

— Oui, vous avez raison, cela peut être vrai, et cela peut le devenir encore d'une manière plus effrayante : mais je ne le veux pas, je ne le permettrai pas... Oui, je comprends tout : mon mariage avec Mlle de Walstein donnait à son père le titre de prince de Tenabouski, et maintenant qu'il lui échappe... peut-être...

Le prince s'arrêta, et regardant Léopold en face, il lui dit.

— Monsieur, vous m'en avez trop dit pour que vous ne consentiez pas à vous associer à mes projets pour sauver Mlle de Walstein.

Léopold fut très flatté, mais aussi très alarmé de la proposition, et il répondit avec assez d'embarras :

— Et que faut-il faire pour cela ?

— Me promettre quelques heures de silence, pour que je puisse agir efficacement, et cacher à tout le monde votre arrivée dans ce pays.

— Même à Guillaume ?

— A M. Kaufmann surtout.

— Que prétendez-vous donc faire ?

— Etre aussi généreux que Mlle de Walstein.

— Mais enfin ?...

— Le projet que je médite, monsieur, n'est pas discutable, moi-même je ne sais encore comment je l'exécuterai, cela dépendra des premiers mots échangés entre moi et M. de Walstein.

— Vous allez le trouver ; mais j'espère, monsieur, que vous ne lui direz pas...

— Je lui dirai, répondit le prince avec hauteur, ce qu'il faut pour sauver Mlle de Walstein.

M. de Ludescoff s'apprêtait à retourner au château, lorsqu'un de ses domestiques, arrivant avec ses chevaux, lui apprit que le comte s'était retiré dans une de ses fermes, où il y avait pour lui un pavillon d'habitation.

Cette ferme était celle dont il avait jadis chassé Josaphat.

Le prince s'y rendit, et ce fut en sortant de cette entrevue avec M. le comte de Walstein qu'il rencontra Guillaume, Charles et Mme Kaufmann à la porte du château.

XX.

Nous avons laissé Guillaume au moment où il entrait au château, et nous avons dit qu'il en était sorti à dix heures du soir ; nous devons apprendre à nos lecteurs ce qu'il était devenu, et nous n'avons rien de mieux à faire que de le laisser parler lui-même, comme il le faisait à son ami Léopold Kirchwich, qu'il a retrouvé à l'auberge dont nous avons parlé.

Avec la permission de notre lecteur, nous prendrons cette conversation au moment où elle pourra lui donner quelques nouvelles explications sur ce qu'il ignore encore.

— Tout ce que tu viens de me raconter, reprit Guillaume répondant à Léopold, qui, malgré sa parole, venait de lui faire le récit de ce qui s'était passé entre lui et le prince de Ludescoff, tout cela m'explique la conduite de Clémence, l'effroi de son frère et celui qu'elle a montré à ma tante.

— Mais ne t'a-t-elle rien dit qui ait pu te faire soupçonner ce terrible mystère?

— Maintenant, dit Guillaume, toutes ses paroles sont claires pour moi ; mais alors j'obéissais en aveugle à ses volontés, à ses désirs, à tout ce qu'elle exigeait de moi.

— Mais enfin que t'a-t-elle dit?

— Lorsque je suis entré chez elle : reprit Guillaume, elle était pâle, mais calme et résolue. Cependant elle eut à peine la force de me faire une légère inclination, et c'est moi qui le premier lui dis avec assez peu de ménagemens :

— « Vous épousez M. le prince de Ludescoff, m'a-t-on dit ?

— » Oui, monsieur Guillaume, me répondit-elle en me regardant avec une douce assurance ; j'épouse M. de Ludescoff, et j'ai voulu vous le dire pour ne pas vous laisser sur mon compte une opinion que je ne mérite pas. »

J'étais outré et je ne me laissai pas imposer par cette noble franchise. Je lui répondis donc aussi froidement que je le pus :

— « Qu'importe à Mlle de Walstein l'opinion de Guillaume Kaufmann?

— » C'est l'opinion d'un honnête homme et d'un homme distingué, » répliqua Clémence avec cette même assurance modeste et calme qui devait être, selon moi, ou le comble de l'hypocrisie ou le résultat d'une conscience sûre d'elle-même ; mais, blessé dans mon amour, je préférais attribuer cette assurance à un vice que je pouvais accuser, plutôt qu'à une vertu qu'il me faudrait admirer, et j'accueillis cette déclaration de Clémence avec un sourire de dérision qu'elle supporta sans paraître s'en offenser, et elle continua :

— « Malgré cela, monsieur Guillaume, je n'aurais pas cru devoir m'expliquer avec vous, si nous étions restés l'un vis-à-vis de l'autre dans des relations de simple convenance. »

Ici sa voix s'altéra.

Clémence fit effort sur elle-même, et me regardant avec plus de fixité, comme pour ôter à ses paroles ce qu'elles pouvaient avoir de dangereux si elle les eût prononcées avec embarras ou terreur, elle reprit :

— « Mais vous m'aimiez, monsieur, et vous savez que je vous aimais!

— « Clémence ! » m'écriai-je.

Un signe de sa main me cloua à ma place, tant il fut digne, grave et doux.

« — Vous m'aimiez, reprit-elle, et lorsqu'une passion comme la vôtre est blessée, elle s'emporte, s'égare et se croit le droit de calomnier tout ce qui la fait souffrir.

» Jamais, m'écriai-je, jamais...

— » Erreur, me dit-elle. Quand vous êtes entré, votre abord a été celui d'un homme qui se croit en face d'une femme indigne, et je ne suis pas bien sûre que l'opinion que vous emporterez d'ici ne sera pas celle que vous aviez tout à l'heure, car je ne puis rien vous dire, si c'est que j'obéis à une invincible nécessité et en même temps au dévoûment le plus noble. »

Cette dernière phrase, qui, d'après ce que m'avait dit Charles, se rapportait à M. de Ludescoff, me gâta l'émotion que je ressentais, et je ne pus m'empêcher de le montrer. Clémence me répondit :

— » Oui, monsieur, c'est un noble dévoûment, car M. de Ludescoff sait que je vous aime, et cependant il est venu m'offrir sa main pour m'arracher au danger qui m'eût menacée ; et moi, monsieur, je l'ai acceptée, non par crainte de ce danger, non par terreur d'une catastrophe qui m'eût délivrée de toutes mes douleurs, mais pour sauver à mon nom la honte d'un crime devant lequel une passion aveugle n'eût point reculé. »

Maintenant que je sais l'horrible histoire de M. de Walstein, dit Guillaume à Léopold, ces paroles de Clémence ne me laissent plus aucun doute sur ce qu'elle pouvait craindre de son père ; mais en ce moment elles me semblaient une fantasmagorie de mots vides de sens, et, voulant savoir ce que je devais en penser, je dis à Mlle de Walstein :

— « Mais puisque M. de Ludescoff a voulu vous sauver de ce danger, il le connaît donc? Ce qu'il sait, ne puis-je l'apprendre ?

—» J'ignore, me dit-elle, qui a pu lui révéler ce qu'il m'a raconté, mais jamais ma bouche ne prononcera un mot qui puisse dévoiler ce mystère. Encore une fois, reprit Clémence avec une dignité douloureuse, je cède à une nécessité fatale : je me marie malheureuse, je vivrai probablement malheureuse : je ne voudrais pas mourir calomniée par vous. »

Mon esprit n'était pas persuadé ; mais mon cœur se trouva sans force contre cette triste assertion de son innocence, et je lui dis alors :

— « Ne m'en dites pas plus ; je quitterai ce pays, où je laisserai toutes mes espérances. Votre nom ne sortira jamais de ma bouche que pour être défendu, si jamais on l'attaquait devant moi. Vous ne pouvez m'en demander davantage.

— « Pour moi, dit-elle, non ; mais pour vous j'aurais voulu que cette promesse partît d'une conviction et non pas d'un devoir. Je suis plus heureuse que vous ; car je vous perds en vous estimant. »

Que veux-tu ? ce mot me confondit et malgré moi je la sentis plus innocente que je ne le voulais. Je tombai à ses genoux en lui demandant pardon.

« — Merci, me dit-elle. Prenez cet anneau en souvenir de moi. Je ne vous demande rien, car demain ce sera mon devoir de vous oublier. »

Après ces mots, elle s'arracha d'auprès de moi, et le hasard m'a conduit ici où ce que tu m'as raconté me donne le remords de ne pas avoir assez compris toute la pureté de cette âme et toute la grandeur de son sacrifice.

— Et la rencontre avec M. de Ludescoff ? lui dit Léopold.

— Ah ! maintenant ce serait un crime contre elle... Je pars ce soir, tu diras au prince que je sais tout, je le crois maintenant assez homme d'honneur pour comprendre que ma fuite est aussi un sacrifice courageux.

Les deux amis se séparèrent le soir même.

Le lendemain, Léopold alla rejoindre Guillaume dans la ville voisine d'où il avait écrit à sa tante en faisant l'abandon de ses biens ; et tous deux allaient monter en voiture pour s'éloigner à jamais, lorsqu'un homme s'élança dans la cour où ils étaient, criant :

— Monsieur Guillaume Kaufmann, monsieur Guillaume !

Cet homme, c'était Josaphat.

XXI.

Lorsque Josaphat eut aperçu Guillaume, il s'élança vers lui :

— Ah ! lui dit-il, voilà deux jours que je vous cherche, deux jours sans avoir pu vous trouver, et maintenant il sera peut-être trop tard pour prévenir ce malheur.

— Quel malheur ? dirent à la fois Léopold et Guillaume.

— Eh bien ! le mariage de Mlle Clémence avec ce gueux de prince russe.

— Que veux-tu dire ? reprit Guillaume ; M. de Ludescoff est un homme que je respecte. D'ailleurs, que t'importe ce mariage ?

— Si c'est comme ça que vous le prenez, dit Josaphat, n'en parlons plus. Je me souviens de tout, moi, monsieur Guillaume, du bien comme du mal ; je croyais reconnaître ce que vous avez fait pour moi en vous donnant un bon avis. Vous n'en voulez pas, faites que je n'ai rien dit. Et puis, après tout, ce n'est pas vous, c'est Mlle de Walstein qui sera la plus malheureuse de tout ça.

— Mademoiselle de Walstein ! dit Guillaume d'un ton soupçonneux ; je ne te croyais pas si empressé de prendre les intérêts de sa famille !

— De sa famille ? dit Josaphat, pas du tout ; mais les vôtres et les siens, puisque vous l'aimez, c'était une autre affaire ; et puis, monsieur Guillaume, je lui ai fait une infamie lorsqu'elle se dévouait pour protéger votre cousine, et je m'en repens. Non, non, il ne faut pas que les enfans portent le poids de la faute de leur père. Ça n'est pas juste. Aussi, voyez-vous, maintenant si quelque chose se passe, ce sera entre M. de Walstein et moi.

— Encore des menaces! dit Guillaume.

— Mieux eût valu pour tout le monde que j'en eusse fini avec lui : ce qui va se passer n'aurait peut-être pas eu lieu ; mais rien maintenant ne peut l'empêcher, puisque vous-même refusez de m'entendre.

— Il faut écouter cet homme, dit Léopold, qui n'avait pas comme Guillaume un désir ardent de s'éloigner de ce pays.

— Que peut-il nous apprendre que nous ne sachions déjà ? lui dit Guillaume.

— Qui peut le prévoir ? D'ailleurs, c'est retarder notre départ de quelques heures, ou tout au plus d'un jour. Et pour cela, tu ne voudrais pas avoir à te reprocher d'avoir négligé de rendre un service à Mlle de Walstein.

— Comme tu voudras, répondit Guillaume. Il m'est fort indifférent de rester ici ou d'être déjà bien loin, puisque je suis pour toujours séparé d'elle et de ma famille.

— Parle donc, dit Léopold à Josaphat.

— Pas ici, monsieur, car un seul mot de ce que j'ai à vous dire, surpris par des gens trop curieux, pourrait m'être compté comme une action coupable. Venez donc, et je vous dirai tout.

Les trois interlocuteurs s'éloignèrent, et gagnant les dehors de la ville, ils s'arrêtèrent dans une espèce de cabaret ; on leur donna une chambre particulière, et Josaphat commença ainsi sa fameuse confidence :

— Écoutez, monsieur Guillaume ; ne vous récriez pas à tout propos contre ce que je vais vous dire ; c'est mon idée, mon désir, ma résolution bien arrêtée, ça sera comme ça un jour ou l'autre. Prenez donc ce qui peut vous regarder dans ce que je vais vous raconter, et laissez-moi le reste. Rien n'y fera rien. C'est dit une fois pour toutes, épargnez-vous donc des hélas et des remontrances, et écoutez-moi.

Guillaume était trop accablé et Léopold trop curieux pour vouloir contrarier Josaphat ; ils lui firent donc un signe d'assentiment, et Josaphat commença ainsi :

— J'étais assis près de ma fenêtre, encore tout souffrant du coup que le comte m'avait donné, et regardant la maison de M. Charles dont ma femme m'avait raconté l'histoire avec votre cousine, lorsque je vis tout à coup le comte déboucher du petit chemin qui mène du château à cette maison. Pour la première fois, en l'apercevant, je ne me sentis pas pris de cette rage violente qui, la veille, m'eût poussé à l'attaquer là, en plein jour. Non, monsieur Guillaume, la leçon de la veille m'avait profité, et je me dis que cette fois-ci il fallait y mettre plus de prudence pour ne pas manquer mon coup.

La manière dont la leçon avait profité à Josaphat fit réfléchir Guillaume qui écouta plus attentivement, et fit ouvrir de grands yeux à Léopold qui ne se doutait pas que la vengeance pût jeter de si profondes racines ailleurs que dans le cœur des héros inventés à l'usage de la poésie.

Cependant ni l'un ni l'autre n'interrompirent Josaphat, qui poursuivit comme s'il avait parlé d'une affaire toute simple :

— Heureusement ma femme n'était pas à la maison, de façon que je pus sortir sans qu'elle m'en demandât la cause. Je pensai à prendre mon fusil, mais elle aurait pu s'en apercevoir en rentrant ; d'ailleurs on aurait pu accourir au bruit...

Enfin je sortis assez bien armé cependant pour en finir, et j'allai me poster juste à l'endroit où le chemin s'enfonce dans le bois, et par lequel M. de Walstein devait passer pour se rendre au château.

Je n'y étais pas depuis une demi-heure que je vis un domestique passer avec des chevaux et aller vers la maison de M. Charles. Je me cachai derrière un arbre, et une autre demi-heure après le comte sortit de la maison, et, au lieu de retourner au château, il monta à cheval et prit la route de la ferme. Il n'y avait rien à faire, puisqu'il était accompagné et que je n'avais pas mon fusil ; mais je voulus savoir ce qu'il devenait pour m'arranger en conséquence, et, en coupant deux ou trois fois dans le bois en ligne droite, pendant qu'il suivait le chemin, j'arrivai presque aussitôt que lui près de la ferme, où je le vis entrer.

Je n'étais pas revenu en cet endroit depuis le jour où il a tué mon père en le chassant, et il est bien sûr que si, lorsque je vis la place où javais trouvé mon père, ma femme et mes enfans sur la route, j'avais pu m'approcher de M. de Walstein, je l'aurais tué, eût-il eu à sa droite le juge et à sa gauche le bourreau. Mais j'étais trop loin, et, comme je vous l'ai dit, je n'avais pas mon fusil. D'ailleurs, Wilhem, qu'il a mis là, est son âme damnée, et, s'il m'avait seulement aperçu, il aurait pris ses précautions.

Je restai donc en sentinelle pour voir ce qui arriverait, et si le comte allait reprendre le chemin du château. Car, voyez-vous, monsieur Guillaume, s'il y était retourné, son compte eût été bon ; il y a un passage où je me serais soucié de lui et de son domestique, rien qu'avec mes deux bras ; je venais de couper dans le bois un gourdin qui eût bientôt fait l'affaire.

— Quelle horreur ! s'écria Léopold.

— Monsieur Guillaume, répliqua Josaphat, ce monsieur est votre ami. Je parle devant lui comme je parlerais devant vous ; mais vous m'en répondez comme de vous-même.

— Oui, oui, lui dit Guillaume, il se taira comme moi.

Un signe avertit Léopold de laisser continuer Josaphat, pour qu'ils pussent être instruits de tout ce qu'il avait fait, et il reprit :

— Cependant je vis aussitôt après l'arrivée du comte ouvrir le pavillon qui est au bout de la grande allée de tilleuls qui borde la route, et, comme on y alluma du feu, je compris qu'on voulait en sécher l'humidité, et que, par conséquent, le comte voulait y rester et peut-être y passer la nuit.

Je n'avais pas tant espéré, car j'ai été le fermier de cette maison, et je connais ce pavillon aussi bien que M. de Walstein lui-même. Il a été bâti autrefois pour favoriser les rendez-vous d'une grande dame avec le grand-père du comte actuel ; car ils ont toujours été une famille de brigands et de scélérats.

Il faut vous dire que le pavillon est bâti sur caves, et que, dans une de ces caves, il y a un bout de souterrain qui arrivait jusque dans le parc de cette dame et qui ouvrait dans une espèce de grotte en coquillages qui masquaient la porte de communication. De la cave du pavillon jusqu'au rez-de-chaussée il y a un petit escalier en vis, pris dans l'épaisseur du mur, et qui ouvre dans une bibliothèque par une porte cachée aussi, mais où l'on a ménagé des jours pour que la dame pût voir, lorsqu'elle arrivait, si son galant était seul ou en compagnie.

Je tenais donc le comte, car le parc où était la grotte ayant été détruit, ce passage est maintenant en plein champ. Les ronces en ont obstrué l'entrée, et puis personne ne le connaît. Je ne voulus pas attendre la nuit pour y pénétrer, et je craignis un moment d'avoir eu à m'en repentir ; car, lorsque j'eus fait un long détour pour pouvoir arriver sans être aperçu, et je n'en étais qu'à quelques pas, il me sembla voir s'agiter les ronces et les herbes, et presque aussitôt, je vis une main qui les écartait avec précaution. Je me jetai à plat ventre derrière un petit bouquet de bouleaux, et je vis que c'était monsieur de Walstein, lui-même, qui semblait voulori s'assurer de la sûreté de ce passage.

Guillaume tressaillit ; il eut la pensée que M. de Walstein voulait s'assurer une sortie et une retraite, pour aller durant la nuit jusqu'au château et en revenir sans qu'on pût le soupçonner.

Cependant il se tut, et Josaphat reprit :

— Cette fois encore l'envie me prit de me jeter sur lui ; mais, en reculant d'un pas, il se mettait hors de ma portée, et, pendant que je me débarrasserais des ronces et des épines, il aurait eu le temps de s'enfoncer dans le souterrain et de remonter au pavillon.

J'attendis donc patiemment qu'il eût fait son inspection, et je le laissai se retirer. Au bout de quelques minutes, j'entendis du bruit dans le pavillon; le comte se retira raidement, et je profitai du bruit qui se faisait à quelques pas pour me glisser en rampant jusque auprès de l'ouverture, et, quand j'entendis les pas de M. de Walstein qui montait au plus vite l'escalier tournant, j'entrai dans la grotte et je me hasardai dans le souterrain.

Je gagnai de cette façon le pied de l'escalier, et j'entendis des voix au dessus de moi. J'espérai apprendre les intentions du comte et pouvoir me régler là-dessus. Je montai jusqu'à la porte de la bibliothèque, et, à travers les jours ménagés dans cette porte, je vis le comte avec votre prince russe.

Ici l'attention de Guillaume et de Léopold, qui avait failli manquer de patience devant l'atroce naïveté du récit de Josaphat, devint plus intéressée; ils se rapprochèrent vers Josaphat, qui lui-même sembla vouloir se rapprocher d'eux, et qui baissa la voix comme épouvanté de ce qui lui restait à raconter.

— Savez-vous ce qu'il lui disait, monsieur Guillaume, en lui montrant une paire de pistolets qui étaient sur une table où, à ce qu'il paraît, le comte les avait posés?

— Ce sont de mauvaises armes pour un projet comme le vôtre; le bruit d'une arme à feu peut éveiller tout le château. Ceci serait meilleur, ajouta-t-il en prenant un poignard qui était aussi sur la table; mais il faut une main plus assurée que la vôtre pour s'en servir.

Le comte était pâle comme un mort; et, si le prince n'eût été entre lui et la table, certainement il lui aurait fait un mauvais parti. Pourtant il essaya de prendre le dessus, et lui répliqua :

— « Songez, monsieur, que ce que vous avez osé me dire est une de ces accusations qui demandent du sang, et que l'un de nous deux ne doit pas sortir vivant de cette chambre.

— » Soit, dit le prince en s'emparant des armes et en allant fermer la porte qui communiquait avec le dehors; mais avant cela il faut que nous parlions tranquillement d'affaires. »

Le comte tourna un regard égaré autour de lui, et s'approcha de la porte masquée derrière laquelle je me trouvais. Le prince revint, et, s'asseyant sur la table, un pistolet de chaque main, il se mit à considérer le comte de l'air d'un brigand qui demande à un avare où il a caché son trésor; puis il lui dit d'un ton goguenard :

— « Connaissez-vous la ballade de Lieberstrum ? »

Le comte parut se remettre et répondit d'un air dégagé :

— « Oui, j'ai entendu parler de cette sottise. »

— Hein? fit Léopold avec une terrible grimace et en bondissant sur sa chaise à cette appréciation peu respectueuse de son œuvre.

— Est-ce que vous avez mal aux dents? lui dit Josaphat en regardant le poète.

— Ce n'est rien, dit Guillaume, continue.

Josaphat reprit :

— Le prince répondit alors :

— « La ballade peut être sotte; et, pour qu'elle le soit tout à fait, il ne faut pas qu'elle devienne vraie. »

Ici le comte redevint pâle; ses yeux flamboyaient, et il regardait le prince comme pour saisir l'instant de lui sauter à la gorge, lorsque celui-ci lui dit :

— « Prenez patience; et peut-être nous entendrons-nous mieux que vous ne pouvez le croire. Commençons d'abord par vous. »

Alors, continua Josaphat, il lui fit une histoire concernant son mariage avec Mlle Clémence, où il parait que le comte voulait voler son gendre en se remariant. Je n'ai pas trop bien compris; mais, ce qui m'est bien resté dans la mémoire, parce que je ne croyais pas qu'un homme pût aussi effrontément avouer son infamie, c'est ce que le prince ajouta.

— « Vous voyez que je sais tous vos projets si mon mariage eût eu lieu, et vous devez comprendre que j'ai le droit de croire que, si la vie de votre fille vous gêne pour les accomplir, vous trouverez moyen de briser cet obstacle. Vous vous taisez, monsieur le comte, incertain de ce que vous allez me répondre. Attendez encore un peu, et vous allez me tendre la main. Je suis ruiné, monsieur de Walstein, et dans ma position mieux vaut encore une dot médiocre que rien. Eh bien! me donnerez-vous le domaine de Walstein, c'est-à-dire tout ce que vous avez eu l'art d'arracher à votre fils, si ce soir je vous apporte le consentement de Clémence à notre mariage?

Le comte ouvrit de grands yeux, et le prince continua :

— « Songez que maintenant je veille sur elle, que je vous défends toute tentative contre sa vie, et que, tant qu'elle vivra, elle sera un obstacle insurmontable pour vos projets. Au lieu que si je l'épouse, c'est une affaire faite pour vous. »

Le prince s'arrêta, et le comte se mit alors à marcher avec agitation dans la bibliothèque; il ouvrait la bouche pour parler, puis il s'arrêtait comme s'il n'osait pas...

Enfin, il s'arrêta, et dit d'une voix sourde :

— « Mais ce consentement, comment l'obtiendrez-vous? »

Le prince se mit à rire, et répondit :

— « D'une autre façon que le vôtre, monsieur le comte.

— » Mais elle aime ce misérable Guillaume!

— » C'est possible; mais elle m'épousera avec reconnaissance.

— » Vous n'aurez pas ce consentement.

— » Je l'aurai.

— » Aujourd'hui?

— » Dans deux heures.

— » Allez donc!

— » Bien. Votre domestique va me suivre. Je garde ces armes; on peut faire en route de mauvaises rencontres. Je prendrai vos chevaux; vous n'avez pas besoin de tout cela pour m'attendre ici. Dans deux heures, je serai de retour. »

Le prince appela le domestique et lui ordonna de seller les chevaux, sans que monsieur de Walstein, anéanti et cloué à sa place, parût entendre ce qui se passait autour de lui. Puis, il demeura seul.

J'étais tellement abasourdi de ce que je venais d'entendre de ces deux infâmes scélérats, que j'oubliai que le comte était enfin en ma puissance. Il demeura comme anéanti pendant quelques minutes.

Tout à coup il jeta encore autour de lui un de ces regards terribles, comme ceux d'un loup enragé, et il se leva, ouvrit une petite armoire que je ne connaissais pas, et encore mieux cachée que la porte secrète, et y prit une fiole parmi beaucoup d'autres; puis, la mettant dans sa poche, il sortit en s'écriant entre les dents :

— Oh! non!... non!...

Guillaume et Léopold, épouvantés de ce récit effroyable, se regardèrent silencieusement, tandis que Josaphat continuait :

— Je demeurai à mon poste, et j'attendis jusqu'à la nuit close; mais alors j'entendis fermer le pavillon, et Wilhem qui disait au domestique qui, sans doute, était revenu avec monsieur de Ladesoff :

— Emportez tout cela, puisque ces messieurs aiment mieux rester à la ferme.

— Oui... oui... dit Léopold; ils avaient peur de rester seuls ensemble.

— C'est alors, monsieur Guillaume, que, voyant que je ne pouvais pas encore avoir le comte de Walstein, je pensai à cette pauvre Mlle Clémence, qui vous aime et qui doit épouser aujourd'hui ce scélérat de prince, et à qui peut-être on destine la petite fiole...

Jamais Richard III ne s'écria avec plus d'énergie que ne le fit en ce moment Guillaume :

— Un cheval ! un cheval ! ma vie pour un cheval !...

Léopold, pour la première fois de sa vie, crut moins et trouva deux chevaux.

Josaphat était disparu depuis quelque temps.

Aussitôt les deux amis prirent la route du château et la parcoururent d'une course effrénée.

Lorsqu'ils arrivèrent à la grille, tous deux étaient dans un désordre terrible : Guillaume, l'œil hagard, le corps frémissant, la voix sourde et brève, demanda le comte et M. de Ludescoff.

— Ils sont à table avec M. et Mme Kaufmann, leur fille, la jeune comtesse de Walstein et la nouvelle princesse de Ludescoff.

— Il est trop tard ! s'écria Léopold.

— Pas trop tard pour la délivrer de cet infâme ! s'écria Guillaume ; et sans s'arrêter aux cris du concierge, qui disait qu'on ne voulait point recevoir de visites un pareil jour, il se précipita dans la salle à manger, où pour la première fois il avait vu Clémence et le comte de Walstein.

Son apparition au milieu de ce festin où chacun jouait son rôle avec le plus de bonne grâce possible fut d'un effet terrible. Sa pâleur, son désordre, l'égarement de ses traits frappèrent presque tout le monde de stupeur.

Quant à M. Kaufmann, il demeura la bouche béante d'étonnement ; Mme Kaufmann seule regardait Guillaume avec une anxiété joyeuse, comme si elle souriait à l'espoir d'une catastrophe terrible ; et Thérèse, pour qui rien de ce qui ne la touchait pas ne pouvait avoir d'intérêt, dit du ton le plus indifférent :

— Tiens, voilà Guillaume !

Il y eut alors un moment de silence effrayant pendant lequel celui-ci regarda alternativement M. de Walstein et le prince, comme pour choisir celui dont il voulait faire sa victime ; enfin, s'arrêtant à M. de Ludescoff, il lui dit :

— Vous avez oublié au milieu de votre joie et de votre noble dévoûment que vous aviez aussi un compte à régler avec moi, monsieur.

— Avec vous ? lui dit le prince de Ludescoff avec mépris, je n'ai pas le temps aujourd'hui.

— Si vous n'avez pas d'armes pour cela, lui dit Guillaume, vous pouvez emprunter à M. le comte de Walstein les pistolets du pavillon de la ferme de Wilhem.

A cette terrible allusion, les deux coupables se regardèrent avec épouvante, et le prince de Ludescoff, se levant soudainement, s'écria :

— Celles-là ou d'autres, pourvu que je te tue, misérable !... Viens... viens !...

— Venez donc, dit M. de Walstein, qui courut chercher ses armes.

Ils sortirent précipitamment, et tout le monde les suivit.

Mais à peine avaient-ils fait quelques pas hors du château que le prince pâlit et chancela.

— As-tu déjà peur ? lui dit Guillaume.

— Non, lui dit le prince en se serrant la poitrine de sa main crispée, je souffre !...

Il s'arrêta et dit avec fermeté à un domestique :

— Allez me chercher un verre d'eau.

Pendant ce temps, son visage devenait livide, tandis que Guillaume lui criait :

— Lâche! lâche! tu trembles!...

Le prince but le verre d'eau et se redressa; mais il n'avait pas fait trois pas qu'il tomba de toute sa hauteur en poussant un cri horrible.

— Il est mort! s'écria Charles qui s'était penché vers lui, tandis que le comte de Walstein s'élançait vers Guillaume en disant :

— Misérable! c'est toi qui l'as tué!

— Monsieur le comte, lui répondit Guillaume à voix basse, l'armoire du pavillon renfermait d'autres armes que des pistolets et un poignard.

— L'infâme ose me menacer! s'écria le comte en armant un de ses pistolets et en le dirigeant contre Guillaume; mais il n'avait pas levé le bras, qu'un coup de feu parti de la grille fit retourner tout le monde; on vit Josaphat s'éloigner en criant :

— Je suis généreux, monsieur le comte; le bourreau vous attendait, et c'est moi qui vais aller le trouver.

Au même instant, le comte de Walstein chancela à son tour, et tomba à côté du prince de Ludescoff.

La conclusion de cette histoire ne serait pas difficile à deviner, s'il ne s'agissait que de Guillaume, de Clémence, de Charles et de Thérèse, et même de M. Kaufmann; mais Mme Kaufmann demeurait isolée au milieu de ces catastrophes, et elle demeurait encore bien plus seule un an après cet événement, lorsque Guillaume ramena dans sa maison la belle Mme Clémence Kaufmann.

Elle les avait cependant accompagnés à l'église, et là, prosternée sur la pierre, elle avait prié avec une ardeur et des larmes qui avaient épouvanté tout le monde, car depuis un an Mme Kaufmann, qu'aucune maladie ayant un nom ne paraissait avoir attaquée semblait s'éteindre heure à heure.

Enfin ce jour-là, comme tout le monde se rendait au château, elle demanda à rentrer seule dans sa maison, et dit en souriant à ses enfans :

— Lorsque vous serez sur la terrasse, j'irai m'asseoir dans le jardin, et je serai heureuse de vous voir.

Cela se fit comme elle le voulait; alors Thérèse ayant regardé en bas vit sa mère assise sur ce banc où Guillaume l'avait rencontrée dans cette nuit de désespoir où elle avait tant souffert.

Thérèse agita son mouchoir et crut voir un faible mouvement qui lui répondait; mais Clémence s'écria :

— Non, elle ne vous voit pas : et elle fit un nouveau signe.

— Elle est immobile! s'écria Clémence.

— Immobile! dit M. Kaufmann; elle se trouve peut-être mal.

On courut, on arriva, elle était morte.

Bien des fois, depuis ce temps, Clémence et Guillaume ont parlé des tristes catastrophes qui signalèrent ces deux jours de mariage. Mais Guillaume avait raconté à sa femme le secret qui avait amené la mort de M. de Ludescoff et de M. de Walstein, tandis que celle-ci se refusa toujours à lui dire le secret qui avait tué Mme Kaufmann.

Elle l'avait donc deviné?

Tout nous porte à le croire; car, malgré les instances de toute la famille pour savoir ce que cela voulait dire, Clémence fit graver ces mots sur la tombe de Mme Kaufmann :

Elle vécut seule et mourut seule.

FRÉDÉRIC SOULIÉ.

FIN.

www.ingramcontent.com/pod-product-compliance
Ingram Content Group UK Ltd.
Pitfield, Milton Keynes, MK11 3LW, UK
UKHW021545260726
13993UKWH00002B/638

9 782329 214474